내가 최선을
다하지 않았다고

내가 최선을
다하지 않았다고

정세진
소설집

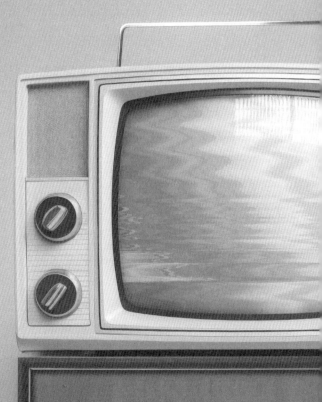

JEONG SE JIN SHORT STORIES

I DID MY BEST

고즈넉
이엔티

목차

첫 번째 숲을 벗어나려면 다른 길로 가라   **007**

두 번째 안티 바이러스   **045**

세 번째 죽어도 좋아   **083**

네 번째 조작된 기억   **133**

다섯 번째 우리 별엔 왜 왔니?   **171**

여섯 번째 지극히 사적인 세계   **205**

일곱 번째 내가 최선을 다하지 않았다고   **243**

첫 번째

숲을 벗어나려면
다른 길로 가라

안개가 자욱한 밤, 어둠의 정점 속에서 오늘도 나는 쫓기듯이 도로를 내달리며 길을 찾아 헤맨다. 밤을 새워 동이 트기 전까지 배송해야 할 물량은 총 58개. 제때 시간을 맞추지 못하면 출근 차량들과 뒤엉켜 더욱 지체될 수밖에 없다.

이렇게 네댓 시간 개인 차량으로 새벽 배송을 모두 마쳐도 기름값을 제하고 나면 손에 쥐는 건 푼돈에 지나지 않는다. 일을 끝마쳐도 또 다른 고되고 변변치 않은 돈벌이의 단순 용역을 쉴 새 없이 이어나갈 수밖에 없다. 몸을 갈아 넣어도 내 능력에 벌어들일 수 있는 수익은 제한적이다. 그럼에도 이 같은 무모한 사이클을 지속할 수밖에 없는 이유는 내가 가난을 물려받았기 때문이다.

가난은 재산을 물려받지 못할 뿐만 아니라 돈을 버는 방법도 물려받지 못한다. 가난의 고리를 끊어내지 못하면 내 자식에게 대물림하는 것 또한 오로지 가난일 것이다. 서둘러 집으로 돌아가 아내에게 차를 넘겨야 한다. 아내의 직장이 경기도의 작은 사무공장이라 차가 있어야만 출근을 할 수 있다.

일찌감치 골목 입구까지 나와 내가 오기만을 기다리던 아내는 짜증 섞인 얼굴로 투덜거렸다.

"이렇게 늦으면 어쩌자는 거야? 이제 차도 막히기 시작할 텐데."

"미안, 오늘은 배달 동선을 잘못 짜서 좀 늦었어. 근데 우리 집 무남독녀 외동 따님께서는?"

"학교 갔지. 늦지 말고 일찍 좀 와. 당신 아버지랑 단둘이 있는 거 불편하단 말이야."

"뭐가 불편하다고 그래? 숟가락 들 힘도 없는 노인네가."

"눈빛이 싫다고. 둘이 있으면 눈을 게슴츠레 뜨고 쳐다보는 게 진짜 소름 끼쳐."

임신 8개월의 아내는 파르르 몸서리치며 불편한 몸을 이끌고 차를 몰아 골목을 빠져나갔다. 나는 우편함을 꽉 채운 온갖 고지서와 독촉장을 꺼내 들고 반지하 현관문 안으로 들어섰다.

아버지란 사람이 불편한 건 나도 마찬가지다. 그는 내가 다섯 살 무렵 헤어진 후로 오랜 세월 연락도 한 번 없이 살아오다 경찰서에서 걸려 온 한 통의 전화와 함께 무려 40년 만에 나타났다. 40년 세월 동안 어디서 무슨 짓을 하며 살았는지는 알 수 없지만, 발견 당시 노숙자였던 그는 알츠하이머에 췌장암

말기 환자였다.

한 달을 넘기기 어려울 거란 의사의 말만 믿고 집으로 모셔 왔건만 그날로부터 시간은 어느새 1년을 훌쩍 넘어 있었다. 볕조차 인색한 방 두 칸짜리 좁은 반지하 집에 아내와 하나뿐인 동생 그리고 중학생 딸이 부대끼며 사는데, 가뜩이나 궁핍한 우리 가족에게 그는 거추장스런 짐일 뿐이었다. 쇠약해진 몰골의 노인이지만 아내의 말대로 눈빛만은 매섭고 날카로웠다.

두어 시간 정도는 집에서 잠시 눈을 붙이며 불편함을 감수할 수 있었다. 하지만 그 이상 단둘이 머무는 건 나 역시 내키지 않아 다시 밖을 나서며 퉁명스레 말을 던졌다.

"저기요, 밥통에 밥도 있고 된장국도 있으니까 때 되면 꺼내 드셔."

대충 얼버무리고 나가려다 좀처럼 반응이 없자 발걸음이 떨어지지 않았다. 결국 내키지 않지만 손수 간소한 밥상을 차려 그의 앞에 놓아주었다. 그러고는 허리춤에 자물쇠를 채우는 것도 잊지 않았다. 아버지란 사람은 정신이 온전치 않아 이렇게 묶어두지 않으면 집 안에다 온통 똥칠을 하거나 집 밖을 뛰쳐나가 사고를 칠 수도 있었다. 부득이하게 이렇게 묶어두는 게 상책이었다. 나는 문밖에서 걸어 잠근 자물쇠를 한 번 흔들어 보고는 또 다른 출근길에 나섰다.

저녁때가 되어 편의점 일을 마치고 나서 아내를 기다렸다. 퇴근길에 종종 나를 태워 가곤 하는데 때마침 도착해 조수석에 올랐다. 아내는 집으로 가는 내내 가구공장 사장과 심각한 통화를 이어갔다. 이런저런 핑계로 수개월째 받을 월급이 밀려 있던 아내는 고함도 치고 통사정도 해가며 사장과 실랑이를 벌였다. 그러는 동안 나는 가만히 하늘을 뒤덮은 잿빛 구름을 올려다보았다.

어느새 동네 어귀에 다다랐다. 슈퍼 앞에서 기다리던 딸을 뒷좌석에 태우고는 반색하며 맞았다.

"오래 기다렸어? 집에서 기다리지 왜 추운데 여기서 그러고 있었어."

"할아버지랑 단둘이 있기 싫어. 둘이 있으면 이상한 냄새가 더 올라오는 것 같단 말이야."

금세 핸드폰에 집중하며 딸은 시큰둥하게 대답했다. 우린 차를 달려 가파른 동네 언덕길에 올라섰다. 이곳은 재개발이 예정되어 있어 듬성듬성 이가 빠져나간 것처럼 빈집들로 가득했다. 우리도 이번 달까지 집을 비워줘야 하지만 보증금 500만 원으론 갈 곳이 마땅치 않아 고민이 깊었다.

집 앞에 도착하자 면구스런 표정을 한 동생이 보였다. 나는 다가가 퉁명스레 물었다.

"너는 왜 안 들어가고 여기서 이러고 있나?"

"집에 모르는 사람 있잖아. 내가 얼마나 낯가림이 심한데."

"너, 지난번에 차 끌고 나가서 또 과속 찍혔지. 범칙금 나왔거든. 형수 알기 전에 해결해라."

늘 우린 이렇게 다 같이 모여서 함께 집에 들어갔다. 그만큼 아버지란 사람은 우리 가족에게 성가신 존재였다.

현관에 들어서자 우린 누가 먼저랄 것도 없이 동시에 불길함을 감지했다. 오늘따라 실내는 음침하고 고약한 냄새로 가득했고, 불쾌한 기운이 와락 달려들었다. 드디어 올 것이 왔음을 직감했다. 나는 나무토막처럼 웅크린 채 그대로 굳어버린 아버지란 사람에게 다가가 임종을 확인했다.

그의 죽음이 선명해질수록 심장 박동이 빨라졌다. 우리는 흐느끼기 시작했고, 나 역시 당장이라도 울음이 터질 것 같아 잔뜩 찌푸리며 고개를 숙였지만 별안간 이럴 필요까지 있나 싶은 생각에 '눈물이 안 나오네' 하며 정색했다. 가족들 또한 공감한다는 건지 고개를 끄덕였고 동생도 '우는 건 좀 오바지'라며 한마디 거들었다.

"아빠, 이제 이 방 내가 써도 돼?"

그 와중에 딸이 눈치 없이 끼어들었고, 딸의 목소리 뒤로 사뭇 평온하다 못해 화색이 밝아진 아내와 눈이 마주쳤다. 머쓱했는지 마른기침을 내뱉으며 이내 돌아섰다. 우린 서로에게 슬픔보단 도리어 홀가분해진 감정을 들키기라도 할까 봐 시선을 피했다.

장례는 일사천리로 진행됐다. 장례랄 것도 없이 돈이 들어가는 것은 최대한 생략하고 간소화했다. 어차피 찾아올 조문객도 없고 하니 구태여 돈을 낭비할 필요가 있나 싶어 유골은 뒷산

적당한 곳에 대강 뿌렸다. 그리고 사망신고까지 완전히 마무리하기 위해 다 같이 주민센터를 찾았는데, 센터 직원이 들려준 뜻밖의 말에 우린 머리를 세게 얻어맞은 것 같았다.

"망자께서 부동산이 있으시네요."

가족이 모두 사이좋게 손을 잡고 아버지가 남겨주신 부동산을 찾았다. 비록 포천에 변두리지만 무려 5천 평 규모의 대지와 주위를 둘러싼 산까지 전부 우리 땅이라고 했다.

진입로는 철문으로 굳게 걸어 잠겨 있었는데, 이곳은 사유지이므로 출입을 금한다는 푯말이 무척 마음에 들었다. 아버지는 항상 줄로 묶은 열쇠 하나를 목에 걸고 계셨다. 혹시나 하는 마음에 챙겨두었던 나는 철문의 열쇠구멍에 조심스레 열쇠를 끼워 돌렸다. 철커덩, 경쾌한 소리와 함께 손쉽게 문이 열렸다. 심장이 콩닥콩닥 뛰었다.

설레는 마음으로 다들 한참을 더 걸어 올라갔고, 상당한 규모의 건물이 모습을 드러내자 온몸에 터럭이 곤두섰다. 진입로 철문과 건물 현관의 열쇠 구멍이 비슷해 보여 또 열쇠를 넣어보았는데 역시나 문이 열렸다.

집 안으로 들어선 우린 기쁨에 벅차 서로를 끌어안으며 미친 듯이 소리쳤다. 이 저택의 방은 무려 여덟 개나 되었고 화장실도 세 개였다. 오랫동안 관리가 되지 않았을 텐데도 실내는 깔끔한 상태였고, 가구들도 모두 쓸 만해 보였다. 어마어마한 대

저택은 아니어도 한평생 어둑한 반지하 생활만 해왔던 우리에 겐 모든 것이 신기했다. 마치 달콤한 한낮의 꿈을 꾸는 것만 같았다.

안방 침대에 누워 한껏 기분을 만끽하던 아내는 그대로 낮 잠이 들었다. 딸은 방을 하나하나 꼼꼼히 둘러보며 어디를 자기 방으로 할지 고민하느라 바빴다. 지난 1년 동안 지켜보았 던 아버지의 초라한 행색과는 완전히 배치되는 이곳이 나는 납 득하기 어려울 뿐만 아니라 낯설기까지 했다. 새삼스레 아버지 가 지난 40여 년을 어떻게 살았을지 궁금해져 집 안을 살피며 단서가 될 만한 걸 찾으려 했다. 그러나 어디에도 그 흔한 사진 한 장 붙어 있지 않아 그간의 행적을 짐작조차 하기 어려웠다.

아버지의 취향도 어딘지 일관성 없다는 생각이 들었다. 더구 나 집 안이 전체적으로 잘 정돈된 것에 비해 옷장엔 각양각색 의 옷가지들이 아무렇게나 쌓여 있었다. 젊은 여성의 것으로 보이는 지갑과 핸드백은 지나칠 정도로 많았다.

갑자기 저택 밖에서 소리치는 동생의 목소리가 들려 나는 곧 장 달려 나갔다.

저택을 둘러싼 숲 가장자리에 무언가 있었다. 동생이 다가가 낙엽 쌓인 비닐 천막을 걷어내자 숨겨져 있던 검은색 벤츠 승 용차가 한 대 드러났다. 그건 마치 일부러 숲에 버려둔 것처럼 보였다. 차에 키가 꽂혀 있다는 걸 확인한 동생이 운전석에 올 라 시동을 걸었다. 차는 방전이 된 상태였다.

어쩐지 불길한 기분이 든 나는 조수석 대시보드를 열어 자동차등록증을 확인했고, 차량의 주인은 모르는 사람이었다. 생각을 거듭할수록 이 집은 이상한 점이 한두 가지가 아니었다. 그런데도 우린 그런 사소한 문제는 뒤로 물려두고 그저 행복한 고민에 빠져들었다.

얼마 전부터 상속 절차가 마무리되지 않은 상황에도 여기저기 부동산에서 연락이 빗발쳤다. 땅에 관심이 많다는 사람도 등장했다. 그동안 땅의 소유자와 연락이 닿지 않다가 이제야 우리와 연락이 되어 반갑다며 만나자고 했다. 우린 일단 만나서 얘기를 들어보기로 했다.

그들은 산을 두고 건너편에 자리 잡은 대기업 막걸리 양조장에서 왔다며 신분을 밝혔다. 산을 타고 흐르는 계곡물로 만든 막걸리는 물이 가장 중요한데 혹여 땅이 개발이라도 되면 물이 오염될 수 있다며 물과 자연을 보호한다는 명목으로 땅을 구입하고 싶다고 했다. 100억에 사겠다며 제안해왔고, 우린 지금까지 협상을 조율하는 척 뜸을 들이는 중이었다.

밤이 되자 거실에 상을 펴고 둘러앉아 파티를 열었다. 널찍한 앞마당에서 바비큐를 굽고 싶었는데, 오늘은 비가 많이 오니 그건 다른 날로 미루기로 했다. 그동안 집주인 눈치를 보느라 엄두도 내지 못했지만 내 집이 생기면 반려견도 키워보고 싶었다. 이참에 강아지를 분양받아 딸과 거실을 마음껏 뛰놀게

했다.

임신한 아내는 배를 어루만지며 내가 구워주는 고기를 넙죽 넙죽 받아먹었다. 동생은 장식장에 진열된 고급 양주들을 꺼내 병째 홀짝거리며 마시느라 벌겋게 달아올라 있었다. 나는 이 광경을 흐뭇하게 지켜보았다. 그동안 하지 못했던 가장 노릇을 모처럼 하게 된 것 같아 뿌듯했다. 분위기가 무르익는데 동생이 실실 웃으며 입을 열었다.

"어릴 때 점집에서 내 사주가 말년에 피는 팔자라고 했는데 그 점쟁이 용하네."

동생이 너스레를 떨자 나는 문득 한 가지 기억이 떠올라 웃음을 터트리며 말했다.

"점쟁이가 했던 다른 말도 기억나냐? 네가 중학생쯤에 사고 쳐서 애 하나 데려올 사주라고."

"기억나지. 하늘에서 여자가 비처럼 내릴 사주라고. 그때 내가 6학년이었거든. 걱정 많은 엄마가 정관수술 시킨다며 병원에 가자고 날 잡아끌고 난리였지. 잠깐 묶었다가 어른 돼서 풀면 된다나. 아무튼 엄마 이상했어. 교회 다니면서 점집도 다니고. 그래서 아버지가 집을 나가셨나?"

옆에 있던 아내도 끼어들며 한마디 보탰다.

"그래도 아버님 마지막 가시는 길은 가족이 다 같이 잘 보내 드렸으니 다행이지 뭐예요. 불편해서 잘해드리지 못했던 건 아쉽지만 막상 떠나셨다고 생각하니 벌써 그립기도 하네요."

"맞아, 엄마. 나도 그때는 할아버지 냄새가 싫었는데 나중 되면 가끔 보고 싶을 것 같아."

우리는 잠시 추모하듯 아버지를 그리워하며 웃음 지었다.

아내가 대뜸 동생에게 물었다.

"아버님 젊을 땐 어떤 분이셨어요?"

"저는 그때 세 살밖에 안 돼서 기억이 없죠. 그래도 형은 다섯 살이었으니까 조금은 기억나지 않아?"

동생이 내게 질문을 넘기자 나는 잠자코 웃어넘길 뿐 대답은 하지 않았다.

"여자가 비처럼 내린다는 건 아버님 사주였을까요? 집에 여자 물건도 많고, 그동안 어떻게 사셨는지는 몰라도 애인이 많았던 건 확실해. 젊은 애들 것도 있던데 내가 가져다 쓸까 봐."

"형수님도 참, 이제 돈도 많으신데 왜 남이 쓰던 걸 탐내세요. 나는요, 땅 팔고 돈 받으면 독일 가서 살 거예요. 옛날부터 거기 누드비치에서 망고빙수 파는 게 꿈이었어요. 조카야, 너는 뭐 하고 싶어? 엄마 아빠한테 다 말해, 뭐 하고 싶은지. 이제 전부 들어주실 거야."

딸은 잠시 뜸을 들이며 생각하는가 싶더니 서글프게 웃음 지으며 입을 열었다.

"옛날에 차를 타고 어떤 아파트 앞을 지난 적이 있는데, 아빠가 엄마한테 농담처럼 말하더라. 우리도 다음 생엔 저런 집에서 살자고. 나 그때 엄청 울었어. 근데 이제는 만족해."

나는 눈동자가 촉촉하게 젖은 딸을 보며 숙연해졌다. 마냥 어린 줄로만 알았던 딸인데, 부쩍 커버린 걸 보니 괜히 미안하기도 했다. 분위기가 무겁게 가라앉고 있는데, 아내의 핸드폰이 울렸다. 아내는 회심의 미소를 지어 보이며 모두가 듣도록 스피커로 받았다. 수화기 너머 가구공장 사장의 신경질적인 목소리가 들려왔다.

"시아버지 장례도 끝났다면서 왜 출근 안 해? 내일 당장 출근해. 여기 정신없이 바쁘니까."

아내는 한껏 거드름을 피우며 낮고 단호한 어조로 말했다.

"딴 사람 구하세요. 저 일 안 할 거예요."

"무슨 소리야? 월급 밀린 것 때문에 그래? 돈 주면 되잖아. 일 안 하면 뭐 할 건데?"

"그냥 아무것도 안 할 거예요."

전화를 끊어버린 아내는 깔깔거리며 통쾌하게 웃었고, 우리도 함께 따라 웃으며 즐거워했다.

발코니 창으로 비가 무섭게 퍼부어댔다. 그런 와중에도 집이 떠내려가거나 빗물이 지붕 틈새로 샐 걱정 따위를 전혀 하지 않아도 되는 게 신기했다.

이른 아침 창으로 스며드는 옅은 햇살에 눈이 떠졌다. 밤새도록 내린 비는 어느새 그쳤다. 침대 옆에 자고 있던 아내가 보이지 않아 잠에서 덜 깬 아슴아슴한 상태로 안방 욕실 문을 열었다.

욕실 안엔 아내가 귀에 이어폰을 끼고 월풀 욕조에 몸을 담근 채 여유를 즐기고 있었다. 나는 방해되지 않게 조용히 거실로 나와 정신도 차릴 겸 커피 물을 끓였다. 옆으로 강아지가 다가와 나를 빤히 올려다보며 산책 나가자는 듯 꼬랑지를 흔들어댔다.

입천장이 데일 정도로 뜨거운 커피를 머그잔에 담아 문을 열고 밖을 나서자 강아지도 틈을 놓치지 않고 따라나서며 뛰놀았다. 비에 흠뻑 젖은 산속의 공기는 몹시 습하고 뺨에 닿는 바람도 제법 쌀쌀했다. 지난밤 미친 듯이 퍼부은 비로 산비탈에는 토사가 잔뜩 흘러 내려와 있었다. 오랫동안 손을 보지 않아 집 군데군데 고쳐야 할 곳도 눈에 거슬렸다.

딸이 해먹 위에 길게 누워 핸드폰으로 셀카를 찍어 곧바로 SNS에 올리는 게 보였다. 생각해보면 그전엔 집에서 셀카를 찍는다거나 하는 걸 본 적이 없던 것 같다. 예전의 보잘것없던 집을 떠올리니 딸이 어떤 마음이었을지 짐작이 갔다. 한창 예민할 나이에 얼마나 숨기고 싶었을까. 그동안 또래 친구들이 은근히 자랑하는 걸 지켜보며 막연히 부러워만 했을 거라 생각하니 안쓰러운 기분마저 들었다.

나는 담배를 꺼내 물고 오솔길을 따라 우거진 산속 좀 더 안쪽으로 들어갔다. 담배와 뜨거운 커피의 맛을 음미하며 비에 젖은 무채색의 숲을 거닐었다. 차가운 기온 탓에 머그잔의 열기와 담배 연기가 유난히 선명하게 느껴졌다. 가을이 짙어가는 소나무 숲은 솔향으로 가득했다. 매일 반복되는 하루치의 노동으로 고단한 삶을 겨우 이어가던 나로선 실로 오랜만에 느끼는 여유였다. 그러다 문득 시선을 사로잡는 뭔가에 발이 멈칫했다.

잎이 무성한 나무에 가려 단번에 알아차리지 못했지만 언덕처럼 야트막하게 솟아 있는 그곳에 창고 문이 있었다. 외따로 떨어진 이런 곳에 땅 아래로 들어가는 창고가 있다는 게 신기하고 궁금했지만 문이 굳게 잠겨 있어 당장은 확인이 어려웠다. 이번에도 열쇠 구멍이 현관 열쇠와 같다는 걸 알았다. 열쇠는 안방 서랍장에 보관하고 있어 지금은 열어볼 수가 없었다.

그런데 아까부터 짖어대는 강아지가 신경이 쓰였던 나는 혹시 뱀이나 멧돼지라도 나타났나 싶어 주변을 확인했다. 강아지는 무너진 토사 쪽을 향해 끊임없이 짖어댔고 뭔지 확인하려고 가까이 내려갔다. 거기서 맞닥뜨린 믿을 수 없는 끔찍한 광경에 그대로 얼어버렸다.

간밤에 퍼부은 폭우로 흙이 무너지며 땅속에 있던 게 밖으로 드러난 것 같았다. 처음엔 땅에 파묻은 쓰레기인가 싶었는데 자세히 보니 그건 분명 사람의 뼈였다. 눈으로 보고도 믿기 힘든 처참한 광경에 나는 혼란스러워 어찌할 바를 몰랐다. 문득 아버지와 관련이 있는 거라면 어쩌지, 하는 생각이 들자 정신이 번쩍 들었다.

이를 악물고 걸음을 내디뎌 시신 앞으로 다가갔다. 옷을 뒤져 뭐라도 찾아보려 했다. 시신의 겉옷 주머니에서 신분증이 든 지갑이 나왔다. 낯익은 이름은 버려진 벤츠의 차량등록증에 적혀 있던 것과 같았다. 나는 다리에 힘이 풀려 그 자리에 주저 앉았다. 바닥에 널브러진 채 생각을 정리했다. 그동안 이 집의 의문스럽고 이상한 점들이 설명되는 것 같았다. 내가 뒷걸음질 로 비트적대며 내려와 동생을 애타게 찾자 딸이 대신 대답해주 었다.

"삼촌 아침 일찍 나갔어."

"어디? 어디 갔는데?"

"차 타고 나가던데, 드라이브 간다고. 벤츠 타고."

말이 끝나기 무섭게 버려져 있던 벤츠 쪽을 확인했다. 아니 길 바랐지만 애석하게도 그곳에 있어야 할 차는 보이질 않았 다. 동생에게 전화를 걸어봐도 신호음만 들릴 뿐이었다.

등줄기에 식은땀이 흐르고 초조해 발만 동동 구르는데 별안 간 누가 어깨를 툭 쳤다. 소리도 없이 등장한 사람들을 보고 나 는 소스라치게 놀라 소리쳤다.

"아이쿠, 죄송합니다. 놀라셨나 봅니다. 저희가 너무 일찍 왔 나요?"

그들은 땅 매입에 관심 있어 하던 막걸리 양조장 사람들이었 다. 계약을 결정하기 앞서 땅을 한번 둘러보기로 약속한 날이 오늘이었음을 떠올렸다. 나는 당혹스러워 심장이 쿵쾅거리고 몸은 바들바들 떨려왔다. 그들이 산 쪽으로 이동하려 하자 허둥거리며 막아섰다.

"잠깐만요, 일단…… 식사들은 하셨나요? 길은 안 미끄럽던 가요? 비가 많이 와서 힘드셨죠?"

"괜찮았습니다. 저희는 금방 둘러보고 가겠습니다. 오래 걸리지 않아요."

나는 횡설수설 아무 말이나 떠들며 그들을 억지로 잡아끌어 야외 테이블 쪽으로 움직였다.

"실은 와이프가 원치 않아 합니다. 이곳에서의 추억이 많았다나? 정이란 게 무섭잖아요."

"네? 그럼 계약을 못 하시겠다는 건가요? 그런 거라면 확실한 입장을 밝혀주세요. 그래야 저희도 양조장 부지를 다른 곳으로 정할 테니까요."

"계약을 안 한다는 건 아닙니다. 다만 지금은 와이프가 화가 많이 나 있거든요. 어떻게 아버님의 유산을 돈 몇 푼에 홀랑 팔아버릴 생각을 하냐고. 하지만 걱정은 붙들어 매세요. 제가 잘 설득할 수 있습니다. 하지만 일단 오늘은 돌아가시고…… 조만간 다시 날을 잡아서……."

그때였다. 아내가 버선발로 뛰쳐나와 너무나도 환하게 반기며 '어머, 어서 오세요. 환영합니다' 하며 달려들었다. 나는 서둘러 아내를 막아서서 막무가내로 다시 집 안으로 밀어 넣었다.

저들은 이상한 낌새에 서로 눈짓을 주고받았고 나는 어색하게 웃으며 대강 얼버무렸다.

"하하! 임신…… 임신 중이라 조금 예민하고 그럽니다, 하하!"

내가 억지로 웃어 보이자 저들도 어색하게 따라 웃는데 망할 놈의 강아지가 뼈를 하나 물고 와 딸에게 달려가는 걸 발견했다. 제발 잘못 봤길 바라는 마음에 눈알이 마구 흔들렸지만 그건 분명 사람의 허벅지 뼈가 분명했다.

이 와중에 눈치 없는 딸은 잠시 갸우뚱할 뿐 이내 뼈를 집어 멀리 던져주었다. 강아지는 신나게 달려가 물어오고 딸은 그걸 다시 던져서 물어오게 하는 걸 반복하며 그 과정을 동영상에 담고 있었다. 나는 얼굴이 사색이 되어 저들의 시선이 그쪽으로 향하지 않도록 과장스런 말투와 몸짓으로 대화를 이어나갔다. 마침 동생에게서 걸려 온 전화에 나도 모르게 '너 어디야?' 버럭 성을 내며 소리쳤다.

'어디긴, 지금 열나게 밟는 중이지. 역시 독일 차야. 밟는 대로 차가 쌩쌩 달려.'

"당장 들어와, 당장! 그리고 달리지 말고 살살. 절대 과속 카메라에 찍히면 안 돼. 알았지!"

'내가 이러니 독일 가서 살겠다는 거야. 왜 우리는 아우토반 같은 제한속도 무제한이 없냐고!'

눈앞의 사람들이 신경 쓰여 구체적으로는 말 못 하고 은근히 윽박지르고 달래기만 했다. 동생은 사태가 얼마나 심각한지 전혀 인지하지 못했다. 말귀도 못 알아들어 복장만 터지게 했다. 그 와중에 딸은 강아지가 사람 허벅지 뼈를 물고 뛰어다니는 동영상을 SNS에 올리려 하는 것 같았다. 조바심에 '핸드폰 그만하고 들어가서 공부해!' 하고 꽥 소리를 질렀다. 평소 같지 않게 우악스런 아빠의 태도에 딸은 어이없어했다.

나의 돌발적인 행동에 불편함을 느낀 저들도 결국 연락을 기다리기로 하고 일단 돌아갔다.

밤이 깊어지자 나는 가족들을 불러 모아 상황을 설명했다. 우린 발밑에 놓인 시신을 내려다보며 할 말을 잃었고 두려움에 떨었다. 오랜 침묵을 깨고 가장 먼저 입을 연 건 아내였다.

"아버님이…… 그랬을까?"

똬리를 틀고 있던 의혹을 차마 입 밖으로 꺼내지 못하던 나는 화들짝 놀라 고갤 내저었다.

"그럴 리가! 모기 잡을 기운도 없어 피나 빨리던 노인이 무슨 기력이 있어서? 아닐 거야."

그러자 이번엔 동생이 끼어들었다.

"아버지가 우리 집에 있던 1년? 그동안 여긴 비어 있었을 텐데, 혹시 그사이에 사고라도……?"

"글쎄……. 근데 대충 봐도 죽은 지 5년은 족히 된 것처럼 보이지 않냐?"

"뼈만 보고 5년이 지났을지 형이 어떻게 알아? 그리고 치매 걸려 노숙했던 기간도 있잖아."

나는 혼란스러웠지만 설마 아버지가 그랬을 거라고는 믿고
싶지 않았다. 다만 여러모로 수상한 점이 많은 것은 분명했다.
또한 집이 음산한 기운에 휩싸여 있는 것 같은 느낌도 떨쳐낼
수 없었다. 아내가 망설이는 내 표정을 살피며 은근하게 물었다.

"어떻게 할 거야? 이제라도 경찰에 신고해야…… 맞는 거겠
지?"

"그, 그래야겠지? 근데 그럼 성가셔지긴 할 거야. 이리저리
불려 다니고, 소문도 나고."

"그건 그래, 형. 그리고 땅값도 떨어질 거고, 어쩌면 우리
땅…… 팔지 못 할 수도 있어."

동생도 한마디 거들었다. 어찌할 바를 몰라 막막해하는데 딸
이 무심한 투로 내뱉었다.

"그냥 다시 묻어, 원래 자리에. 못 본 걸로 하면 되잖아."

간단하고 명쾌한 해결책이라 우린 모두 동의할 수밖에 없었
다. 어쩌면 그 말을 누구든 먼저 해주길 기다리고 있던 걸지도
몰랐다. 죽은 사람에겐 미안하지만 일이 복잡해지는 걸 원치
않았다.

결심이 서자 제대로 기능을 못 하던 머리도 다시 돌아가기
시작했다. 지금 자리는 물길이 흐르는 산비탈이라서 다시 묻기
에 적합하지 않았다. 그래서 저택 뒤쪽으로 적당한 곳을 찾아
땅을 파기로 했다. 지체할 시간이 없었다. 하늘이 심상치 않은
게 조만간 또 비가 쏟아질 기세였다. 나는 동생과 함께 삽을 구

해와 땅을 파기 시작했다.

어느새 빗방울이 조금씩 떨어지자 조바심이 난 나와 동생은 최대한 깊게 파려고 온 힘을 다해 서둘렀다. 한참을 파내려가는데, 삽 끝에 뭔가 탁 걸리는 느낌이 들었다.

처음엔 그저 땅속에 묻힌 큰 바위일 거라고만 여겼다. 흙을 털어내고 자세히 들여다본 순간, 나는 헉, 숨이 막혀 그대로 굳어버렸다. 그건 땅속에 파묻힌 또 다른 시신이었다.

이내 폭우가 쏟아지고 땅을 파느라 온몸을 뒤덮은 열기는 순식간에 빗물로 씻겨졌다. 동생은 어처구니없는 상황에 할 말을 잃고 바닥에 주저앉았다. 나 역시 온전히 서 있기 힘들었지만 한차례 비를 맞고 나니 정신이 조금 맑아지는 것 같았다.

어차피 이렇게 된 이상 여기서 멈출 수는 없었다. 곧장 다른 곳을 파내려가기 시작했다. 하지만 믿을 수 없는 일은 그 뒤로도 계속 이어졌다. 뒷마당, 앞마당 할 것 없이 파내는 족족 사람의 유골이 나왔다. 계속 시신들이 드러나다 보니 나중엔 더 이상 놀라지도 않았다. 우린 아무런 감정도 없이 무언가에 홀린 듯 밤새도록 땅을 팠다. 어느새 비는 그치고 청정한 푸른빛이 퍼지며 동이 터오고 있었다. 그제서야 더 이상 파지 않은 곳이 없다는 사실을 알고 녹초가 되어 쓰러졌다. 파헤쳐진 시신은 전부 스물여덟 구였다.

차고에 무더기무더기 쌓여 있는 시신들은 비현실적이기까지

했다. 이 괴기한 시체더미를 바라보는 가족들은 모두 보면서도 믿지 못하겠다는 아연한 표정을 했다. 공허해진 눈빛으로 동생이 신음을 토해내더니 말했다.

"이 정도면 사이코패스 살인마 맞지? 말도 안 돼. 그동안 안 봤던 40년 세월을 이런 짓을 하면서 산 거야?"

하얗게 질린 아내도 얼굴을 있는 대로 찡그린 채 옛일이 떠오른 듯 몸서리치며 말을 보탰다.

"그러니까 우리가 함께 1년을 한집에서 살았다는 거잖아. 으, 소름 끼쳐. 내가 말했지, 단둘이 있을 땐 눈빛이 이상했다고. 잠깐! 사이코패스는 유전…… 된다고 들었던 것 같은데?"

임신하고부터 무척 예민해진 아내는 눈을 가늘게 치켜뜬 채한 발 물러서며 나와 동생, 심지어 딸까지 경계하는 몸짓을 했다. 나는 막연한 불안감에 휩싸여 사실이 아니길 바랐지만 이제는 어떠한 부정도 할 수 없었다. 하지만 나는 이 집의 가장으로서 결정을 내려야 했다.

"앞으로 우리에겐 평생 사이코패스 살인마의 핏줄이란 꼬리표가 따라다닐 거야. 사람들은 손가락질할 테고 곧 태어날 우리 아기도 세상에 나오자마자 그런 취급을 받겠지."

각자 앞으로의 험난한 앞날을 머릿속으로 떠올리며 절망했다. 나는 주저 없이 단언했다.

"산으로 옮기자. 그 사람들이 그랬잖아, 땅을 사려는 목적이 양조장 주변이 개발되는 걸 막기 위한 거라고. 저들에게 땅을 팔면 아무도 산을 건드리지도, 발각되지도 않을 거야."

아버지의 유산은 내 인생의 변곡점이며 기회였다. 이를 망치면 기회는 두 번 다시 오지 않을 것이다. 돌이켜보건대 나는 보잘것없는 운명에 순응하느라 작은 욕망조차 품어보지 못한 채 살아왔다. 하지만 이제 욕망은 거역할 수 없는 나의 목적이 되어버렸다.

스물여덟 구의 시신을 아무도 모르게 산으로 옮기려면 며칠 밤은 소요될 것으로 예상되었다. 절대 서둘러서도, 조급해해서도 안 되었다. 시간이 지체되더라도 은밀하게 진행해야만 했다. 나는 군 복무 시절 공병대 출신이라 삽질에는 자신이 있었다. 나의 진두지휘 아래 모두가 삽을 들고 일사불란하게 움직였다. 나는 유능한 지휘관이라도 된 듯 숨겨진 재능을 발휘했다. 어쩐지 은근한 자부심과 상실된 가장의 권위를 인정받는 것 같은 뿌듯함도 느꼈다.

매일 밤 격한 노동을 마치고 집에 돌아오면 서로의 노고를 치하하듯 푸짐하게 음식을 차려서 실컷 배부르게 먹어댔다. 하루의 일과를 그렇게 마무리했다. 처음엔 시신의 수가 너무 많아 막막하기만 했으나 나는 알고 있었다. 단순노동의 미덕은 생각 없이 하다 보면 끝이 보인다는 것이다.

며칠에 걸쳐 낮엔 잠과 휴식을 취하고 밤엔 시신을 산에 하나하나 묻었다. 마무리로 술을 붓고 절을 올리는 것을 반복하다 보니 어느새 스물여덟 구의 시신을 전부 옮길 수 있었다. 모든 일을 끝마치고 앞마당에 불을 피워 고기를 구우며 그동안의 고생과 근심을 털어내는 시간을 가졌다.

"이제 끝난 거겠지? 더 이상은 없는 거지?"

동생이 꺼낸 질문에 나는 아직 한 가지 더 확인해볼 것이 있다는 게 떠올라 불안해졌다.

지난번 숲에서 발견한 언덕처럼 솟은 창고 앞에 가족 모두가 나란히 서서 망설였다.

아직 한낮인데도 흐린 날씨 탓인지 숲에는 어둠이 짙었다. 풀벌레 소리만 요란했다. 긴장한 가족들을 뒤로하고 내가 먼저 한 걸음 창고 앞으로 다가갔다. 만능과도 같은 아버지의 열쇠를 구멍에 밀어 넣었고 이번에도 여지없이 문은 손쉽게 열렸다.

나는 신경을 곤두세우고 안으로 발을 내디뎠다. 절반 정도 땅에 묻힌 구조의 건물은 창이 없어 어두웠지만 어둠 속에서도 맨들맨들한 흙바닥과 바닥의 냉기가 느껴졌다. 그나마 열린 문으로 흘러들어온 으스레한 빛에 실내가 어른거렸다.

뒤따라 들어온 가족들도 창고를 둘러보았다. 특별할 것 없이 잡다한 물건들을 쌓아놓은 평범한 창고였다. 등 뒤에 서 있던 아내가 정면을 빤히 응시하며 깊숙한 곳 어둠을 향해 턱짓을 했다. 그곳엔 또 다른 문이 있었다. 하지만 쇠사슬로 칭칭 감아놓은 것도 모자라 자물쇠로 단단히 잠겨 있었다. 이번만큼은 만능열쇠로도 열리지 않았다.

자물쇠를 몇 차례 흔들어보다 포기하려 물러서는데, 동생이 창고 구석에 세워져 있던 곡괭이를 집어 들고는 냅다 내려쳤다. 자물쇠가 비명 같은 굉음을 내며 부서졌다.

녹슨 경첩에 매달린 묵직한 철문을 열어젖히자 밀폐된 공간 속에 갇혀 있던 음침한 기운이 한꺼번에 쏟아져 나왔다. 곰팡이와 배설물 냄새가 뒤섞인 것 같은, 살면서 맡아본 적 없던 생소하고 지독한 악취였다. 구역질이 나는 것을 억지로 참으며 안으로 들어섰다.

그곳엔 또 다른 넓은 공간이 있었다. 흙벽의 일부가 옅은 빛에 드러나는데, 어둠 속에서 뭔가가 꿈틀거리고 있었다. 뒤에 서 있던 딸이 핸드폰을 꺼내 들어 시커먼 어둠을 향해 빛을 쏘았다.

흙벽에 엉거주춤 웅크리고 엎드린 형체는 분명 사람이었다. 우린 너무 놀라 하마터면 그대로 까무러칠 뻔했다. 이자는 얼마나 오랫동안 갇혀 있었던 걸까? 그는 빈약한 조명 빛에도 눈을 제대로 뜨지 못하고 얼굴을 두 손으로 가리며 숨으려 했다.

빛이 전혀 없는 것은 아니었다. 천장으로 길게 뚫린 파이프 관으로 희미하게나마 빛이 새어 들어오고 있었다.

연신 부들부들 떨며 공포에 사로잡혀 있던 그는 금세 우리가 위험하지 않다는 걸 알아차린 듯했다. 마치 자신이 그토록 두려워하던 누군가가 아니라서 안도하는 것 같았다. 더듬더듬 바닥을 기어와 살려달라 간청하는 그는 비쩍 말라 뼈만 앙상한 노인이었다. 덥수룩한 수염에 깊게 패인 주름 사이로 시커먼 때가 선명하고 눈이 흐리멍텅한 잿빛이었다. 그의 몸에서 내뿜는 냄새는 끔찍했다. 노인은 울먹이며 말했다.

"어, 어서…… 날 여기서 내보내주시오. 살인마가 언제 올지 몰라. 어서 경찰에 연락을……."

"살인마에 대해서 아세요, 누군지? 얼굴도 알아요?"

노인이 세차게 고개를 끄덕였다. 나는 아버지가 살인과 무관하길 바라는 마음에 얼굴을 확인받고 싶어 핸드폰을 뒤적였지만 일 년을 함께 살면서 사진 한 장 남겨두지 않았다는 걸 그제야 알았다.

"나는 보았소, 흉악한 그놈이 사람들을 죽이는 걸. 어서 날 좀 풀어주시오."

노인의 허리춤을 감은 긴 쇠사슬은 벽에 쇠고리와 연결되어 있었다. 그러니까 그는 쇠사슬 길이만큼의 반경으로만 움직일 수 있었다. 동생이 곡괭이로 고리를 끊으려는 걸 보고 내가 가로막으며 소곤거렸다.

"누군 줄 알고 풀어줘? 만약 정말 아버지가 살인자라면? 이곳 일을 경찰에 모두 말할 거야."

죽은 자는 비밀을 지킬 것이나 생존자는 다르다. 시신은 묻어서 감출 수 있다지만 이건 다른 문제였다. 노인은 살아있는 목격자다. 수사가 진행되면 우리도 시신 유기 혐의로 조사받게 될 것이다.

"어떻게 믿습니까? 영감님이 이곳에 묶여 있는 진짜 이유가 뭔지도 모르는데 어떻게 믿고?"

나는 의심스럽다는 티를 내며 물었고, 노인은 기력 없이 입을 열었다.

"그놈과는 전국의 건설 현장을 오며 가며 알게 되었소. 하루는 여관방에서 그놈이랑 술을 마시다 잠이 들었는데 눈을 떠보니 이렇게 되어 있었지. 그 후로 다른 사람들을 납치해 와 이곳에 감금해 뒀다가 내가 보는 앞에서 고문하고 살해합디다. 하지만 내게는 아무 짓도 안 했소. 뭘 원하냐! 암만 물어도 대답도 않고, 그렇게 긴 시간을, 무려 20년의 세월 동안……."

노인은 복받쳐 오르는 격정을 추스르듯 한참 동안 뜸을 들이고는 작은 소리로 읊조렸다.

"내 이름은 조일성이오."

이름을 듣는 순간 나는 현기증에 쓰러질 듯 휘청거렸다.

동생은 고개를 갸웃하며 말했다.

"조일성? 그건 우리 아버지 이름인데?"

칠흑 같은 어둠에 파묻힌 노인의 눈동자가 빛을 뿜어냈다. 말똥말똥해진 눈으로 동생의 얼굴을 살피며 물었다.

"아버지라고? 혹시 그쪽은 뉘시오?"

"저는 조일성 씨 막내아들 조기두……."

"말하지 마!"

내가 소리치며 막아섰지만 동생은 이미 자신의 이름을 입 밖으로 내뱉은 후였다.

어둠 속에서 노인의 눈빛이 흔들리며 '네가 기두라고?' 말끝을 흐리더니, 내게로 시선을 돌려 물었다.

"그럼 네가 조봉두로구나? 그래, 맞다! 어릴 적 얼굴이 남아 있네. 나다, 내가 네 아버지야!"

무릎을 내려치며 눈물을 글썽이는 노인을 지켜보았다. 혼란이 밀려들어 정신이 아득해지는 것만 같았다. 어리둥절한 가족들도 내게 눈짓으로 물었고 나는 도망치듯 밖으로 뛰쳐나왔다.

"저 사람 누구야? 어떻게 아버지와 우리 이름을 다 알지? 형, 뭐 아는 거 있어?"

"여보, 아버님이라니? 이게 어떻게 된 일이야? 그럼 우리가 일 년 동안 보살핀 그분은?"

동생과 아내가 따라나서며 다그치듯 물었지만 나 역시 혼란스럽기는 마찬가지였다. 이걸 어떻게 이해해야 할지 몰라 생각을 정리하느라 대답을 못 했다. 한참을 고민한 끝에 노인을 믿을 수 없단 결론에 이르렀다. 나의 어조는 격앙되어 있었다.

"저 말을 믿어? 어떻게 저 노인이 우리 아버지라는 거야? 아버지는 돌아가셨어, 우리에게 이 집과 이 땅을 주시고. 저놈이 아버지인 척하는 거야. 어쩌면 저 영감이 살인범일지도 몰라."

"그렇게 믿고 싶은 건 아니고?"

아내의 날카로운 말에 속내를 들킨 것처럼 화끈거렸지만 나는 어금니를 깨물며 으르렁거리듯 말했다.

"잘 들어. 절대 현혹되어선 안 돼! 정신 똑바로 차리고 냉정해지지 않으면 우리 다 죽는다."

사나운 말을 들은 아내와 동생은 그 뜻을 이해하는 것 같았다. 불현듯 딸이 보이지 않는다는 걸 알아채고 두리번거렸다. 뒤늦게 아직 그 안에 남아 있다는 걸 알게 된 나는 다급하게 안으로 뛰어들었다.

딸이 노인과 너무 가깝게 마주하고 있었다. 얼른 둘 사이를 막아섰다. 노인이 날 빤히 올려다보며 한없이 인자해 보이는 얼굴로 물었다.

"얘가 내 손주니? 그럼 네가 며느리겠구나? 배 속의 아이는 언제 나오니?"

"당신 누구야? 누군데 아버지 행세를 하는 거야? 내 아버지 조일성은 이미 돌아가셨어."

"죽었다고? 그 망할 놈의 괴물 새끼가 결국 죽어버렸다는 거지?"

나의 추궁에 노인은 도리어 위협으로부터 벗어난 듯 안도했고 다른 한편으론 허탈해했다.

"짐작은 하고 있었다. 여길 20년 동안 늘 드나들었는데 1년 전부터 나타나지 않으니 잡혔거나 죽었겠구나 생각했어. 나도 이곳에 홀로 갇혀 꼼짝없이 굶어 죽을 판이었어. 다행히 이곳이 식량 창고라서 먹을 게 남아 있었고, 희한하게도 이곳엔 버섯도 조금씩 자라더구나. 물은 환풍구로 새는 빗물을 받아 마시며 버텨왔다. 그놈이 내 신분증으로 내 행세를 했을 거다. 여기 잡혀 온 여자 하나가 그러더구나. 그놈이 조일성이라는 이름으로 살고 있다고. 내 이름으로 온갖 나쁜 짓을 저지르고 있었어."

"그런 거 말고 확실한 증거를 대봐요. 당신이 우리 아버지라는 증거!"

동생이 인정할 수 없다며 소리치자 노인은 잠시 기억을 더듬는 듯 허공을 응시했다. 그러더니 나를 보며 말했다.

"오래되긴 했지만 네 형, 조봉두 등 뒤에 화상 자국이 있던 건 확실히 기억한다."

내 등 뒤에 새겨진 화상 자국을 아는 동생은 당혹스러워했지만 아내는 고갤 저으며 부인했다.

"아버님한테 들은 얘기일 수도 있잖아. 어쨌든 두 사람이 함께 지낸 시간이 있는데."

아내의 말이 맞았다. 그 정도 얘기는 주워들었을지도 몰랐다. 하지만 본능적으로 몸이 떨리고 노인과는 두려워 눈도 마주치지 못하는 나를 인식하자 확신이 들 수밖에 없었다. 나는 나도 모르게 중얼거렸다.

"이 사람 맞아……. 몸이 기억하는 걸 보면."

영문을 몰라 하는 가족들을 뒤로 두고 나는 노인의 눈을 억지로 응시하며 말을 이었다.

"화상 자국이 왜 생겼는지 그것도 기억나세요? 그럼 머리 뒤에 깨진 흉터는? 네 살 때 쇄골 뼈가 부러졌는데 제때 치료를 못 받아 살짝 비틀어진 것도 기억나시죠?"

노인이 돌연 시선을 피하며 '그, 글쎄 그랬었나?' 시치미를 떼자 나는 헛웃음이 새어 나왔다.

"왜 모른 척하세요? 모두 본인이 그랬으면서. 등에 화상은 당신이 다리미를 던져서 그런 거잖아요. 머리는 전화기로 내려찍어서고, 쇄골 뼈는 날 벽으로 내던져 골절된 거잖아요."

"글쎄, 그런 건 기억나지 않는데……. 네가 잘못 안 거 아니니? 네가 너무 어려서 착각하는 걸 수 있잖아?"

"지랄……. 하긴 어리긴 했죠. 그런 어린애를 왜 그렇게 처참하게 짓밟으신 거예요? 나랑 엄마는 당신이 술만 마시면 휘두르는 폭력에 하루하루가 지옥이었는데. 그날도 잊지 못해요. 내가 점심밥을 먹다 흘렸다면서 빗자루가 부러질 정도로 때리고, 욕조 물에 머리를 처박고, 그것도 모자라 빨랫줄로 손발을 묶어 밤까지 옷장에 가뒀잖아요. 그거 알아요? 그때 나, 팔도 골절됐었어요. 그날이에요, 도망친 날. 엄마가 보기에도 이러다 애 하나 잡겠다 싶었는지 당신이 잠든 틈에 동생 둘러업고 내 손을 붙잡은 채 집을 나왔는데 어찌나 기쁘던지……."

"가끔 손찌검한 건 맞지만 그렇게 심하게 한 기억은 없다. 난 너흴 찾으려고 전국을 떠돌았어."

뻔뻔하게 구는 노인의 태도와 반성 없는 낯짝에 부아가 치밀어 오른 나는 언성을 높여 소리쳤다.

"기억이 없어요? 왜 기억을 못 하죠? 나는 이렇게 또렷하게 기억하는데 당신은 왜!"

모르쇠로 일관하며 발뺌하던 노인이 태도를 바꿔 마음에도 없어 보이는 말을 내뱉었다.

"그래, 네 말대로 그랬을지도 모르지. 내가 좋은 아비는 아니었으니까. 하지만 당시엔 나도 철이 없었고 일도 잘 안 풀리고, 그러다 보니 체벌이 지나칠 때도 있었던 것 같다."

"본인이 무능해서 멸시당하는 걸 분풀이한 거잖아. 우린 당신의 감정 쓰레기통이었으니까!"

"그것도 인정하마……. 미안하다. 어찌 되었건 그때 일은 내가 사죄하마. 용서해다오, 아들아."

"사죄? 말로 하는 건 누구나 할 수 있어요. 진정으로 사죄할 거라면 제대로 하세요."

"그럼…… 그럼 내가 어찌해야 용서해주겠니?"

나는 눈을 부릅뜨고 또박또박 분명한 어조로 말했다.

"남은 생을 우리에게 희생하세요. 계속 여기 남아서."

"……뭐? 그게 무슨 소리야? 여기 남다니?"

"어디 갈 생각 마시고, 지금처럼 여기에 남아 이렇게 살아서 숨만 쉬시라고요."

그제야 내 말뜻을 제대로 이해한 노인은 얼굴이 사색이 되어 매달렸다.

"제발 내보내줘. 실은 꼭 만나야 할 가족이 있다. 이곳에 오기 전에 함께 살던 여자가 있어. 그 사이에 세 살 난 딸아이도 있고. 20년을 보지 못했으니 지금은 어엿한 성인이 됐을 거다."

"가족이라고요? 그럼 나랑 기두는 뭔데요? 당신한테 죽도록 맞기만 하던 우리 엄마는!"

노인이 가족이란 말을 함부로 들먹이자 어이없고 화가 치밀어 소리를 꽥 질렀다.

내가 제정신 아닌 듯 흥분하자 동생이 진정시키려 문밖으로 이끌었고, 슬그머니 물었다.

"그동안 왜 말 안 했어? 엄마도 살아계셨을 때 그런 얘기 한 적 없는데?"

"어차피 그때 넌 어려서 기억 못 할 테니 차라리 모르는 게 좋다고 생각했어. 우리가 아버지라고 생각했던 살인범을 내가 왜 집으로 받아준 줄 알아? 지금처럼 따져 물으려고. 치매노인 정신이 돌아오면 그때 왜 그랬냐, 왜 날 그렇게 미워했냐, 물어보려고. 그리고 똑같이 되갚아주려 했어. 근데 허무하게 죽어버려서 분했는데 이렇게 진짜를 만나 다행인가 싶기도 하다."

나를 동정 어린 시선으로 바라보던 아내가 그럼에도 불구하고 내키지 않는지 이렇게 말했다.

"그런데 여보, 정말 이곳에 저대로 둘 거야? 그래도 40년 만에 만난 아버지잖아."

"풀어주면? 경찰에 알리면 여긴 어떻게 될 것 같아? 엄밀히

따지자면 이 땅은 살인범의 것이지 우리의 유산이 아니야. 진짜 조일성은 저기 있으니까. 다시 예전으로 돌아가고 싶어?"

현실적인 상황을 상기시키자 아무도 대답하지 못했다. 나는 들끓는 감정을 감추고 신중하고 사려 깊은 척하려 애썼다.

"거수로 결정해. 나도 독단으로 할 생각 없어. 모두의 의견에 군소리 없이 따를게."

나 혼자 모든 책임을 질 순 없었다. 모두가 스스로 결정해야 훗날 그 선택을 원망하지 않을 것임을 알았다. 가족 중 한 사람이라도 원치 않으면 곧바로 경찰에 알리기로 마음을 먹었다.

나와 아내 그리고 동생과 딸 모두 함께 거수를 통해 결정을 내렸고, 만장일치가 난 결론을 알려주기 위해 노인에게 다가갔다. 그리고 아내가 앞으로 나서서 먼저 입을 열었다.

"아버님, 제가 부족한 며느리지만 앞으로 불편함 없이 잘 모실게요."

그러자 동생과 딸도 한마디씩 거들었다.

"아버지, 제가 여기 전기도 끌어다드리고 춥지 않게 난로랑 침대도 놔드릴게."

"전기도 돼? 그럼 할아버지, 제가 심심하지 않게 TV도 달아드릴게요."

불현듯 얼굴이 일그러진 노인은 절망하며 내 손을 붙잡고 무릎을 꿇은 채 애원했다.

"제발 부탁이다, 난 꼭 가야 해. 가족을 만나겠다는 희망 하나로 이제껏 죽지 않고 버텨왔다."

나는 동정심과 흡사한 감정이 일어 잠시 흔들리기도 했지만 결심을 단단히 하려 애를 썼다.

"가족이요? 그들도 과연 만나고 싶어 할까요? 거기서도 걸 핏하면 폭언과 주먹질로 가족들을 괴롭혔을 게 뻔한데. 오히려 자신들의 인생에서 사라져준 걸 고마워할 겁니다. 우리도 그랬으니까."

"아니야, 너희한텐 미안하지만 그 후로 정신 차리고 충실히 살았다. 우리 가족은 화목했어."

우리 가족은 화목했다는 노인의 뻔뻔한 말에 모욕을 당한 것 같아 구역질이 쏠릴 지경이었다. 문득 입술이 뒤틀리며 비웃음이 새어 나왔다. 하마터면 믿을 뻔했다는 생각에 낄낄거리며 말했다.

"그렇게 화목한 가족이 왜 사라진 당신을 찾으려 하지 않았을까요? 살인범이 당신 이름으로 이 집을 샀어요. 찾으려면 얼마든지 찾아올 수 있었다고요. 그런데도 이곳에 나타나지 않았다는 건 그들도 당신을 좋은 아비로 기억하지 않는다는 겁니다. 두 번 다시 보고 싶지 않다는 뜻이라고요."

"아니야, 그럴 리 없어. 내가 잘못했다. 내가 이렇게 싹싹 빌마. 제발 가족들에게 보내줘."

통쾌함에 속이 후련했다. 그는 모두에게 버려져야 마땅하다. 나의 어린 시절을 지옥으로 새겨놓은 주제에 다른 누군가에게는 감히 다정한 아버지로 기억된다면 그건 너무 불공평한 일이지 않은가. 만약 그것이 사실이라면 나는 울화가 치밀어 도무지 견딜 수가 없을 것이다. 나는 처절하게 매달리는 노인을 그대로 남겨둔 채 매정하게 문을 걸어 잠갔다.

그로부터 우리 가족은 많은 것이 달라져 있었다. 노인은 여전히 지하 땅굴 같은 그곳을 벗어나지 못했다. 그래도 이젠 그곳에 깨끗한 침대와 난로가 놓였고, 전기도 들어와 불을 환하게 밝힐 수 있었다.

불편함이 없도록 살피자 그런대로 안락한 공간으로 변했다.

노인도 처음 며칠은 필사적으로 애원했지만 금세 기력을 잃고 현실에 순응했다. 그걸 보면 가끔은 측은했지만 그럴 적마다 냉정하게 굴려고 노력했다. 아내와 딸 그리고 동생은 죄책감이라도 덜어내고 싶었는지 매일같이 찾아와 지극정성으로 노인을 보살폈다. 오늘도 노인의 방에 모여든 가족들이 TV 예능을 보며 함께 웃고 떠드는 걸 문밖에서 지켜볼 수밖에 없었다. 그들은 마치 단란한 가족처럼 보였다. 하지만 나는 여전히 용서하지 못한 속 좁은 마음과 미안함이 공존한 가운데 그들 사이에 섞이질 못했다.

비워진 과일 접시를 들고 나오던 아내와 눈이 마주쳤고 그녀는 내게 쪽지 하나를 내밀며 말했다.

"잘 살고 있는지만 알아봐달래. 그리고…… 당신한테 미안하다고 한 말은 진심이래."

쪽지엔 노인의 동거녀와 딸의 이름 그리고 20년 전 집 주소가 적혀 있었다.

완연한 겨울에 접어들고 하늘에선 눈이 펑펑 내렸다. 어느새 숲은 온통 순백으로 뒤덮였다.

아내의 해산달이 가까워지며 우린 곧 태어날 새 식구를 맞이할 준비와 더불어 정리해야 할 것들을 마무리해나갔다.

벤츠 승용차는 인적 드문 저수지에 버리고 지갑이며 핸드백 같은 의심이 드는 것들은 모조리 불에 태워 소각시켰다. 그리고 서랍장에서 찾아낸 희생자들 것으로 보이는 신분증도 불에 던져 넣었다. 그중엔 노인이 쪽지에 적어준 동거녀와 어느새 성인이 된 딸의 신분증도 함께 뒤섞여 있었다.

나는 신분증 사진을 응시하며 어떤 이유인지 모를 화가 치밀었고, 가슴이 찢어질 듯 아파왔다. 눈발이 점차 거세지고 있었다. 결국 나머지 신분증도 모조리 불구덩이에 던져 넣었다.

나는 늘 벗어나고 싶다. 그것이 수렁에 빠진 지금인지 보잘 것없던 지난날인지 이제는 도무지 모르겠다.

두 번째

안티 바이러스

나는 무명(無名)이다. 짐작건대 아마도 나이는 올해로 스무 살은 족히 되고도 남을 것이다. 갓난쟁이 때부터 이제껏 인적 없는 이곳 산골 오지에서 할머니와 단둘이 사는 동안 나는 어디에도 기록되지 않은 무의 존재로 살아왔다.

할머니 말에 의하면 어머니는 일찌감치 돌아가셨고, 아버지는 도박에 미쳤는데 종국엔 도박 빚에 쫓겨 주민등록을 말소하고 나를 여기 버려둔 채 사라졌다고 들었다. 만약 내가 주민등록을 복구한다면 그들이 이곳을 찾아올 것이고 그렇게 되면 그 빚을 내가 다 떠안게 될지도 모른다고 했다.

그런 연유로 그동안 있어도 없는 듯 살아왔다. 당연히 학교는 갈 수 없었고 의료보험조차 없지만 다행인 건 이날 이때껏 한 번도 아파본 적이 없었다는 것이다. 건강한 덕분에 의료 혜택도 필요치 않았다.

나는 오롯이 TV와 잡지를 통해서만 세상과 소통해왔다. 가끔 찾아오는 약장수 아저씨가 길에 버려진 잡지나 책을 주워다 주시기도 했다. 때마침 방문한 약장수 아저씨가 산비탈을 오르며 할머니에게 능청스레 말했다.

"어르신은 올 적마다 전혀 늙지를 않으시네? 내 약 먹고 너무 젊어지는 거 아니셔?"

약장수 아저씨가 내민 물약을 건네받은 할머니는 단번에 목구멍으로 털어 넣었다. 그러곤 속바지 깊숙이 넣어둔 꼬깃꼬깃한 만 원짜리 한 장을 내밀었다.

그는 장돌뱅이처럼 전국을 떠돌며 혼자 사는 노인들을 상대로 관절염에 좋다며 약을 팔았다. 약국에서 파는 흔한 자양강장제에 자기 얼굴이 그려진 상표를 붙여 만 원에 팔고 있다는 걸 다들 알고 있었다. 약을 팔고 나면 집안의 허드렛일이나 수리 같은 잡다한 일들을 거들어주기 때문에 노인들도 별 불만 없이 그의 약을 사 먹었다.

고맙게도 나를 위해 잡지 몇 권씩 챙겨오던 아저씨가 이번에도 서너 권을 건네주었다. 오늘은 좋은 것도 하나 챙겨왔다며 능글맞게 웃어 보였다. 책 사이에 성인 잡지가 있음을 슬며시 알아차린 나는, 할머니가 눈치채지 못하도록 자연스럽게 방으로 건너가 책을 숨겼다.

약장수 아저씨는 단돈 만 원짜리 약을 팔고는 빗물이 새는 지붕도 고쳐주고, 피복이 벗겨져 누전이 된 전기선도 새것으로 갈아주었다. 그러곤 손을 탁탁 털고 산 너머 최씨 할아버지 댁으로 간다는 말을 남기고 떠났다.

최씨 할아버지는 100세 나이에 허리도 굽지 않고, 건강한 몸을 유지하고 있어 '순간포착 세상에 이런 일이'라는 방송에 나와 화제가 되기도 했다. 이 산을 주변으로 서른 가구 정도가 마을을 이루며 살고 있는데, 대부분 고령의 노인들이었다. 그런데 노인들이 잔병 하나 걸리지 않을 만큼 건강해서 이곳은 장수마을로도 유명했다. 우리 할머니도 90세가 넘었는데 겉보기엔 70대 정도로밖에 보이지 않을 정도였다.

산에는 일찍부터 밤이 찾아오는 탓에 우린 이른 시간에 저녁밥을 챙겨 먹었다. 세 평 남짓 작은 방 안에 웅크리고 앉아 나는 TV를 보고, 할머니는 귀만 쫑긋 TV 쪽을 향한 채 찢어진 옷을 꿰매고 있었다. 나는 TV에 비친 활기 넘치는 도심 속 풍경을 보며 무심하게 중얼거렸다.

"나, 도시에 가서 일해볼까?"

잠자코 듣고만 있던 할머니는 바늘 코에 실을 단번에 꿰며 바느질에 열중했다. 비좁은 방 안엔 TV 소리만 작게 흘러나왔다.

그게 마지막이었다. 다음 날, 할머니는 산에서 채취한 노루궁뎅이버섯을 오일장에 내다 팔려고 동이 트기도 전에 길을 나섰다가 음주 뺑소니 차에 치여 허망하게 돌아가셨다. 누구보다 건강하셨던 할머니는 갑작스레 훌쩍 떠나버리셨고, 나는 그렇게 혼자가 되었다.

내 감정은 이상하리만치 멀쩡했다. 그래서 미안한 마음이 함께 깃들었다. 겉보기에 할머니는 무척 건강해 보였지만 아무래도 물리적 나이가 90이 넘으셨으니 나도 모르게 마음의 준비를 하고 있었던 것 같다. 다만 마지막 가시는 길이 너무나 참담해 마음이 편치 않을 뿐이었다.

결국 나의 존재도 모르고, 기억하는 사람도 하나 없는 이 낯선 세상에 나는 홀로 남겨졌다. 마치 아무 흔적도 남기시 않은 투명인간이 된 것 같아 외롭고 서글펐다.

할머니의 빈소는 시내의 한 병원 장례식장에 차려졌다. 조문객들 중엔 방송에서 본 100세 최씨 할아버지도 계셨는데, 90세인 우리 할머니를 자꾸 어르신이라며 높여 불러 이상했다. 몸은 건강해 보여도 정신은 온전치 않으신 모양이었다. 첫날에만 마을 몇몇 어르신이 조문을 왔을 뿐 삼일장 내내 장례식장은 한산했다.

상주였던 나는 올 사람이 더 없다 보니 자리를 비우고 병원을 자유롭게 돌아다녔다. 덕분에 병원 로비 게시판에서 장례지도사 입관 보조를 구한다는 구인 광고를 발견할 수 있었다. 병원에 소속된 장례지도사의 입관을 보조하는 업무라 경력은 무관했고, 무엇보다 숙식이 제공된다는 혜택이 관심을 끌었다. 그래서 나는 할머니 장례를 모두 치르고 곧바로 입관 보조 자리에 지원했다.

주민등록증이 없다는 게 가장 큰 걸림돌이었지만 오래전에 이런 날을 대비해 미리 가짜 신분증을 만들어 둔 게 있었다. 급여도 적고 그다지 복잡한 업무가 아니었던 덕분에 쉽게 합격했다. 다행히도 신분을 확인하려고 어디 알아본다거나 하는 절차는 없었다. 왜 그랬는지는 출근 첫날, 노동의 강도를 겪고 나서야 비로소 이해할 수 있었다.

이 병원엔 교통사고 후 보험금을 타내려고 장기 입원 중인 나이롱 환자가 많았다. 거기다 돈이 없어 비싼 수술을 받지 못하거나, 수술로도 가망 없어 진통제로 연명 치료하며 마지막을 준비하는 환자들도 넘쳐났다. 그러다 보니 이 병원은 장례식장 사업이 가장 큰 수입원이었다. 건물 지하 3층 안치실엔 매일같이 시신들이 실려 내려왔다.

정신없이 일하다 밤이 되면 같은 층에 마련된 직원 숙소에서 쪽잠을 자고, 눈을 뜨면 비몽사몽 직원 식당에서 대충 끼니를 때우고 다시 시신 받기를 반복했다. 열악한 근무환경에 3일을 버티지 못하고 대부분 그만둔다고 했다.

이처럼 나의 업무는 단순하지만 결코 쉬운 일이 아니었다. 편히 주무시다 돌아가셔서 곧바로 오신 분들은 그나마 입관이 수월한 편이었다. 그러나 교통사고나 익사자 또는 화재로 숨을 거두신 분들은 그 몰골이 너무나도 처참했다. 무엇보다 뒤늦게 발견되어 부패가 시작된 분들은 그 냄새가 병원 전체에 퍼질 정도로 견디기 어려웠다.

오늘은 유난히도 일이 많이 밀려들어 졸도할 것만 같았는데,

사수인 장례지도사가 나를 불러 다독였다. 이러다 도망이라도 칠 것 같았는지, 하루 휴가를 주겠다는 것이다.

지칠 대로 지친 나는 안치실을 나오자마자 승강기를 타고 곧장 병원 옥상으로 올라갔다. 바깥 공기를 마시자, 그제야 숨을 돌릴 수 있었다. 첫 출근하고 무려 보름 동안이나 지하 안치실을 벗어나지 못했다. 죽어라 일만 하다 겨우 지상 밖으로 올라와 볕을 쬐니 세상이 달라 보였다.

나는 쏟아지는 오후의 햇살을 고스란히 얼굴로 받아내며 서 있었다. 눈도 제대로 뜰 수조차 없어 게슴츠레하게 반쯤 감고 일광욕을 했다. 문득 기척이 느껴져 고개를 돌리니 환자복을 입은 어린 여자아이가 난간에 팔을 괴고 기대어 서 있었다. 끊임없이 기침을 하면서도 아이스크림을 연신 혀로 핥고 있었다. 나는 슬쩍 다가가 말을 걸어보았다.

"그렇게 기침을 하는데 찬 거 먹으면 안 되지 않냐?"

아이는 아랑곳하지 않고 아이스크림을 한 입 크게 베어 물며 말했다.

"나, 감기 아닌데. 기침은 자꾸 나오지만 아이스크림 먹으면 괜찮아져요."

아이의 다른 쪽 손에 들린 비닐봉지 안엔 아직도 아이스크림이 많이 들어 있었다. 내가 봉지를 빤히 보자 아이는 하나를 꺼내 내 앞으로 내밀었다.

우리는 나란히 난간에 기대어 말없이 아이스크림만 먹었다.

그러다 아이가 뜬금없이 말했다.

"아저씨, 나 얼마 못 산다. 금방 죽는대요."

내가 잠시 할 말을 잃고 가만히 있자 아이가 대뜸 물었다.

"장례식장에서 일하죠? 병원에서 죽으면 지하로 내려가 아저씨 만나는 거라면서요? 우리 병실에 할머니도 지난주에 죽어서 밑으로 내려갔는데. 거기는 어떻게 생겼어요? 무서워요? 캄캄해? 나, 거기 한 번만 내려갔다 오면 안 돼요? 미리 봐두면 안 무서울 것 같거든요."

이제 아홉 살이라는 아이가 너무도 덤덤히 죽는 얘기를 하자 아무 말도 할 수 없었다. 나는 얼른 정신을 차리고 말했다.

"누가 그래, 죽는다고?"

"사람들이요. 저 폐암이래요."

"폐암? 그거 담배 많이 피우면 생기는 병이잖아. 야, 그 말 믿지 마. 싹 다 거짓말이니까. 그리고 걱정 안 해도 돼. 내 주변에 나를 아는 사람들은 전부 오래 살았어. 우리 할머니도 90세까지 사셨거든. 너도 이제 나를 알았으니까 곧 건강해져서 오래오래 살 거야."

근거 없는 위로였지만 아이는 기분이 좋아졌는지 처음으로 환하게 웃으며 아이스크림을 하나 더 주었다. 나는 덕분에 아이스크림을 두 개나 얻어먹을 수 있었다.

나중에 알게 된 사실이지만 아이는 소아 비소세포 폐암을 앓고 있다고 했다. 드물어도 아이들이 걸릴 수도 있는 병이라 들었다. 원인은 불명확하지만 유전적일 수도, 간접흡연이나 생활 환경이 영향일 수도 있다고 했다.

하루 받은 휴가 동안 밀렸던 일들을 처리하기 위해 서둘렀다. 미뤄둔 할머니 사망신고부터 하려고 면사무소를 찾았다. 그런데 내가 할머니 신분증을 제출하자 면사무소 전체가 술렁이기 시작했다. 아무 관심 없던 나도 그제야 이상한 걸 느꼈다. 할머니의 출생일이 1894년이었던 것이다.

책에서 본 적 있는 그날은 심지어 고종 황제가 재위하던 갑오경장 때였다. 막연히 옛날 분이라고는 생각했지만, 그해 태어났다니 정말이지 할머니의 긴 역사가 실감 났다. 찬찬히 날짜를 계산해보니 믿을 수 없는 숫자가 나왔다. 할머니의 나이가 90세가 아니라 무려 129세란 얘기인데…… 그게 가능한 일인가 싶었다. 아무리 생각해봐도 말이 되지 않았다. 아무래도 출생신고가 잘못된 게 분명했고, 그래야 설명이 가능했다.

시간이 지나면서 이곳 생활에도 점차 적응해나갔다. 틈틈이 장례지도사 자격시험 공부도 게을리하지 않았다. 몸은 힘들었지만 무엇보다 나도 이 사회의 어엿한 구성원이 된 것 같아 신이 나기도 했다. 병원 사람들과도 스스럼없이 친해지고 어느새 정말 친구가 된 아이와도 부쩍 가까워졌다. 가끔씩 쉴 때는 옥상에서 아이와 만나 아이스크림을 나눠 먹기도 했다.

처음 이곳에 취업하고 한동안은 눈코 뜰 새 없이 바빴지만 최근 들어 몸으로 체감될 만큼 여유가 생겼다. 정확히는 여유 정도가 아니라 시신이 내려오는 횟수가 부쩍 줄었다. 언제부터인가 교통사고 같은 외부에서 발생한 시신들만 간혹 있을 뿐 병원 내 입원해 있는 환자들은 더 이상 지하로 내려오지 않았다.

두 달여 만에 산골에 있는 집에 들렀다. 챙겨 가야 할 짐이 있었기 때문이다.

두 달밖에 되지 않았는데도 사람이 살지 않는 집은 을씨년스러웠다. 쓸쓸한 심정을 가누기가 어려웠다. 아직 할머니의 흔적이 고스란히 남아 있어 할머니, 부르면 부엌에서 고개를 쑥 내밀며 반겨줄 것만 같았다. 정말 할머니, 하고 불러보기도 했다. 적막만이 돌아왔다. 한 줄기 바람이 집을 휘돌아 나가는 게 느껴졌다. 그러고 나니 더욱 슬퍼져 견딜 수가 없었다. 나는 서둘러 옷가지며 얼마 되지 않는 내 물건들을 가방에 담았다.

얼추 정리를 마치고 그동안 정이 들었던 집을 한 번 둘러보았다. 아마도 다시는 돌아오지 않을 것만 같은 예감이 들었다. 할머니와 집과 마지막 인사를 하고 나서려는데, 저 멀리 산 아래서부터 수상한 중년의 남자가 올라오는 게 보였다.

등산복도 아닌 정장 차림이었다. 저런 복장을 하고 산을 오르는 게 정상인가? 막연하지만 불길하게 느껴져 나는 일단 몸을 숨겼다.

남자는 집 앞에 도착해 아아, 하며 앓는 소리부터 냈다. 옷에 묻은 흙먼지를 툭툭 털어내곤 집 앞마당으로 성큼 들어왔다. 계시냐고 묻거나, 기척도 내지 않고 바로 집 안을 살피기 시작했다. 거침없이 구는 게 이미 뭘 알고 왔다는 인상을 주었다. 그렇다고 도둑은 아니었다. 그는 훔치러 온 게 아니라 뭘 찾으러 온 것처럼 보였다. 그리고 그가 찾는 게 바로 나일 거라고 직감했다.

설마 할머니가 말하던 그 빚쟁이인가? 나는 숨을 죽이고 몸을 움츠린 채 담벼락에 바짝 기대어 숨었다. 어딘가 음침한 기운을 내뿜는 남자는 허락도 없이 남의 집을 본격적으로 뒤지기 시작했다. 마침 지나던 이웃 할아버지가 수상쩍은 그를 발견하고 다가와 물었다.

"뉘시오?"

인상을 쓰고 있던 남자는 얼른 표정을 바꾸고 지갑 속 신분증을 내보이며 대답했다.

"경찰입니다. 이 동네 분이신가요?"

"경찰? 아! 뺑소니 수사하러 오셨구나. 두 달이나 지났는데 아직도 해결 안 된 거요?"

전혀 경찰 같아 보이지 않은 남자는 대충 대답을 얼버무리며 질문을 이었다.

"여기 사시던 할머니랑 잘 아세요?"

"오며 가며 인사나 하는 정도. 그 할매가 90이 넘었는데 겉보기엔 70 정도 돼 보였지."

남자는 느닷없이 허연 이를 드러내며 싱겁게 웃는 얼굴로 말했다.

"90이요? 그 할머니 129세인데."

"이 양반이 농이 지나치네. 이 양반아, 어떻게 사람이 129세까지 사나?"

"그렇죠, 그건 말이 안 되죠?"

혼잣말처럼 중얼거리던 남자는 다시 궁금한 걸 물었다.

"할머니랑 함께 살던 젊은 남자가 있었다고 하던데? 혹시 지금 어디 있는지 아세요?"

허억! 나를 찾는 게 맞았다. 나는 얼른 입을 틀어막고 가슴을 움켜쥐었다. 긴장한 탓인지 심장이 저릿해 오는 것 같았다.

"스무 살 먹은 손주랑 둘이 살았지. 사고 난 후로는 도통 집에 안 오는 것 같던데."

나는 뒷마당 담을 타 넘고 샛길을 달려 헐레벌떡 산을 내려왔다. 막 떠나는 버스를 잡아타고 그곳을 빠져나왔다.

빚쟁이들이 나를 찾으러 올 것이라는 할머니 말은 모두 사실이었다. 이대로 붙잡히면 생판 모르는 빚에 옭아매여 내 인생은 나락으로 곤두박질칠 것이 분명했다. 사회의 어엿한 구성원이 되어 평범하게 살고자 했던 바람도 허사가 될 것이다.

빚쟁이들이 턱밑까지 추적해왔다는 불안감이 걸음을 부추겼다. 서둘러 병원으로 돌아왔는데 어째 분위기가 심상치 않아 보였다. 언론사 취재 차량들이 병원 앞 주차장을 가득 메웠다. 병원 로비 여기저기서 벌써 인터뷰가 벌어지느라 시끌벅적했다.

로비 한쪽엔 교인들이 모여 찬송가를 부르고, 병원 환자였던 이들이 병원을 나서고 있었다. 환자복 대신 모두 평상복으로 갈아입은 채였다. 어쩐지 병든 기색도 전혀 없고, 하나같이 멀쩡해 보였다. 얼굴엔 다들 기쁨이 넘치는 것 같았다.

영문을 알 수 없어 어리둥절해하는데 뒤에서 누가 옷소매를 잡아당겼다. 돌아보니 아이스크림으로 맺어진 나의 어린 친구가 환하게 웃고 있었다. 아이의 입에서 뜻밖의 말이 나왔다.

"아저씨, 나 집에 간다. 병이 다 나았대."

"정말? 진짜로? 우와, 잘됐다!"

뛸 듯이 기쁜 나머지 나도 모르게 큰소리를 내질렀다. 나는 아이를 부둥켜안고 방방 뛰며 소란을 떨었고 주책없이 눈에선 눈물까지 흘러나왔다.

"아저씨 말이 맞았어. 죽는다는 말 전부 거짓말이었어."

"그래, 그딴 말 믿지 말라고 했잖아. 내가 아는 사람들은 전부 오래 살았다니까."

나는 아이가 완쾌되었다는 말에 너무 기뻤다. 퇴원하는 뒷모습을 배웅하며 마음이 그렇게 뿌듯할 수가 없었다.

그 뒤로 병원엔 실로 엄청난 기적들이 연이어 일어났다.

병원을 찾은 환자들은 대부분 얼마 안 있어 건강을 되찾았고, 소문은 급속도로 퍼져나갔다. 입원을 희망하는 환자들이 끝도 없이 밀려들어 입원 대기 줄마저 생길 정도였다.

취재진과 학계 연구진들도 수시로 방문했다. 설명되지 않는 이 불가사의한 현상에 과학적인 원인을 찾고자 조사가 이뤄졌다. 온갖 종교단체에서도 성지 순례하듯 몰려들었다. 병원은 큰 수익을 거두었고, 자연스레 장례를 치르는 사람들은 눈에 띄게 줄어들었다. 일이 없어 공 치는 날이 많아졌다.

그로 인한 장례식장 직원 감축은 어쩌면 당연한 수순인지도 몰랐다. 얼마 지나지 않아 장례식장 인력은 대폭 축소되었다. 나와 같은 비정규직 직원들은 모두 병원을 떠날 수밖에 없었다.

어차피 빚쟁이들도 쫓는 마당에 차라리 잘됐다고 생각했다. 이참에 장례지도사 자격을 정식으로 취득해 다른 지방으로 가 제대로 정착해야겠다고 마음먹었다.

자격증을 취득하려면 지정된 교육원에서 일정 시간 동안 교육을 이수하고 시험을 봐야 한다. 그 뒤로 밤에는 아르바이트를 하고 낮엔 교육원을 다니며 공부했다.

그러던 어느 날이었다. 오전 교육을 마치고 교육원을 나서는데, 문 앞에 서 있던 시커먼 정장 차림의 남자 서너 명이 앞을 막아섰다. 그중 가장 직책이 높아 보이는 말쑥한 감색 정장의 남자가 한 발 앞으로 다가서며 말했다.

"반갑습니다. 선생님을 만나 뵙고자 백방으로 찾았습니다." 이들도 빚쟁이인가 싶어 간담이 서늘해졌다. 여차하면 뒤로 달아날 생각에 한 발을 빼고 경계했다. 내 동태를 눈치챘는지 그가 양손을 펴 보이며 안심시키려 했다. 그러고는 사람 좋은 미소를 지으며 명함을 내밀었다. 거기엔 'MR제약회사 원성수 상무'라는 직함이 선명하게 새겨져 있었다.

그가 잠시 얘기를 나누자며 승용차 뒷좌석으로 나를 안내했다. 나는 얼결에 떠밀리듯 차에 오를 수밖에 없었다. 원 상무란 사람은 다소 상기된 얼굴로 말문을 열었다.

"어디서부터 시작해야 할지⋯⋯. 저흰 선생님을 찾으려고 많은 시간과 비용을 들여왔습니다."

"누굴? 저를요? 왜요?"

"그동안 산에서 할머님과 단둘이 사셨다고 들었습니다. 그리고 그 마을 일대가 장수마을로 유명해진 사실도 확인했습니다. 혹시 지금껏 살며 어디가 크게 아파본 적이 있었나요?"

"아니요, 몸은 건강한 편이라 딱히 아파본 적은 없습니다."

"함께 사시던 할머니도 아마 건강하셨을 겁니다, 그렇죠? 살면서 감기 한 번 걸리지 않는다는 게 어쩐지 이상하다고 생각해본 적은 없으세요?"

"특별히 그런 생각을 해본 적은 없는데⋯⋯."

"할머님께서 1894년생인 건 아시죠? 사고만 아니었다면 올해로 129세입니다."

"그건 호적에 기록이 잘못돼서⋯⋯. 그게 말이 안 되잖아요."

"말이 되지 않죠. 하지만 사실입니다. 그게 가능했던 이유는 할머니의 손주, 그러니까 선생님의 부친께서 지니고 계신 유전자 덕분입니다.”

느닷없이 살아있는지 죽었는지도 알 수 없는 아버지가 언급되자 순간 머리가 멍해졌다. 무엇보다 아버지가 할머니의 손주라는 말이 도무지 믿기지 않았다.

원 상무는 계속해서 설명을 이어나갔다.

“그동안 본인이 손주라고 알고 계셨을 겁니다. 하지만 정확히는 증손자가 맞습니다.”

불쑥 나타난 낯선 남자가 나의 출생에 대해 언급하는 게 어이없지만 일단 들어보기로 했다.

“백신의 원리를 아십니까? 우리 몸은 바이러스나 균이 침투하면 몸 안에 면역세포들이 방어를 하죠. 하지만 낯선 세균이 기습적으로 공격해오면 제대로 방어를 못 하거나 점령을 당하기도 합니다. 그래서 그 균을, 미리 약하거나 독소가 빠진 항원 상태로 몸에 주입해 면역세포들에게 방어 훈련을 시키고 항체를 만들어 예방하는 거라 생각하면 이해가 쉬울 겁니다.”

그가 둥그런 턱을 쓰다듬으며 잠시 고민하는 듯 뜸 들이다 다시 말을 이어나갔다.

“부친께선 희귀한 유전자를 갖고 계십니다. 몸 안에 있는 특수 면역체계는 세균이나 바이러스가 유입해 오면 자연적으로 내성을 갖는 단일 유전자변이를 일으키죠. 그런데 특이한 건 면역세포들이 균을 죽이지 않고 오히려 변이를 일으키도록 길들입니다. 그렇게 무증상 보균자 상태로 호흡기를 통해 다시 타인에게 전염시키는데, 이 과정에서 세균에 독소가 사라집니다. 마치 백신처럼. 그것도 정확하고 효과적이며, 염증반응도, 부작용도 없는 슈퍼백신을."

방심한 틈에 옆자리에 있던 여자가 내 팔에 바늘을 꽂아 금세 피를 뽑았다. 무례하고 일방적인 작태였지만 순식간에 일어난 일이라 어쩌지 못했다. 원 상무는 화들짝 놀라는 나를 달래며 별거 아니란 손짓을 했다.

"더욱 놀라운 건, 그분의 몸을 통과하면서 독소가 걸러진 항원이 호흡기를 통해 사람들 몸에 다시 들어가면, 그걸 먹어치운 몸 안에 대식세포와 B, T세포 등의 면역세포들이 인터페론을 형성하고 특히나 NK세포들이 매우 강력한 영향을 받습니다."

"NK세포? 그게 뭔데요?"

"내추럴 킬러 셀이라고, 암세포를 발견하면 추적해서 사멸시키는 세포입니다. 어찌나 잘 죽이는지 암세포가 위장을 하고 숨어 있어도 찾아낸다고 해서 킬러세포라고 하죠. NK세포는 유해세포를 사멸시키는 것 이외에도 다른 면역세포의 증식을 유도하는 역할도 하는데 이게 또 숫자만 많다고 좋은 게 아닙니다. 중요한 건 활성화인데, 아버님의 몸에서 뿜어내는 항원을 NK세포들이 먹고 나면 그 활성화가 무려 수십 배에 이를 정도로 강화가 됩니다."

나는 당최 이해 못 할 소리라 머리가 빙글빙글 도는 기분이었다. 혼란스러워하는 걸 눈치챈 그가 한마디로 설명했다.

"쉽게 말해 옆에만 있어도 호흡기로 내뿜는 백신에 병이 낫고 몸이 건강해진다는 얘기죠."

말도 안 되는 소리였다. 옆에만 있어도 병이 낫는다니! 나는 이런 허황된 얘기에 결코 현혹되면 안 되겠다고 맘속으로 다짐까지 했다. 그사이 그가 덧붙이며 말했다.

"못 믿겠으면 아버님을 직접 만나 뵙고 확인해보는 건 어떠세요?"

"아버지? 아버지가 거기 계세요?"

"물론이죠. 아버님은 저희 회사의 가장 큰 자산이십니다. 가시죠. 지금 기다리고 계십니다."

여차하면 도망이라도 갈 생각이었는데, 아버지를 만날 수 있다고 하니 나도 생각이 달라졌다.

모든 것이 얼떨떨하고 도무지 믿기 힘든 얘기들이었다. 머릿속이 터질 것처럼 복잡했다. 그런데 아버지라니…… 기억에도 없는 아버지를 만날지도 모른다고 생각하자 기대감에 심장이 두근거렸다. 여전히 이들을 믿을 수 없다는 두려움이 앞섰지만, 그래도 일단 따라나서기로 했다.

차가 도로를 달리는 동안 나는 차창 밖을 내다보며 아버지 생각에 빠져 있었다. 만약 아버지를 만나게 되면 무엇부터 물어야 할지 헤아렸다. 어머니는 어떻게 돌아가신 걸까? 아버지는 왜 날 이런 산골에 처박아두고 떠나신 걸까? 한 번도 내 생각이 나지 않았던 걸까?

아버지를 만나면 물어볼 것들을 떠올리면서 여러 감정들이 뒤섞여 춤을 추었다. 어떤 질문은 떠올리는 것만으로도 화가 났고, 또 어떤 질문은 원망스러웠으며, 또 어떤 질문은 입 밖으로 꺼내는 것만으로도 괴로웠다. 이런 감정들을 억누르느라 애를 써야 했다.

차가 막 코너를 돌 때였다. 느닷없이 트럭이 달려들었고, 내가 탄 승용차의 옆구리를 들이받았다. 쾅, 부딪히는 순간 차체에서 고막을 찢을 듯한 굉음이 터져 나왔다. 그리고 온몸이 뒤집혔다. 차가 서너 바퀴를 뒹굴다 뒤집어진 채 멈춰 섰다.

나는 엄청난 충격으로 정신을 차릴 수가 없었다. 동승해 있던 사람들은 다 기절한 것 같았다. 나는 흐릿해지는 정신을 부여잡고 버텨보려 했다. 저만치 누가 저벅저벅 걸어오는 게 눈앞에 아른거렸다. 어렴풋이 그의 얼굴이 보였는데, 지난번 할머니 집에 찾아왔던 수상한 남자였다.

남자가 깡통처럼 찌그러진 차에서 억지로 나를 끄집어내 어디론가 부축한 것까지 기억에 남아 있었다. 그 뒤로는 혼절해 정신을 잃었을 것이다.

얼마나 시간이 흘렀을까…….

낯선 집, 낯선 침대에 누워 있다 정신을 차린 나는, 눈을 뜨자마자 벌떡 일어나 사방을 둘러보았다. 상처 입은 몸은 간단한 처치만 한 듯 곳곳에 엉성하게 붕대가 감겨 있었다. 그리고 발밑에 앉아 있던 수상한 남자와 눈이 마주쳤다.

그가 먼저 입을 열었다.

"일어났냐? 역시 회복력이 빠르구나."

나는 겁먹은 목소리로 누구냐고 물었고 그가 누런 이를 드러내며 빙긋 웃더니 이렇게 대답했다.

"누구긴, 널 구해준 사람이지. 어떻게, 얘기 좀 많이 나눴어? 그들이 뭐라 하던?"

정체를 알 수 없는 자와 함께 있다는 것만으로도 온몸에 소름이 돋았다. 원 상무만큼이나 이자 역시 수상하기 이를 데 없었다. 나는 이번에도 도망칠 방법부터 고민했다. 여기서 어떻게 빠져나갈 수 있을지 생각하는 것만으로도 갑자기 머리가 지끈거렸다. 그런 나를 잠자코 바라보던 그가 숨을 크게 한 번 몰아쉰 후 담배에 불을 붙였다.

환기가 되지 않는 방 안은 금세 연기로 자욱해졌다.

나는 연기에 마른기침을 토해냈지만 그는 대수롭지 않게 말했다.

"미안."

미안하지도 않으면서 형식적인 말만 내뱉고는 계속해서 담배를 태우며 말했다.

"당연히 네 아버지에 대한 얘기는 했겠지. 희귀 유전자 어쩌고 하면서……. 근데 원 상무가 사기꾼 같아 보여도 거짓말은 아닐 거야. 아버지도 만나게 해준다 그러든?"

"그 사람들을 잘 아세요?"

"알지. 그대로 따라갔다면 너는 평생을 그곳에 갇혀 실험 쥐 신세가 됐을 거라는 사실 말이야."

"실험 쥐요? 제가 왜요?"

"네가 아버지의 유전자를 물려받았고 그 능력도 이어받았을지 모르니까. 얘기 들었을 거 아니야. 네 아버지가 어떤 사람인지, 어떤 특별함이 있는지."

나는 그가 여전히 너무 의심쩍었지만 뭔가를 아는 듯도 했기에 사실을 털어놓았다.

"그곳에 아버지가 계신다고 했어요. 그 말도 사실일까요?"

"아마도 그럴 거야. 하지만 가지 않는 게 좋아. 저들은 너에게서 어느 정도의 가능성을 확인했기 때문에 접근했을 테고, 만약 따라간다면 장티푸스 메리처럼 죽는 날까지 실험실에 갇혀 살겠지. 표본도 강제 채취 당하고 온갖 신약 테스트에 몸은 만신창이가 되는 거야."

"그럼…… 저희 아버지도 그곳에 감금당해 있다는 얘긴가요?"

그는 대답 대신 입을 다물고 메마른 입술을 적셨다. 그러곤 천천히 자리에서 일어나며 말했다.

"당분간은 여기서 지내도록 해. 앞으로 어디에 어떻게 숨어 살아야 할지 고민해보자."

나는 도무지 누굴, 어느 만큼 믿어야 할지 알 수 없었다. 어쩌다 내가 이런 위험해 보이는 일에 휘말려야 하는지도 몰랐다.

나는 그저 산골을 벗어나 장례지도사 자격증을 가지고 착실하게 일하며 사는 게 목표였다. 다른 건 아무것도 바라지 않았다. 속이 꽉 막힌 것처럼 답답했다.

"근데…… 왜 저를 도와주시는 거죠?"

내가 간신히 생각해낸 질문을 던지자 잠시 생각에 잠겼던 그가 담담하게 입을 열었다. 흐릿하게 웃음기를 머금은 채.

"내가 신세를 졌거든. 네 아버지 아니었다면 난 이미 20년 전에 죽었을 거다."

몸이 회복되는 동안 집에만 틀어박혀 있었다. 그러다 보니 자연스레 생각이 많아졌다. 무엇보다 아버지에 대한 생각을 멈출 수가 없었다. 그의 말이 사실이라면 아버지는 그곳에 감금당해 있을 것이다. 갇혀서 무슨 봉변을 당하기라도 하는 거라면…….

아버지가 갇혀 있다는 게 자꾸 거슬렸다. 부자의 정을 알 리도 없으니 유대감도 없을뿐더러 아버지에 대해 알지도 못했다. 그래도 그런 끔찍한 얘기를 듣고 멀쩡할 수는 없었다.

일단 나를 이곳에 데려온 남자가 신뢰할 수 있는 자인지 확인하기 위해 그가 자리를 비운 틈을 타 집 안을 뒤졌다. 뭐라도 찾아내면 알 수 있겠지.

운이 좋게도 그가 벗어둔 외투에서 지갑을 찾아냈다. 거기 경찰 신분증이 있었다. 의외였지만 그는 진짜 경찰이었다. 경위 이정환. 그런데 신분증 발급 시기가 20년이나 지나 색이 몹시 바래 있었다. 어쩌면 지금은 경찰이 아닐 수도 있겠다고만 짐작했다.

더 뒤져보다가 우연히 옷장 밑에서 빈 공간을 찾아냈다. 거기엔 권총이 세 자루나 놓여 있었다. 대한민국에서 어떻게 여러 자루의 권총을 구했는지 모를 일이었다. 묵직한 총을 손으로 그러당겨 쥐어보니 어쩐지 무모한 용기가 샘솟았다.

나는 이 형사가 돌아오면 볼 수 있는 곳에다 '아버지를 만나야겠어요, 미안하지만 총 한 자루만 빌려갑니다'라는 쪽지를 남기고 원 상무가 준 명함에 적힌 번호로 전화를 걸었다.

얼마 지나지 않아 차 한 대가 나를 데리러 나타났다. 보험이 필요했던 나는, 바지 뒤춤에 총을 숨긴 채 차에 올랐다.

몇 시간을 달린 차는 서울로 진입하는 톨게이트를 지난 후에도 복잡한 도심을 또 한참이나 가로질렀다. 어느새 속도가 줄어들며 한산한 길로 들어서는가 싶었는데, 주위엔 온통 고급 주택들밖에 안 보였다.

높은 담을 둘러싸고 성처럼 지어진 화려한 저택들은 여기가 아무나 살 수 있는 데가 아니라는 걸 과시하는 것 같았다. 간혹 길을 엇갈려 지나는 차량들은 모두 외제차들이었다. 주택가를 끼고 조금 더 들어가니 아무런 현판도 없이 우뚝 솟은 건물이 나타났고, 차는 그 건물 지하 주차장으로 들어섰다.

주차장 입구 앞엔 팔에 깁스를 한 원 상무가 기다리고 있었다. 그를 비롯해 몇 사람이 더 있었는데 그들은 꼭 나를 마중 나온 표정들을 했다. 나는 환대를 받는 기분이었다.

원 상무는 호들갑을 떨며 내 몸에 생긴 상처를 살폈고 나는 단도직입적으로 물었다.

"아버지를 만나고 싶습니다. 어디 계시나요?"

"당연히 만나셔야죠. 그전에 몸에 이상이 있는지 몇 가지 검사부터 하시면 됩니다."

"검사는 됐습니다. 먼저 아버지 있는 곳부터 안내해주세요."

"금방 끝납니다. 오래 걸리지 않아요. 뭣들 하고 있어, 어서 검사실로 안내해드리지 않고."

원 상무의 지시가 떨어지자 사람들이 일사불란하게 움직였다. 나의 의사는 무시한 채 억지로 잡아끌어 데려가려 했다. 다급해진 나는 몇 발짝 뒤로 물러서며 바지 뒤춤에서 총을 꺼내들었다. 원 상무의 머리에 겨누며 소리쳤다.

"아버지가 먼저야! 어디 있어요?"

총구가 흔들리는 걸 보면 내가 얼마나 긴장해 있는지 티가 날 거라는 걸 알았지만 맘대로 제어가 되지 않았다. 총을 가진 나는 겁을 먹고 있었지만 오히려 원 상무는 태연했다. 그는 입술 끝을 끌어 올려 웃으며 말했다.

"귀하신 손님께서 험한 물건을 가져오셨네요. 근데 총을 쏴본 적은 있어요?"

총을 쏴보기는커녕 만져본 적도 없었다. 당황하는 사이 양옆에서 달려든 경호원에 의해 간단히 제압되고 말았다. 나는 허무하게 총을 빼앗겼다.

그렇다고 이대로 순순히 끌려갈 순 없었다. 나는 거세게 발버둥 치며 저항했다.

원 상무는 과장되게 답답하다는 표정을 하면서도 목소리는 높이지 않았다.

"뭔가 크게 오해를 하신 거 같은데, 좋습니다. 아버님을 먼저 만나 뵙게 해드리죠."

아버지를 바로 만나게 해줄 거라고? 어쩐 일인지 순순히 나오니 오히려 수상쩍었다. 그럴 거면 처음부터 데려가면 되는 거였잖아!

아버지가 있다는 곳으로 안내를 받으면서도 언제 또 덮칠지 몰라 긴장의 끈을 놓을 수 없었다.

나는 온 신경을 곤두세우고 그의 뒤를 따라갔다. 원 상무는 걷는 내내 이곳이 글로벌 제약회사의 서울지부라 소개하며 마치 가이드라도 해주듯 설명을 늘어놓았다. 제법 긴 복도를 걸어 드디어 통제구역이라 표시된 곳에 들어섰다. 문을 열고 들어선 순간, 나는 경악을 금할 수 없었다.

넓은 방 한가운데 사방이 유리로 완전히 밀폐된 무균실 침대가 보였다. 거기 위에 시커먼 뭔가가 누워 있는 것 같았다. 처음엔 나무토막을 올려놓은 줄 알았다. 자세히 보니 사람의 형태를 하고 있었다.

발이 떨어지지 않았지만 그래도 용기를 냈다. 한 발짝씩 가까이 다가서 보니, 침대 위에 놓인 몸은 훨씬 더 앙상했다. 나무껍질 같은 피부로 뒤덮인 채 바짝 말라붙어 끔찍한 몰골이었다. TV에서나 나오던 미라를 보는 것 같았다. 도저히 살아있는 생명체라고 믿기 어려웠다.

그의 몸 전체로 인공호흡기부터 혈액투석기, 심장 충격기 같은 병원에서 본 적 있는 기기가 잔뜩 달려 있었다. 본 적도 없는 생소한 기기들까지, 온갖 연명치료 장비가 빼곡하게 아버지의 몸을 뒤덮었다. 콧줄을 통해 음식물이 주입되고 혈관으로 수액이 들어가는 등 얼기설기 엮인 튜브 관도 살을 뚫고 주렁주렁 연결되어 있었다.

나는 뭔가에 홀린 듯 숨죽인 채 좀 더 가까이 다가가 보았다. 더 자세히 보니, 피부는 낙엽처럼 부서져 있고, 퀭한 눈꺼풀은 덮여 있으며, 맥박은 희미하게나마 꿈틀대고 있었다. 나는 설마 그가 아버지일 거라고 짐작할 수 없었다. '이게 아버지라고?' 하는 눈빛으로 원 상무를 돌아보았다. 원 상무는 고개를 끄덕이며 확인해주었지만 그럼에도 불구하고 여전히 믿기지 않았다.

그래서인지 참담한 광경을 마주하고도 냉정할 수 있었다. '살아계신 건가요?'라고 묻는 담담한 나의 질문에 원 상무는 버석한 턱을 쓰다듬으며 대답했다.

"매년 수십억의 비용을 들여서 연명치료로 유지는 하고 있지만 의학적으로 살아계신다고는 말씀드릴 수 없습니다. 뇌는 이미 기능을 상실한 지 오래니까요."

"다시 깨어날 수는 있어요?"

"특별한 유전자긴 하죠. 천문학적인 돈을 쏟아붓는다고 아무나 이 정도로 유지될 순 없을 겁니다. 하지만 아무리 슈퍼면역 체계를 갖춘 몸이어도 다시 깨어나는 건 어려울 겁니다."

"근데 왜? 왜 편히 보내드리지 않고 저렇게 억지로 붙잡고 있는 거죠?"

그는 생각을 정리하듯 뜸을 들이다 흠, 헛기침을 하곤 입을 뗐다.

"인류가 세상을 정복할 수 있던 건 무한대의 진화 덕분이죠. 또한 앞으로도 계속해서 진화할 테고 훗날 100년 뒤, 아니 50년만 더 흘러도 세상이 얼마나 달라져 있을지는 가늠조차 안 됩니다. 하지만 그럼에도 인류는 다가오는 죽음은 정복하지 못할 겁니다. 아무리 돈이 많은 재벌도, 무소불위의 권력자도 그 어떤 잘난 인간도 기껏해야 100년 후면 흔적도 없이 사라지는 하찮은 미물에 불과하죠."

"말 돌리지 말고, 언제부터 왜! 어째서 저대로 둔 거냐고요?"

"매년 수천 명의 태아가 용혈성 질환으로 목숨을 잃던 때가 있었죠. 임산부의 혈액에 비정상적인 면역세포가 태아의 적혈구를 파괴하는 원인으로. 그러다 1960년 호주에서 슈퍼항체를 가진 남자가 나타났어요. 그의 혈액에 든 특별한 항원이 태아를 공격하는 산모의 혈액반응을 막았습니다. 그 남자는 그 뒤로 60년간 천 번이 넘는 헌혈로 250만 명을 살렸습니다."

원 상무는 열띤 어조로 침대 위 아버지를 가리키며 말을 이었다.

"저분께서 처음 등장했을 때도 다들 혁명이라 기대했습니다. 하지만 우리는 체계적이지 못했고 욕심이 과했으며 야만적이기까지 했죠. 결국 기적을 행하기도 전에 소멸되어버렸지만, 그렇다고 포기할 순 없었습니다. 인류라는 종은 지금도 수많은 개체로 변이하고 생존경쟁의 결과로 진화를 거듭합니다. 우린 아버님도 그 수많은 개체 중 새롭게 진화한 새로운 인류의 종이라 생각합니다. 그래서 번식시켜야 한다는 결론에 이르렀고, 지금까지 총 21번의 실험체를 만들었습니다. 그래서 이번엔 더욱 체계적인 연구……"

"잠깐만요. 번식이요? 실험체라니…… 그게 무슨?"

나는 생소하면서도 소름 돋는 단어들이 나오자 잘못 들었나 싶어 말을 끊고 물었다. 그는 다분히 사무적인 투로 대답했다.

"이미 정상적인 몸 상태가 아니어서 쉽진 않았지만, 어렵게 추출해낸 정자로 대리모를 통해 슈퍼유전자를 가진 자식들을 잉태시켰습니다."

나는 온몸에 힘이 쭉 빠져나가는 것을 느꼈다. 너무도 혼란스러워 당장이라도 쓰러질 것 같았지만 간신히 냉정을 되찾고 물었다.

"그, 그래서요, 그 아이들은 어떻게……?"

"우린 유전자를 물려받고 태어난 아이들이 그 능력도 물려받았는지 실험해야만 했습니다."

그러니까 여기서 사람을 만들었다는 게 아닌가! 당장이라도 토악질을 할 것 같았지만 참아내야 했다. 다리가 후들거려도 쓰러지지 말고 서 있어야 했다. 혼란스러워하는 나를 보며 그가 어깨를 으쓱거렸다.

"바이러스, 세균 등을 주입해 결과를 지켜봤지만 모두가 그 능력을 갖고 태어나진 않았습니다. 대부분은 견뎌내지 못하고 살아남지도 못했죠. 단 하나, 13번 실험체만 빼고."

결국 분노를 참지 못해 나도 모르게 비명처럼 날 선 목소리가 튀어나왔다.

"이런 미친……."

그는 내가 어떤 상태인지 아랑곳하지 않고 모니터 화면에 사진을 띄웠다. 이번엔 목청을 높여 말을 이었다.

"안타깝게도 그 귀중한 13번 실험체를 잃어버렸습니다. 이정환 형사. 우리가 고용한 요원이었는데, 우릴 배신하고 아이를 훔쳐 사라져버렸죠. 무려 20년 전에."

모니터엔 나를 구해준 이 형사의 젊은 시절이 보였다.

원 상무는 나를 빤히 응시하며 말했다.

"그러다 20년 만에 다시 눈앞에 나타난 겁니다. 그것도 이렇게 건강한 모습으로."

모니터에 세 살 남자아이가 13번 명찰을 달고 있었다. 그 아이는 분명 나였다.

이젠 몸속의 피가 죄다 거꾸로 치솟는 것 같았다. 어지럼증에 몸이 휘청거렸다. 그가 무너지는 내 어깨를 잡아 세워 토닥이며 말했다.

"이번엔 지난날의 과오를 범하지 않을 겁니다. 억지로 실험을 하거나 그러지도 않을 거예요. 지금은 그런 야만적인 시대가 아니니까. 그저 건강한 정자만 주기적으로 제공해주시면 됩니다. 당연히 적절한 보상도 이뤄질 겁니다."

"당신들…… 사람을 이렇게 오랫동안 감금해두다니……. 전부 고발할 거야!"

나의 협박에도 그는 코웃음만 흘릴 뿐이었다. 그러거나 말거나 상관없다는 투로 말을 이었다.

"왜 하필 연구소가 고급 주택가 한가운데 있을까요? 이 나라에 힘 있고 돈 많은 사람들이 주변 이웃에 살고, 어떤 이들은 무리하게 사옥을 이곳으로 옮기면서까지 모여들었어요. 그들이 원합니다. 비록 호스로 연명하는 지경이어도 이곳에 두면 동네를 떠도는 공기 중에 바이러스를 모두 정화할 거라 믿기 때문이에요."

내가 제정신을 차릴 수 없는 상태인데도 원 상무는 어떻게든 나를 설득하려 들었다.

"복잡할 거 없어요. 그저 회사에 고용됐을 뿐이다, 그렇게 여기시면 훨씬 간편합니다. 사실 부친께서도 정당하게 고용되어 일을 하신 겁니다. 매달 급여도 지급되어왔고요. 걱정 마세요, 지내는 데 불편함 없도록 머물 곳도 이 동네에 마련해드릴 겁니다. 이웃들이 서로 집을 제공하겠다며 나설 거예요. 최대한 가까이에 있으려고 경쟁적으로 다툴 지경일 겁니다."

나는 더 이상 감정을 주체할 수 없었다. 당장이라도 달려들 기세로 그를 노려보았다. 그때였다. 펑, 소리를 내며 지축을 흔드는 폭발음이 터져 나왔다. 본능적으로 몸을 숙였는데, 고개를 들어보니 어디선가 연기가 스며들어 퍼져나가고 있었다.

사람들이 우왕좌왕하며 뛰어다니는 게 보였다. 원 상무는 어딘가로 전화를 걸고 있었다. 아마도 무슨 사태인지 확인하는 것 같았다. 수화기 너머 건물 지하 주차장 쪽에서 원인 모를 폭발이 일어났다는 게 내 귀에도 들렸다. 지금 불이 크게 번지고 있다고도 했다.

원 상무는 직접 가서 상황을 확인해보라며 보안요원들을 보냈고, 이 자리엔 몇 사람만 남아 대기했다. 연기가 조금 걷히자 뜻밖에도 눈앞에 이 형사가 서 있었다. 예상치 못한 등장이었다. 여기까지 쫓아오리라곤 생각지도 못했다. 그가 총을 겨누며 소리쳤다.

"오랜만이야, 원 과장. 아차! 이제 상무 달았다고 했지."

원 상무도 이 형사의 등장은 예상치 못했는지 적잖이 놀란 듯 보였다.

이 형사는 얼빠진 채 멀뚱히 서 있는 내게 다가와 나의 왼쪽 가슴에 붙어 있던 반창고를 잡아당겨 떼어냈다. 거기엔 손톱만 한 GPS 장치가 들어 있었다. 미리 숨겨두었던 그 장치를 이용해 나를 찾아낸 것이 분명했다.

"여긴 오지 않는 게 좋을 거라 경고했잖아."

이 형사는 내게 귀엣말하곤 가볍게 웃어 보였다. 그리고는 곧바로 사람들을 총으로 위협하며 한쪽으로 모두 몰아세웠다. 그러고는 무균실 쪽으로 성큼성큼 걸어가 침대 앞에 섰다.

이 형사는 처참한 몰골의 아버지를 가만히 내려다보았다. 번민으로 가득한 눈빛이 축축이 젖어들었다. 나도 조용히 옆으로 다가섰다. 그는 물끄러미 아버지를 바라보며 고백했다.

"이분을 납치 감금한 자는 바로 나야. 몹쓸 짓이라는 건 알았지만 수많은 사람들을 살려내는 일이라 믿었지. 하지만 정작 그의 삶을 빼앗아야만 했어. 당시에 말기암 환자였던 나는, 그를 붙잡아 옆에 두었다는 이유로 병이 완치되었고, 몰염치한 새 삶을 살았지."

나는 가슴이 먹먹해졌다. 대뜸 그가 나와 눈을 마주 보며 물었다.

"네가 할래?"

난 내려다보며 아버지의 처음이자 마지막 모습을 눈에 담으려 했다. 그 어떤 추억도 없는 그저 생물학적인 아버지일 뿐이지만 가슴을 뜨겁게 달구는 애틋함은 느낄 수 있었다. 아버지는 눈을 감은 채 죽은 듯이 있었지만 형언할 수 없는 간절함이 고스란히 전해졌다.

나는 일일이 생명 연장 장치의 작동을 멈추었고 하나둘 불이 꺼지며 결국 아버지는 서서히 영면에 들었다. 드디어 평온한 안식을 찾게 된 것이다.

원 상무가 양손을 올린 채로 다급하게 말했다.

"다시 말하지만 저희는 절대로 강제적인 희생을 원하지 않습니다. 제가 담당자가 된 이상 두 번 다시 그런 야만적인 일은 없어요. 그저 유전자만 나눠주시면 됩니다. 지금은 혼란스럽겠지만 언제든 생각이 바뀌면 찾아오세요. 어마어마한 보상과 확실한 안전을 보장합니다."

무던히 애를 쓰는 원 상무가 이젠 어떻게 해야 할지 몰라 쩔쩔매고 있었다. 그를 보는 이 형사의 시선에는 노골적인 경멸과 연민이 동시에 어려 있었다.

내 정체가 13번이었다는 말이 떠올라 다른 방으로 다가가 문을 열었다. 마치 어린이집처럼 꾸며져 있는 방이었다. 거기엔 장난감을 가지고 노는 7살쯤 된 남자아이가 있었다. 가슴에 19번이라 쓰인 옷을 입은 채로. 그리고 구석진 끄트머리 아기 침대엔 21번이라 쓰인 갓난쟁이 아기도 있었다.

이 아이들이 나의 외롭고 비참한 과거라고 생각하니 갑자기 눈물이 솟구쳤다. 이 형사가 흐느끼는 내 어깨를 붙잡고 말했다.

"견학도 끝나고 도시락도 까서 먹었으면…… 이제 그만 집에 가라."

이 형사는 나를 먼저 밖으로 내보냈다. 자신은 이곳에 남아 나에 대한 흔적을 모두 지울 거라고 했다. 나는 그 길로 도망쳐 나와 버스터미널로 달려갔고, 그곳에서 집으로 가는 버스를 잡아탔다.

막상 터미널에 도착해서야 내가 갈 곳이 아무 데도 없다는 걸 실감했다. 그래서 일단은 고향 집으로 돌아왔다. 나는 할머니 무덤 앞에 주저앉아 앞으로 어떻게 살아나가야 할지 고민했다. 장례지도사가 되겠단 꿈은 접어야 할 것 같았다. 생애 처음으로 얻게 된 직업이었는데……. 적성에도 맞았고 보람도 느꼈지만 나와는 어울릴 수 없는 직업이라는 걸 깨달았다.

한곳에 정착하며 사는 건 포기해야 할 듯싶었지만 막연히 도망 다니며 사는 것도 쉽진 않을 것 같았다. 그때 마침 마을에 들른 약장수 아저씨를 만났다.

나는 고민할 것도 없이 무작정 약장수를 따라나섰다. 그렇게 약장수 아저씨를 따라 전국을 떠돌며 당분간 몸을 의탁하기로 했다.

수입은 넉넉지 않았지만, 늘 옮겨 다니며 약을 팔고 나면 밥도 얻어먹고 잠자리도 제공받았다. 그렇게 한동안 숨어 지내기엔 부족한 게 없었다.

약장수 아저씨는 나중에 이 사업을 내게 물려주겠다는 싱거운 말을 곧잘 했다. 자신의 오랜 단골집들을 찾아다니며 날 소개해주기도 했다.

오늘도 어느 어촌 마을에 들러 만 원짜리 약을 팔고 허드렛일을 하며 하루를 보내고 있었다.

잠시 땀을 식히려고 뒤뜰로 나갔다가 이 집 꼬마애가 평상에 앉아 바닷가를 응시하는 걸 보았다. 옆으로 다가가 앉아 어딜 보냐며 말을 걸었다. 아이의 시선이 머무는 곳엔 아이의 또래쯤 되어 보이는 친구들이 바닷가에서 수영을 즐기고 있었다. 아이는 부러운지 그 모습에서 눈을 떼지 못했다. 아이는 뚱한 얼굴로 도리어 내게 물었다.

"그 약 먹으면 튼튼해져요?"

평상 위에 올려둔 내 가방 안엔 자양강장제가 가득 들어 있었다. 아이가 말하는 것이 그것이라는 걸 뒤늦게 알아들었지만 선뜻 대답하지는 못했다. 집주인 할머니를 통해 어린 손자가 결핵을 앓고 있다는 얘기는 이미 들었다.

처음엔 결핵약을 장기 복용하면서 상태가 호전되었지만 안일하게도 완치됐다는 착각에 복용을 중단했다가 도리어 결핵균이 약에 대한 내성이 생기면서 광범위내성결핵 즉 슈퍼결핵으로 번져 지금은 치료가 어려워진 상태라고 했다.

아이가 기침과 함께 피가 섞인 가래를 토해내는 걸 보자 연민이 솟구쳤다. 나는 약장수 아저씨의 얼굴이 그려진 자양강장제를 아이에게 한 병 내어주며 말했다.

"그럼, 튼튼해지지. 걱정 마. 내 주변에 나를 아는 사람들은 전부 오래 살았어. 너도 이제 나를 알았으니까 곧 건강해질 거야."

아이는 내 말을 정말 믿기라도 하는 것처럼 해맑게 웃으며 약병에 입을 댔다. 그러곤 기도하듯 눈을 감곤 홀짝거리며 마셨다.

오늘따라 날씨는 쾌청했고, 시원한 바닷바람과 청명한 햇살을 받으니 기분마저 붕 떠오르는 것 같았다.

세 번째

죽어도 좋아

올해로 마흔 줄에 접어든 웅수는 결혼이 간절했지만, 여건이 받쳐주지 못해 늘 마음뿐이었다. 일단 외모가 별로였다. 뻘겋고 번들거리는 얼굴색과 투박한 이목구비가 여자들에게 어필할 만한 생김새는 아니었다. 거기다 포마드 기름으로 빗어 넘긴 머리칼은 M자 탈모가 선명했고, 어울리지도 않는 계량한복의 차림새도 꼴답잖았다.

그는 도시 외곽, 납골당이 있는 추모공원 길목에 꽃집을 운영하고 있는데, 드물게 손님이 찾아오곤 했다. 한낮에 조금씩 내리던 비가 어느새 걷혀가며 햇빛이 들 즈음이었다. 가게 앞에 차가 멈춰 서더니 서른 중반쯤 되어 보이는 매혹적인 여자가 꽃집 안으로 조심스레 들어섰다.

"꽃바구니 지금 되나요?"

검은 원피스로 고혹적인 몸매가 더욱 도드라진 선애의 부드러운 말씨에 웅수는 고개만 끄덕였다.

처마 끝에 뚝뚝 흘러내린 빗물이 그녀의 이마에 떨어져 움찔하자 웅수는 재빨리 두루마리 휴지를 내밀었다. 그녀는 휴지로 이마를 훔치며 어색하게 웃었고, 웅수도 실없이 따라 웃었다. 정작 할 일을 망각한 듯 한참을 바라보다 아차, 하며 허둥지둥 믹스커피를 타주었다.

"드시고 계시면 준비해 드리겠습니다."

웅수는 꽃바구니를 만드는 와중에도 선애를 연신 흘끔댔다. 좀 전까지 자신이 앉았던 소파 자리에 새하얀 무릎을 모은 그녀의 기품 있는 외모가 노총각의 마음을 설레게 하기에 충분했다.

"납골당엔 누가 계셔서 이런 꽃바구니를……."

뭐라도 말을 섞고 싶었던 나머지 웅수는 좀처럼 하지 않던 짓을 했다.

공연한 걸 물었다 싶어 얼굴이 붉어지려는데, 잠시 뜸을 들이던 선애가 작은 소리로 대답했다.

"남편이요. 남편 고향이 여기랑 가까워서 일부러 이곳에 안치했어요."

웅수는 그렇구나, 고개를 끄덕이며 숙연한 척했지만 그녀가 미망인이란 사실에 더 관심이 쏠렸다.

"이곳은 어떤 곳이에요?"

선애가 뜬금없이 물었다. 웅수는 잠시 고민했지만 마땅히 떠오르는 말이 없었다.

"여기야 뭐…… 심심하죠. 인구도 많이 줄었고. 서울까지는 가깝지도 멀지도 않은 애매한……."

어느 때보다 정성 들인 꽃바구니가 완성되었다. 계산하고 떠나는 선애의 뒷모습을 한참이나 바라보던 웅수는 그저 입맛을 다시며 아쉬워하는 게 전부였다. 그는 뻔뻔하긴 했어도 다가서려는 용기는 항상 부족했다.

어스름이 내릴 무렵, 오래된 고택으로 퇴근한 웅수는 마당 수돗가에서 대충 씻고 곧장 툇마루로 껑충 뛰어올랐다. 걸레로 발만 쓱쓱 닦고는 방 안에 벌러덩 드러누웠다. 웅수는 일흔이 넘은 홀어머니 춘희와 단둘이 이 집에 살고 있었다.

춘희가 구부정한 허리로 밥상을 들고 들어서는데 흔들흔들 쓰러질까 불안해 보였다. 그러거나 말거나 웅수는 방바닥에 등을 깔고 누운 채로 핸드폰만 들여다보며 꼼짝도 하지 않았다.

춘희가 김이 모락모락 피어오르는 갓 지은 밥과 소박한 반찬이 담긴 상을 아들 앞에 살짝 내려놓았다. 자글자글 주름진 손으로 생선 가시를 발라내며 '어서 와, 뜨끈할 때 먹어' 하는데도 웅수는 대꾸도 하지 않았다. 그러자 춘희가 다시 한번 재촉했고 마지못해 시큰둥하게 대답했다.

"난 뜨거운 밥 싫어. 찬물 말아줘."

"염병하네. 가마솥에 갓 지은 밥을 왜 찬물에 말아!"

춘희는 빽 소리치며 타박하면서도 주전자의 찬물을 밥그릇에 부어주었다. 응수도 그제야 느긋하게 일어나 밥을 떠먹기 시작했다.

춘희는 저녁때면 밥 대신 막걸리에 설탕을 넣고 손으로 휘휘 저어 마시곤 했다. 밥상에 나물 반찬이 가득해도 편식이 심한 응수는 생선과 소시지에만 젓가락을 깨작댔고, 마뜩잖았던지 춘희가 잔소리를 해댔다.

"김치도 먹고 나물도 골고루 먹어. 그래야 장가가서도 마누라한테 구박 안 듣지."

"김치 싫어, 안 먹어. 나물도 싫고. 풀 냄새 나."

"집에서 약도 안 치고 유기농으로 키운 건데 왜 안 먹냐? 이런 걸 먹어야 똥도 잘 싸고 건강하지. 가뜩이나 지금 장가가서 애를 낳아도 한참 늦었는데 건강하게 지내야 씨도 좋을 거 아니냐."

"나, 건강해. 청년회 홍일이가 복덕방 말고 건강원도 하잖아. 가끔 장어즙도 갖다줘서 아직은 쓸 만해. 엄마 아들 힘 좋다니까. 어째? 엄마도 좀 줘? 노인정에 괜찮은 영감 없어?"

"씨알데기 없는 소리. 그리고 걔들이랑 어울리지 마. 그런 것들이랑 뭉쳐 다니면 재수 없어."

"왜? 술을 좀 좋아해서 그렇지 다 착한 애들인데."

"착하면 뭐 해? 혼자 사는 사내놈들끼리 그렇게 몰려다니면 덩달아 너도 장가 못 가는 거야."

춘희와의 대화는 늘 장가가라는 말로 시작해 장가가라는 말로 끝이 났다. 그럴수록 웅수는 대꾸하지 않으려 했다. 반응해 봤자 엄마 잔소리만 더 길어질 게 뻔했기 때문이다.

유난히 햇살과 바람이 좋은 날이었다. 웅수는 가게 밖에 펼쳐둔 꽃 화분에다 호스로 물을 분사하며 작은 무지개가 아롱아롱 펼쳐지는 걸 바라보았다. 가게 안엔 청년회 친구 철웅이와 황 선배가 찾아와 초원다방 김양이 타주는 커피를 마시며 하릴없이 시간을 보내고 있었다.

철웅은 게슴츠레한 눈을 하고 가슴이 어떻다느니, '속옷은 입었냐?' 같은 실없는 소리로 김양을 희롱하고 있었고, 웅수가 그만하라며 말리긴 했지만 어쩐지 다들 태연했다.

다른 친구 홍일이 들어서는 걸 보고 웅수는 기다렸다는 듯 득달같이 말했다.

"마침 잘 왔다. 나, 장어즙 있으면 또 주라. 내가 요새 기운이 예전 같지가 않아."

철웅과 황 선배도 덩달아 서로 달라고 보채자 홍일은 놀리듯 맞받아쳤다.

"아이고, 노총각에 홀아비에 이혼남이 그거 먹어 뭐 해? 어디다 쓸 데도 없으면서 아깝게. 그나저나 웅수야, 사거리에 너희 상가 아직 비어 있지? 이분이 거기 한번 보고 싶다는데."

홍일이 손을 내밀어 가리킨 곳에 선애가 부드러운 미소를 지으며 서 있었다.

웅수는 그녀를 다시 보게 되었다는 게 믿기지 않아 그대로 얼어붙었고, 놀라 숨이 멎어버릴 것만 같았다.

건강원과 복덕방을 동시에 운영하는 홍일은 선애에게 상가를 보여주고 혼자 꽃집으로 돌아왔다. 초조하게 기다리던 웅수가 '어떻게 됐냐?'며 매달리듯 물었다.

"희한한 여자네. 가게 자리 물어서 보여는 줬는데. 무슨 장사 할 거냐니까 모르겠대. 그러고 한다는 소리가 꽃집이라도 할까요? 이런 소릴 하는 거야. 그래서 내가 여기는 좁은 동네라 중국집도 한 개, 정육점도 한 개, 복덕방도 한 개인데 꽃집이 두 개면 안 된다 그랬지."

홍일이 어이없다는 얼굴을 하자 웅수가 고개를 도리질 치며 끼어들었다.

"아니야, 꽃집이 두 개일 수도 있지. 하라고 해. 추모공원 있어서 나쁘지 않다고."

"말이 되냐? 상가 주인이 버젓이 꽃집을 하는데 세입자가 또 꽃집을 하는 게. 아무튼 대책 없는 여자야. 근데 일단 가게부터 얻고 뭘 할지 생각해본다는데. 세 얼마 받을 거냐?"

잠시 고민하던 웅수가 단순한 셈을 하듯 '그게…… 50?' 하자 홍일이 도리어 반문했다.

"50만 원? 너 엄마한테 무슨 소릴 들으려고 고작 50을 받고 세를 주냐?"

"어차피 2년 넘게 비어 있던 자린데 50이라도 받으면 서로 좋은 거지 뭘 그래."

"아이고, 웅수야. 헛물 좀 작작 켜라. 딱 봐도 남편 있는 여자 같은데 왜 또 헛발질이냐."

그녀가 미망인이란 사실을 알고 있던 웅수는 혼자 흐뭇한 미소를 지었다.

"이거 어디 둘까요?"

커다란 개업 화환을 짊어지고 웅수가 물었다. 무거운 걸 참고 씩씩한 척하느라 웃고 있는데도 표정이 영 어색했다.

"글쎄요? 저도 개업은 처음이라. 무거우실 텐데 일단 문 앞에 내려놓으세요."

선애가 난처해하며 말했다.

눈에 잘 띄는 곳에 내려놓은 웅수는 손을 탁탁 털고는 손수 만든 화환을 만족스럽게 쳐다보았다. 그러고 나서 선애에게 세를 준 상가 안을 휘휘 둘러보았다. 아직 텅 빈 그대로였다. 책상과 의자만 덩그러니 있었다.

"뭐 할지는 생각해보셨습니까?"

웅수가 걱정을 감추고 털털하게 묻자 그녀는 아직 모르겠다는 듯 어깨를 으쓱했다. 그리고 조금 망설이다 입을 열었다.

"근데요, 여기 너무 조용하지 않나요? 오늘 아침부터 쭉 앉아 있었는데 고양이 두 마리, 참새 세 마리. 오늘 본 건 그게 전부예요. 아무래도 여기서 장사는 틀린 것 같아요."

"아, 그…… 그게 요즘 경기가 워낙……. 그렇지만 곧 좋아질 겁니다."

응수는 괜히 미안해져서 쩔쩔맸고 선애는 설핏 웃으며 말을 이었다.

"하늘이 잘 보여서 좋아요. 맑아. 여기는 통유리가 크고 맑아서 처음부터 마음에 들었어요."

그런 건 생각해본 적 없던 응수도 유난히 큰 통유리가 돋보이는 이곳이 어쩐지 달라 보였다. 볕도 잘 들고, 맞은편에 높은 건물이 없다 보니 시야가 넓게 트여 있다는 것도 새삼 보였다.

선애가 주머니에서 담뱃갑을 꺼내 손바닥에 탁탁 치더니 한 개비를 반쯤 빼서 응수에게 내밀었다. 응수는 얼결에 받아 물었고, 그녀와 나란히 서서 함께 담배를 피우며 맑은 하늘을 올려다보았다. 응수는 오랜만에 심장이 간질거리고 들떴다. 하늘을 날 것처럼 부풀어 오르는 기분이 썩 괜찮았다.

철물점에서 청소도구를 한가득 사들고 막 나오던 응수는 잠시 서서 담배를 한 대 물었다. 흐릿해진 하늘을 보며 피식피식 웃음이 새어 나오는 걸 참을 수 없었다.

길 앞에 슬그머니 경찰 순찰차가 멈춰 섰다. 조수석에 앉은 경찰복 차림의 철웅이 창을 열고 대뜸 물었다.

"날아가는 까마귀 빤스라도 봤냐? 뭘 그렇게 실실 쪼개? 그리고 너 언제부터 담배 피웠어?"

응수는 너는 알 거 없다는 듯 웃음만 피식피식 흘리며 담배를 맛있게 피웠다. 사랑에 빠져버린 그는 이유 없이 자꾸만 웃음이 새어 나왔다. 이제는 귓가에 들리는 사랑 노래들이 자기 얘기 같았고, 우울한 흐린 날도 운치 있었으며, 사소한 고민들도 더는 아무것도 아닌 게 되었다.

선애는 정말 대책이 없었다. 개업하고 보름이 지나도록 그녀는 매일같이 출근했다. 출근해서는 온종일 책상에 앉아 쌓아둔 책을 읽으며 시간을 보내는 게 전부였다. 그녀는 늘 꼼짝도 않고 앉아 종종 점심까지 거르며 책에만 폭 빠져 지냈다.

응수는 매장의 통유리 창을 맑고 투명하게 닦아내느라 항상 바빴다. 그러다 가끔 그녀와 눈이 마주칠 때면 겸연쩍게 웃곤 했다. 그게 고작이었다. 응수는 이런저런 핑계로 상가에 들러 잡일을 해주며 한 번씩 그녀를 훔쳐보는 것에 만족했다. 그는 선애의 무계획적인 삶의 태도가 여유롭다고 생각했고, 답답할 만큼 느긋한 몸짓을 우아하다고 여겼다.

좁은 동네에 외지인으로 들어온 선애가 가게를 얻고 마냥 책만 보는 모습은 주변의 시선을 끌기에 충분했다. 더구나 이곳에선 보기 드문 관능적이고 매혹적인 미모 덕에 뭇 남성들의 관심이 쏠리는 것도 당연했다. 그런 시간이 한 달 정도 지속되자, 매장에 책이 차곡차곡 쌓여갔다. 그러다 적당히 진열되고 상점도 조금씩 정리되면서 작은 책방이 차려졌다.

드디어 업종을 결정한 선애는 소박하게 널빤지에 직접 그려 넣은 간판도 내걸었다. 작은 동네에 전에 없던 책방이 생기자 드문드문 호기심에 찾아오는 손님들도 생겨났다.

책방이라고 하기엔 책이 많지 않아 허전했지만 웅수가 수시로 가져다 놓는 화사한 꽃들이 빈 곳들을 채워주었다. 그 덕분에 책방이 제법 구색을 갖추었다.

웅수는 이곳을 매일 제집 드나들 듯했다. 그는 손님을 가장한 채 앉아 있지만 다른 손님들의 반응을 살피다 더러는 권하기도 하고, 아는 사람이 지나가면 불러들여 노골적으로 강매하기도 했다. 자기 가게처럼 운영에 열을 올렸던 것이다.

반면에 선애는 처음이랑 달라진 게 아무것도 없었다. 그녀는 늘 한 번 앉은 자리에서 벗어나는 일 없이 온종일 책 읽는 데에만 몰두했다. 마치 웅수가 주인 같고 선애가 손님 같았다. 그래도 웅수는 즐거웠고, 선애도 그런 그가 싫지 않았다. 그들은 서로에게 끌리고 있다는 걸 느꼈다.

그런 감정은 설명 없이도 몸의 반응만으로 충분히 알 수 있었다. 시시때때로 자꾸만 떠오르고, 오롯이 애틋하며, 조바심에 다른 말과 소리는 흥미도 없고 들리지도 않는 텅 비어버린 상태. 어느덧 두 사람 모두 서로에 대한 호감이 충분해졌다. 웅수는 불필요한 감정 낭비를 원치 않았다. 이럴 때는 어느 한쪽이 먼저 적극적으로 표현해야 한다는 걸 믿었고 그 생각은 적중했다. 덕분에 두 사람의 관계는 급속도로 가까워지며 어느덧 특별한 사이가 되었다.

웅수는 내친김에 청혼마저 성급하게 밀어붙였다. 거절할까 걱정했던 게 기우였을 만큼 선애는 순순히 프로포즈를 받아들였다. 웅수는 행복하고 기뻤지만, 이웃과 친구들의 생각은 달랐다. 아무리 그녀가 결혼한 이력이 있다 해도 볼품없는 웅수의 저돌적인 청혼을 받아들였다는 사실을 납득하지 못했다.

결혼 절차는 망설일 것 없이 일사천리로 진행되었다. 어차피 어린 나이들도 아닌데 구태여 뜸을 들일 필요가 없다고 여겼다. 모든 준비는 거칠 것 없이 순조로웠다. 수상한 남자가 나타나기 전까진…….

여느 날처럼 화병에 꽃을 채우려고 콧노래를 흥얼대며 책방을 향하던 웅수는 거슬리는 뭔가를 감지하고 멈춰 섰다. 낯선 자가 멀리 숨어 책방에 앉은 선애를 훔쳐보고 있었다.

그리 낯설지도 않은 장면이었다. 그동안 파리가 꼬이듯 동네에 숱한 남자들이 그녀에게 추파를 던졌다. 하지만 이자는 처음 보는 사람이었다.

멀끔하게 생긴 낯선 이의 등장은 신경이 쓰였다. 성큼 다가 누구냐고 불러 세웠다. 그러자 남자는 화들짝 놀라더니 고개를 숙이며 자리를 피하려 했다.

수상쩍었던 웅수가 잡아 세우려 하자 급기야 남자는 도망치기 시작했다.

무작정 도망부터 친다는 게 심상치 않아 웅수도 덩달아 쫓기 시작했다. 뛰면서 전화로 경찰 친구인 철웅을 다급하게 소환했다. 수상한 놈이다! 경찰까지 동원해 난데없는 추격전이 벌어졌다.

골목을 굽이굽이 달리다 보니 금세 인가를 벗어났다. 이제 눈앞으로는 시야가 탁 트인 넓게 펼쳐진 논밭뿐이었다. 웅수는 남자를 따라잡을 만큼 빠르진 않아도 체력에는 자신이 있었다. 무리하지 않고 끈질기게 거리만 유지한 채 뒤쫓았다. 결국 남자는 숨이 차고 다리가 풀려 비틀대다 경사면에 발을 헛디뎌 개천 아래로 굴러떨어졌다.

아직 힘이 남아돌던 웅수는 느긋하게 달려들어 그의 몸에 올라타고 앉아 추궁했다.

"너 뭐야? 뭔데 우리 선애 씨를 훔쳐보고 있어? 너 이 새끼, 변태 돌아이지!"

다급한 숨을 토해내던 남자가 갑자기 거칠게 발버둥 쳤다. 이거 놓으라고 빽 소리치며 저항하기도 했다.

때마침 도착한 친구 철웅이도 가세해 그의 손목을 움켜쥐고 수갑을 채웠다.

남자는 손목에 채워진 수갑을 보더니 더는 안 되겠던지 해명에 나섰다.

"잠깐, 잠깐! 나 이상한 사람 아니에요. 나도 전직 경찰이고 지금은 보험조사관이에요."

처음엔 믿지 않다가 철웅이 신원조회를 통해 신분을 확인하고서야 풀어줬다. 신원이 확실하고 범죄를 저지른 것도 아니니 풀어주지 않을 도리가 없었다. 하지만 여전히 웅수는 의심을 거두지 못했다. 빈정거리는 투로 물었다.

"그러게 왜 도망을 치실까? 그리고 보험 머시기 하는 양반이 우리 선애 씨는 왜 훔쳐봤어?"

남자는 옷에 묻은 흙먼지를 털어내며 나직하게 말했다.

"한선애 씨는 특별조사팀 조사대상이니까요. 그것도 생명보험 사기가 의심되는 블랙 가입자!"

예상치 못한 말에 웅수는 귀를 의심했고, 남자는 계속 말을 이어나갔다.

"재작년에 한선애 씨 남편이 사망하면서 사망보험금을 무려 7억이나 수령했어요."

거액의 사망보험금 얘기까지 나오자 웅수와 철웅은 너무 놀라 입이 쩍 벌어졌다.

"그거야…… 가입을 했으니까 받은 걸 테고. 보험금을 많이 받았다고 의심받을 일은 아니지."

웅수가 제 일처럼 반박하고 나서자 남자는 잠시 뜸을 들이고는 충격적인 사실을 털어놓았다.

"전남편이 모두 사망했는데도? 그것도 자그마치 셋이나!"

현기증에 머리가 띵했다. 전남편이 사망했다는 건 이미 알고 있었지만 결혼을 세 번이나 했단 사실을 전혀 몰랐던 웅수는 할 말을 잃고 말았다. 남자는 웅수를 걱정스레 바라보며 말했다.

"알려줘선 안 되지만, 한선애 씨가 그쪽과 제법 깊어지는 것 같아 미리 경고해주는 겁니다."

웅수는 뒤통수를 세게 얻어맞은 것처럼 한동안 멍해져서 꼼짝도 할 수 없었다.

초원다방 구석 자리에 웅수가 몸을 구기고 앉아 기다리고 있었다. 뒤늦게 나타난 철웅이 맞은편에 앉자마자 은밀하게 입을 열었다.

"알아봤는데, 모두 사실이야. 지금까지 세 차례 결혼했고 모두 사고로 죽었어."

거짓말이길 바랐던 웅수는 바닥이 꺼질 듯 한숨을 쉬었다.

철웅은 짧은 시간 동안 많은 것을 알아왔고, 브리핑하듯 구체적인 설명을 덧붙였다.

선애의 첫 번째 남편은 필리핀 신혼 여행지에서 스노클링을 하다 익사 사고를 당했다. 당시에는 코리안 데스크가 생기기 전이라 타국에서 일어난 사건에 국내 수사관의 개입이 어려웠다고 한다. 결국 석연치 않은 사고사로 종결이 났다는 것이다.

두 번째 남편은 부부 동반 등산길에서 야생 너구리에게 물리는 일이 발생했다. 대수롭지 않게 여겼던 상처가 하필 광견병 바이러스에 감염되어 사망에 이르렀다. 광견병은 치료하지 않으면 치명률이 100%라 별다른 의심 없이 서둘러 화장을 한 탓에 부검도 하지 못했다는 설명도 덧붙였다.

그리고 세 번째 남편은 제주도에서 말을 타다 사고가 났다. 느닷없이 나타난 말벌에 놀란 말이 미친 듯이 날뛰는 바람에 낙마로 목이 부러져 사망했다. 이번엔 부검은 했지만 별다른 혐의는 찾지 못했다고 했다.

그렇게 해서 그동안 그녀가 사망보험금만 도합 13억 원을 넘게 챙겼다는 것이다. 증거는 없지만 하도 찜찜하다 보니 철웅이 못 참고 조심스레 물었다.

"너도 있어? 요즘 보험 없는 사람이 없으니 당연히 있겠지. 너는 사망 시에 보장이 얼마냐?"

"내가 가진 상해보험에는 사망 보장이 3억이래……. 그치만 선애 씨 만나기 전에 가입한 거야."

"그게 말이지, 선애 씨가 작년까지 보험설계사로 일한 경력이 있어. 그건 알고 있었어?"

"보험설계사? 그 얘기는 못 들은 것 같은데."

"설계사 코드 있으면 주민번호만 알아도 가입내역 조회 가능해. 주민번호 알려준 적은?"

"그거야 임대계약서 쓸 때 주민번호도 적어 넣으니까 당연히……."

웅수는 여전히 선애를 믿지만 불안감이 스멀스멀 피어오르는 건 어쩔 수 없었다. 그건 철웅도 마찬가지였는지 고개를 휘휘 저으며 말했다.

"야, 이거 느낌 안 좋다. 경찰도 의심스러워 수사 중인데 증거만 없지 여러모로 수상쩍어."

"뭐가 수상쩍다는 거야? 말조심해! 너 지금 우리 선애 씨가 설마 뭐라도 했다는 거냐?"

발끈한 웅수는 짜증스런 눈으로 철웅을 쩨려보곤 다방을 뛰쳐나갔다.

책방에서 멀찍이 떨어진 골목 모퉁이에 웅수가 서 있었다.

웅수는 심란한 마음이 좀처럼 진정되지 않는지 연신 줄담배를 태워 물었다. 생각이 너무 복잡해 다른 이들이 하는 말 따위는 귀에 들어오지 않았다. 아직은 그녀를 더 신뢰했다. 그녀에 대한 의혹이 충분히 신빙성을 갖추었지만, 그건 모두 거짓이라고 되뇌었다.

아무리 그래도……. '혹시라도 그렇다면'이라는 씨앗이 마음 한구석에 싹을 틔우며 흔들렸다. 옹졸한 마음은 스스로를 의심의 틀에 가두었다. 마침 책방 밖으로 불쑥 나오는 선애를 발견하고 얼른 몸을 숨겼다.

그녀도 담배를 입에 물고 있었다. 곧 어딘가로 전화를 걸었고 곧바로 웅수의 전화기에서 진동이 울려왔다. 웅수는 망설였다. 당장은 태연하게 전화를 받아 웃고 떠들 자신이 없었다. 일단을 전화를 받지 않았다.

해 질 무렵, 정육점 미닫이문을 열고 웅수가 들어섰다. 응접실에 둘러앉은 철웅이와 홍일은 시뻘건 생고기를 안주 삼아 소주를 나눠 마시고 있었다. 정육점 주인 황 선배는 먹성 좋은 후배들을 위해 부지런히 고기를 썰어 내왔다. 분위기를 보아하니 입이 가벼운 철웅이 이미 친구들에게 다 털어놓은 것 같았다.

에둘러 말하는 법이 없던 홍일은 보자마자 대놓고 소리쳤다.

"처음부터 이상하다 했다. 생각해보면 너무 쉬워. 솔직히 웅수 뭐 볼 게 있어? 반면에 선애 씨? 예쁘지. 갔다 온 거 빼면 얘랑은 견적도 안 나와! 성미는 왜들 그리 급해? 만나고 결혼까지 너무 빨라. 보리밭에서 숭늉도 찾겠어. 목적이 없고서야 이렇게 서두를 순 없다고."

웅수는 심기가 불편했지만 애써 참아냈다. 그러다 별 볼 일 없는 자신에 비해 선애가 너무 괜찮은 여자라는 대목에선 고개가 절로 끄덕여졌다. 뜬금없게도 살면서 그렇게 예쁜 여자를 만난 적이 없었다는 사실을 떠올렸다.

옆에 있던 철웅이도 끼어들며 거들었다.

"이 결혼 꼭 해야겠냐? 너는 안 무서워? 불안해서 한 이불 덮고 잘 수 있겠어? 매일매일 차려주는 밥상 의심 없이 받아먹을 수 있겠냐고!"

그의 말에도 일리가 있었다. 함께 사는 동안 이런 불안감을 온전히 떨쳐낼 수는 없을 것이다. 그림자처럼 달라붙어 한시도 마음을 놓을 수 없을 것이다. 하지만 어쩐지 그녀와 한 이불 덮고, 차려주는 밥상에서 함께 마주 앉을 앞날을 떠올리자 그것만으로 얄궂게도 설레었다.

"그냥 하지 마라. 그까짓 결혼 안 하면 좀 어때? 여자 없이도 우리끼리 재밌게 잘 지내왔잖아. 나도, 황 선배도 재혼할 생각 없고. 홍일이 쟤는 어차피 독신주의니까 우리끼리 신나게 즐기면서 그렇게 사는 것도 괜찮잖아."

은근히 꼬시는 철웅의 말에 웅수는 오히려 찬물을 뒤집어쓴 듯 정신이 드는 것 같았다. 저들처럼 결혼을 구속이라 여기며 어느 누구의 눈치도 보지 않고 마음 내키는 대로 적당히 사는 삶을 웅수도 당연히 즐길 거라 착각하고 있었단 사실이 너무나 어처구니없고 끔찍했다.

"우리 엄마가 왜 니들이랑 놀지 말라는지 알겠다. 철웅이 넌 한 번이라도 해봤으니까 그딴 소리가 쉽게 나오지. 너희들끼리나 평생 의지하면서 늙어가라. 나는 거기 낄 생각 없으니까."

웅수는 소리를 빽 내지르며 자리를 박차고 뛰쳐나갔다.

추모공원에 들어선 웅수는 선애의 전남편이 안치된 봉안당을 찾았다.

오래전이지만 직접 만들어준 꽃바구니를 쉽게 알아보았다. 완전히 시들어 말라비틀어진 꽃을 보면 오랫동안 아무도 찾지 않았을 것이다. 본 적도, 아는 바도 없는 생면부지의 남이지만 측은한 마음을 느낀 웅수는 정성스레 만들어온 꽃바구니를 새로 교체해주었다.

막상 이곳에 와보니 생각이 정리되는 것 같았다. 웅수는 설마 그녀가 보험금을 노리고 전남편들을 그랬을 거라고는 생각지 않았다. 하지만 자기도 어쩌면 그렇게 될지 모른다는 생각 또한 좀처럼 떨쳐낼 수가 없었다. 그럼에도 그녀 없이 아무일 없는 것처럼 살아갈 자신은 없었다. 자꾸 모습이 눈앞에 아른거려 미칠 것 같아서 마주 보며 속삭이고 싶고, 만지고 싶고, 살내음도 맡고 싶어 안달이 났다.

무엇보다 앞으로 살면서 선애보다 좋은 여자는 두 번 다시 만나지 못할 것이라는 확신이 서자 놓쳐선 안 된다는 결론에 이르렀다. 마침 선애로부터 전화가 걸려왔다. 웅수는 일부러 과장된 목소리로 반갑게 전화를 받았다.

조촐하지만 활기 넘치는 결혼식이 열렸다. 웅수는 어느 때보다 행복했다. 하나뿐인 아들의 결혼식을 보게 된 춘희는 마음의 큰 짐을 덜어낸 듯 내내 눈물을 훔쳤다.

친구들의 우려는 여전했지만 누구 하나 식장에서 내색하지는 않았다. 반대할 입장도 아니었고 그럴 권리도 없었다. 기왕 이렇게 된 마당에 진심으로 축하를 해주기로 마음먹은 것 같았다. 그들은 친구로서 걱정도 됐지만 한편으론 부러움과 질투도 느끼고 있었다.

신혼집은 따로 얻지 않고 지금 사는 집에다 신접살림을 차렸다. 춘희는 아들 부부에게 신혼집을 얻어주려 했으나 오히려 선애가 부득부득 함께 살기를 원했다. 춘희는 불편하다고 투덜댔어도 내심 고마워했다.

사실 웅수는 그전부터 결혼이란 걸 하게 되면 반드시 따로 살겠다는 생각이 확고했었다. 끝끝내 웅수가 고집을 부렸다면 분가했을 것이다. 하지만 그는 분가에 미온적인 태도를 보였다. 여전히 그의 마음 한구석은 어둠에 휩싸여 있었다. 그녀를 아무리 믿는다고 해도 일말의 두려움과 의심 또한 독버섯처럼 어두운 구석에서 자라나고 있었다.

그는 매사에 자신감을 보이는 것과 달리 대범한 성격은 아니었다. 그녀를 믿는다는 자기암시를 끊임없이 되뇌어도 엄마가 당분간 곁에 있어야 안심이 될 것 같은, 소심한 인간이었다.

그녀를 사랑하는 만큼 행복했지만 잔물결 같은 불안함도 늘 따라다녀 긴장의 끈을 놓지 못했다. 불현듯 무서운 생각들이 제멋대로 부풀어오르기도 했고, 지나친 상상력은 스스로를 옥죄었다. 그러다 보니 그녀가 차려준 한 끼 밥상에도 의심이 들었다. 결혼하면 은수저를 쓰고 싶었다는 얼토당토않은 핑계로 독에 반응하는 은수저 식기로만 밥을 먹었다. 밤에도 깊이 잠들지 못해 깜짝깜짝 놀라서 깨어나기 일쑤였다.

의심을 거듭할수록 증상은 심각한 상태로 치달았다. 선애의 사소한 행동에도 지나치게 예민해져 끊임없이 의심하고, 집 안에 날카로운 물건들은 그 끝을 잘라내거나 뭉툭하게 했으며,

위험한 물건이나 위험해질 가능성은 애초에 남기지 않으려 했다. 의심이 커갈수록 쇠잔해져가는 마음을 다잡으려는 노력도 커졌지만, 좀처럼 나아지진 않았다.

더위가 한창 기승을 부리던 날, 웅수와 선애 부부는 동창들과 가까운 계곡 식당에 모였다. 대낮부터 술판이 벌어져 거나한 분위기가 무르익고 있었다.

연례행사와도 같은 동창 모임인데 이번엔 자연스레 웅수 부부의 결혼을 축하해주는 자리도 겸해졌다. 동창들 사이엔 철웅이와 홍일이도 보였다.

선애는 단연 특출난 미모로 돋보였고, 웅수는 동창들의 시선을 한몸에 받으며 노골적이라고 할 만큼 부러움을 샀다. 웅수는 우쭐해져 기분이 좋았다.

웅수도 오늘은 긴장을 풀고 오랜만에 흠뻑 취했다. 선애를 탐탁지 않아 하던 철웅이와 홍일이도 오늘만큼은 좀 편해 보였다. 술과 분위기에 취한 탓도 있지만 스스럼없는 그녀의 친화력에 조금씩 마음이 열리는 듯 보였다.

오후가 되어 날이 뜨거워지자 하나둘씩 계곡물에 뛰어드는 친구들이 생겨났다. 급기야 너나 할 것 없이 모두 물에 몸을 담그는 분위기였다. 웅수는 결혼 후 친구들에게 인사하는 자리이기도 해서 예복을 갖춰 입고 온 터였다. 혼자만 물에 들어가지 못하는 게 아쉬웠다.

쩝쩝 입맛만 다시고 있는데, 언제 챙겨왔는지 선애가 가방에서 옷가지를 꺼냈다.

"편한 옷 챙겨 왔어요. 갈아입고 친구들이랑 같이 들어가요."

"언제 챙겨왔어요? 아이고, 고마워라."

응수가 옷을 받아들고 술에 취해 비트적대며 걸어가자 홍일이도 '나도 같이 가자'며 따라나섰다. 선애와 단둘이 남게 된 철웅은 게슴츠레하게 눈을 위아래로 뒤룩거리며 다가왔다.

"선애 씨, 제 술 한잔 받으세요."

몸을 쑥 밀고 다가드는 철웅이 부담스러워 선애는 어깨를 쭉 빼고는 술 대신 콜라를 마시겠다고 했다.

철웅은 그거라도 따라주겠다며 질척였고, 콜라를 따르는 척 잔을 든 선애의 손을 매만졌다. 거기다 불쾌한 시선은 기분 나쁠 정도였다. 낯빛이 어두워진 선애는 내색하지 않으려 했고 철웅은 실쭉실쭉 웃으며 말했다.

"그거 아세요? 저도 선애 씨 좋아했어요. 내가 먼저 꼬시려고 했는데 응수가 그렇게 재빠르게 나올 줄 몰랐다니까. 내가 너무 여유 부려서 놓친 거예요, 알아요?"

선애는 불쾌한 감정을 숨기고 얼버무리며 무시했지만, 술에 취한 철웅은 거기서 그치지 않고 과도하게 추근거렸다.

"선애 씨는 참 근사한 여자야. 자꾸 봐도 근사해. 응수 저 자식한테 주기 너무 아까워."

계곡 식당에서 허접스레 만든 간이탈의실은 내부에 화장실과 소변기도 있는 무허가 구조물이었다. 비좁고 냄새나는 데서 웅수가 엉거주춤 옷을 갈아입고, 홍일은 바로 옆에서 소변기에 오줌을 갈기고 있었다.

벗은 바지를 튀어나온 벽에 잠시 걸어두려는데 너무 취해 자꾸만 바닥에 떨어트렸다. 그러다 문득 바지 안쪽에 꿰매진 볼록한 뭔가를 발견했다. 뜯어서 열어보니 다름 아닌 부적이 들어 있었다. 춘희는 교회를 다니니까, 만약 누군가 넣었다면 선애일 것이라 생각했다. 홍일이 고개를 쑥 빼고 물었다.

"뭐야? 웬 부적이냐?"

"모르겠어, 선애 씨가 넣었나? 근데 왜 말도 없이 이런 걸 넣어놨지?"

이상하다며 고개를 갸우뚱하던 홍일이 뭔가 떠오른 듯 작은 소리로 속삭였다.

"그러고 보니 황 선배가 며칠 전에 무당집에 들어가는 선애 씨를 봤대. 개천 옆에 일광사라고. 이거 설마 너한테 해 입히는 뭐 그런 부적 아니냐?"

"뭔 소리야! 그냥 액막이 부적이겠지. 내가 올해 삼재잖아."

"그거야 모르는 거지. 무당이 날리는 겁살에 맞아 죽는 그런 거, 영화 같은 데도 나오잖아."

그녀가 꽤 의심스럽다고 여겼는지 홍일은 직접 나설 것처럼 손을 내밀었다.

"이리 줘봐, 내가 가서 한번 알아볼게."

내키지는 않았지만 웅수는 마지못해 부적을 홍일에게 건네고는 밖으로 나왔다. 그리고 다소곳이 앉은 선애에게 다가가려 발을 떼었다. 그때 술에 취한 철웅이 팔을 잡아끌며 말했다.

"야, 새신랑! 어서 절벽에서 뛰어내려."

영문을 몰랐던 웅수는 남자들이 모두 절벽 위로 올라서 있는 걸 보았다. 거기서 차례로 계곡 물로 뛰어들고 있었다. 계곡의 절벽은 보기보다 높았고, 바로 아래 수심도 깊어서 해마다 익사 사고가 발생하는 곳이기도 했다.

동창 모임이 평소보다 술도 많이 마시고 흥이 달아오르기는 했지만 이렇게 광란에 가까운 분위기는 처음이었다. 심지어 평소에 얌전하던 친구들조차 뭐에 홀린 듯 무모하게 절벽을 기어올랐다. 술에 잔뜩 취한 철웅도 웅수의 등을 떠밀며 부추겼다.

"신부한테 새신랑 담이 얼마나 큰지, 죽을 만큼 사랑한다는 걸 확실히 보여주라고."

웅수는 그러고 싶지 않았다. 수영도 못할뿐더러 높은 곳에만 올라서면 다리가 후들거리고 겁이 났다. 그런데 선애와 눈이 마주치는 순간, 그녀의 눈빛이 마치 '그 정도 용기도 없어?'라고 도발하는 것만 같은 착각이 들었다.

웅수에게 무모한 용기가 솟구쳤다. 그녀에게 나약한 모습을 보여주고 싶지 않다! 그런 의지를 붙들고 천천히 발걸음을 떼었다. 내리쬐는 뙤약볕에 벌겋게 익어가던 웅수는 먹은 술이 올라와 정신이 흐릿해지는 걸 느꼈다. 그 와중에도 '이거 위험하겠는데' 하는 생각이 머릿속을 떠나질 않았다.

뭔가에 홀린 듯이 언덕을 올라 어느새 줄지어 선 동창들 뒤에 섰다. 이상했다. 다들 정신 줄을 놓은 것처럼 미친 듯이 계곡물로 뛰어들었고, 아무도 말릴 수가 없었다. 웅수는 불안감이 엄습해서 뒤늦게 돌아서려 했지만 그럴 수가 없었다. 이미 다른 친구들도 그의 뒤에 줄지어 서 있어 휩쓸리듯 앞으로 나아갔다.

웅수는 또다시 선애와 눈을 마주쳤다. 이제 와 혼자만 뛰지 못한다면 그녀가 얼마나 실망할까……. 실망한 얼굴을 떠올리는 것조차 싫어 미칠 것만 같았다. 결국 절벽 위까지 올라섰고 드디어 차례가 돌아왔다.

잠시 머뭇거렸지만 여기서 뜸을 들이면 더 우스워질 거란 생각에 눈을 질끈 감았다. 절벽 아래로 막 몸을 던지려는데, 누군가 웅수의 팔을 잡아당겼다. 다름 아닌 선애였다.

"웅수 씨, 이제 그만 집에 가요."

선애는 환하게 웃고 있었다. 그만해도 된다, 지금도 충분하다는 표정이었다. 그녀는 웅수의 팔을 부드럽게 잡아끌고 자리를 벗어났다. 그때서야 정신을 차리고 그녀를 따라나설 수 있었다.

뒤이어 느닷없이 으악, 하는 비명이 들렸다. 뱀 한 마리가 물 위를 헤엄치고 사람들이 기겁하며 도망쳤다. 그 와중에 술 취한 철웅이 자기가 잡겠다며 호기를 부리느라 홀로 뛰어들었다. 물에 빠지자마자 어이없게도 뱀에 물려 소리를 질러댔고, 계곡은 순식간에 아수라장이 되었다.

술을 마신 웅수 대신 선애가 운전대를 잡고 도로를 달렸다.

차량이 흙먼지를 날리며 꼬불꼬불 산비탈 길을 내달렸다. 웅수는 조금 전 자신의 의지가 아니라 무언가에 홀린 것 같은 이상한 힘을 도무지 이해할 수 없었다. 아무리 술을 많이 마셨어도 그렇게 정신을 빼앗겨본 적은 처음이었다. 동창들도 그랬다. 그렇게 과시적이면서 무모한 행동들 또한 비현실적이라고 할 만큼 괴상했다.

조수석에 앉은 웅수는 운전 중인 선애를 곁눈질로 흘깃거리며 혼란스러워했다. 복잡한 감정들이 뒤죽박죽 뒤섞였다. 덜커덩, 비포장도로를 건너느라 차가 심하게 요동치며 흔들리자 선애가 멋쩍게 웃어 보였다. 웅수는 선애의 운전 스타일이 험하다는 것을 떠올렸다. 그리고 비탈 도로의 폭이 좁아 조금만 삐끗해도 곧장 낭떠러지로 추락할 정도로 위험하다는 것도 알아차렸다.

하필 오늘 타고 온 이 차는 평소에 웅수 혼자만 짐을 싣고 다닐 때 타는 오래된 낡은 픽업트럭이었다. 트럭에는 운전석에만 에어백이 있었다.

애써 침착하려 해도 온몸이 뻣뻣해지는 걸 어쩔 수 없었다. 선애는 가속페달을 밟아댔고, 무서운 속도로 비탈길을 아슬아슬 달렸다. 손잡이를 꽉 움켜쥔 웅수는 마른 입술을 침으로 적시며 눈을 감았다.

아무 탈 없이 무사히 집에 도착했다. 차에서 내려선 웅수는 맥이 풀려 다리를 후들후들 떨었다. 춘희가 왜 이렇게 일찍 왔냐고 물어도 웅수는 건성으로 대답했다.

선애가 먼저 옷을 갈아입으러 들어간 사이 웅수는 부엌으로 들어갔다. 놀란 가슴을 진정시키며 냉장고 문을 열었다. 보리차 주전자를 꺼내 들고 입을 대서 마시려 했다.

방으로 들어가던 춘희가 그걸 보고 컵에 따라 마시라며 눈총을 주었다. 에이, 하면서도 컵을 꺼내려고 찬장을 열었다. 웅수는 찬장 구석에서 이상한 병을 발견했다. 그리고 병의 정체를 확인하자 등골이 오싹하고 소름이 오소소 돋아났다. 그건 바로 농약이었다.

흥분한 웅수는 비명 같은 소리를 질러댔다. 놀라 뛰쳐나온 선애를 보자마자 으르렁 소리를 내며 추궁했다.

"이거 뭐예요? 이게 왜 여기 있어요?"

"뭐가요? 그게 뭔데요?"

"정말 몰라요? 이거 농약이잖아요. 이게 왜 부엌 찬장에 있냐고요?"

"농약이요? 글쎄요, 그게 왜 거기에 들어 있죠?"

웅수는 그녀가 시침을 떼고 있다 확신했다. 그건 마치 그동안 지우지 못한 의심의 핀셋이 콕 집어낸 빼도 박도 못 할 증거처럼 보였다.

소란스러운 소리를 듣고 뒤늦게 나온 춘희가 웅수의 손에서 병을 발견하고 말했다.

"그거 내가 사다둔 건데 왜 그러냐?"

"엄마가? 엄마가 왜?"

"벌레 놈들이 텃밭에 상추를 하도 갉아 먹어대서 약 좀 치려고 사뒀지."

얼굴이 터질 듯 붉어진 웅수는 수습할 말이 마땅히 떠오르지 않아 버럭 소리만 질렀다.

"유기농이라며! 왜 그런 걸 속여? 그리고 이 위험한 걸 왜 부엌에 두냐고!"

웅수는 어쩔 줄 몰라 하다가 신경질만 부리곤 밖으로 뛰쳐나갔다.

선애는 흥분한 웅수가 걱정돼 따라나섰다.

한참을 뒤지다 집에서 좀 떨어진 오래된 버드나무 아래 있는 웅수를 발견했다. 그는 평상 위에 다리를 오므린 채 몸을 건들거리며 앉아 있었다.

웅수는 머릿속이 복잡하고 고민스러웠다. 하지만 선애를 무척 아끼고 사랑한다는 건 변함이 없었다. 선애는 시무룩해 있는 웅수 곁에 슬며시 앉더니, 담뱃갑을 손바닥으로 툭툭 쳐 내밀었다.

웅수는 선애가 건넨 담배를 피우며 하늘을 올려다보았다. 찬

바람에 버드나무 이파리가 무서운 소리를 내며 흔들리고 먹구름이 빠르게 밀려드는 것이 곧 폭우가 몰아칠 기세였다.

그녀가 먼저 바짝 옆으로 다가들며 그의 한쪽 팔을 끌어안고 어깨에 머리를 기대었다. 웅수는 뒤늦게나마 미안한 마음이 밀려들었다. 내색하진 않아도 자신의 과민한 행동에 그녀는 당혹스럽고 불편했을 것이다. 그동안 얼마나 속앓이를 해왔을지 알 것 같았고, 옹졸한 자신이 너무 부끄러웠다.

두 사람은 그렇게 한참을 침묵한 채 말하지 않고도 서로를 위로했다. 그러다 갑자기 폭우가 쏟아지기 시작하자 자리에서 벌떡 일어섰다. 다행히 우거진 나무라 비를 피할 수 있긴 했지만 생각보다 급작스레 쏟아진 빗줄기는 당황스러웠다. 그렇지만 덕분에 두 사람은 웃을 수 있었다.

이 정도 비를 맞는다고 문제 될 건 없다! 아무리 비를 맞는다고 상처가 생기진 않는다!

웅수는 동창 모임에서 물에 들어가려고 반바지까지 갈아입고도 정작 물에는 들어가지 않았다는 사실을 떠올렸다. 장난기가 발동한 웅수는 나무 밖을 뛰쳐나가 퍼붓는 비를 온몸으로 맞으며 수영하는 시늉도 하고 잠수하는 시늉도 하며 지금껏 미안했던 만큼 선애를 웃게 해주었다.

선애도 더 크게 소리 내어 웃었고 그럴수록 웅수는 더욱 우스꽝스런 짓을 보여주었다. 바로 그때였다. 섬광이 번쩍하며 불꽃이 튀었다. 예상치 못한 번개에 정통으로 맞은 웅수는 그

자리에서 쓰러지고 말았다.

황당한 사고였다. 살면서 번개에 맞을 확률이 얼마나 될까. 상상도 되지 않았다. 병원 중환자실에 붕대를 감고 누운 응수 곁에서 선애가 극진히 간호를 하고 있었다. 다행히 생명에는 지장이 없었지만 하마터면 큰일을 치를 뻔했다.

그렁그렁한 눈에서 하염없이 눈물을 흘리는 선애가 보기 안쓰러웠던 응수는 외려 괜찮다며 위로해주었다. 선애는 좀처럼 울음을 멈추지 않아 눈이 퉁퉁 부어오를 정도였다. 분명 그녀의 잘못이 아니었는데도 말없이 계속 울기만 했다.

춘희도 안 되겠다 싶었는지 선애를 데리고 밥을 먹이고 오겠다며 데리고 나갔다.

응수는 여전히 비가 내리는 창밖을 보며 심란해했다.

"안녕하세요? 저 기억하시죠?"

환자복 차림을 한 사람이 슬며시 다가와 말을 걸었다. 그는 지난번 책방 앞에서 만난 적 있던 보험조사관이었다. 그런데 무슨 일이 있었는지 두 팔과 두 다리 모두 깁스를 한 상태였다. 응수는 무슨 큰 사고라도 겪었는지 궁금해 물었다.

그는 많이 다친 것에 비하면 담담한 목소리로 대답했다.

"철길 건널목에서 하필 차가 고장이 나서 달려오는 기차랑 쾅! 근데 그쪽은 어쩌다가?"

듣기에도 끔찍한 사고를 마치 별일 아닌 듯 말하더니 응수에게도 되물었다. 응수는 불현듯 그가 아내를 조사 중이란 사실을 떠올렸고 괜한 오해가 없도록 설명해야만 했다.

"아! 이거는 선애 씨와는 상관없는 일이에요. 천재지변이었어요. 불가항력적인 사고."

"그랬겠죠. 알아요, 아무것도 하지 않았다는 거. 상황이 그렇게 만들어졌겠죠. 지금 나처럼."

뜻 모를 이상한 소리에 응수는 눈살을 찌푸렸고 남자는 상체를 스윽 숙이며 코앞으로 얼굴을 들이밀었다. 그러곤 의미심장하게 말했다.

"지난번에 경고했죠. 떠나세요. 그쪽이 감당할 수 있는 여자가 아닙니다."

"이 양반아, 당신이 뭔데 우리 부부 일에 떠나라 마라야! 주제넘게 어딜 함부로……."

"저주에 걸렸다고요!"

남자가 말을 자르며 섬뜩한 음성으로 말했다.

"옆에만 있어도 사고가 끊이질 않고 남자들은 씨가 말라요. 오랫동안 지켜봤습니다. 남편들뿐만 아니라 주변의 남자들도 다치거나 위험에 빠져요. 나도 주의한다고 했는데도 꼴이 이렇게 됐어요. 너무 방심한 탓이었겠죠. 조심했어야 했는데."

"뭔 개소리야! 우린 선애 씨가 뭘 했다고 그런 소릴 지껄여?"

"맞아요, 아무 짓도 안 했죠. 다만 설명할 수 없는 기운이 남자들을 위험에 빠트려요."

말도 안 되는 허무맹랑한 소리였지만 웅수도 비슷한 기운을 경험했기에 무작정 부인할 순 없었다. 남자는 핏발이 선 눈을 부릅뜨며 경고했다.

"도망치세요, 살고 싶으면!"

홍일이는 웅수의 부적을 들고 일광사 무당을 찾아가 자초지종을 들었다.

"액을 막아야 한다며 그 여자가 남편한테 써달라고 해서 써준 재수부적이야. 근데 왜?"

무당이 눈을 가늘게 뜨고 되묻자 홍일은 대충 얼버무리며 말했다.

"뭐, 그냥……. 말도 없이 넣어 뒀다기에 혹시 이상한 부적인지 알아보려고."

무당은 눈을 감고 잠시 생각을 하는가 싶더니 나직하게 입을 열었다.

"아내되는 여자가 도화살이 강해. 오화의 지장간이 모두 천간에 투출된 강력한 녹방도화살."

"살이요? 그거 사람을 해치는 기운 아닌가요?"

살이라는 말에 예민해진 홍일이 조급해하며 물었다. 무당은 고개를 절레절레 저었다.

"도화살이 옛날엔 부정적이었어도 지금은 그렇지 않아. 이성에게 매력을 느끼게 해서 사람을 끌어당기는 기운이라 연예인한테 있으면 좋은 사주야. 그런데 이 사주가 남자들을 꼬이게 하니까 쓸모 있어 보이지만, 별의별 잡스러운 것들까지 죄다 꼬이니까 피곤한 사주이기도 해. 중요한 건 이 도화살이 길신과 동주하면 좋은데, 이 여자는 흉살과 동주하다 보니 자꾸만 불미스런 일이 생기는 거야. 그래서 남편한테 안 좋은 일이 생길까 봐 액막이 부적을 써준 거고. 그런데 말이지…… 나도 이렇게 강한 기운은 또 처음이야. 아무리 그래도 이 정도까지는 아닌데…….”

무당도 납득이 안 간다는 듯 도리도리 고개를 내저었고, 홍일은 불길한 기운에 휩싸여 물었다.

“그럼 여자는 평생 그 기운을 품은 채 살아야 하는 겁니까?”

“여자도 액막이 부적을 하나 장만해야겠지.”

“그거 있으면 괜찮아져요? 그건 어떻게 만드는데요?”

무당은 동그란 눈알을 뒤룩거리며 입을 열었다.

“그 여자한테 액막이 부적은…… 남편이야.”

“남편이요? 그렇지만 옆에 있으면 남편들이 전부 죽어 나가잖아요.”

“여자 기운이 너무 강하니까. 근데 남자가 그걸 버텨낸다면 여자의 기운을 누를 수 있어.”

병원 편의점에서 필요한 물품들을 사들고 나오는데, 보험조사관 남자가 앞을 가로막았다. 선애가 그를 알아보고 기겁하며 피하려 했지만 남자가 다시 막아섰다.

"가지 마세요. 남편한테 전부 말했어요. 겁먹더군요. 도망칠
겁니다. 다른 남자들처럼."

선애는 전에도 이런 일을 겪은 듯 원망스레 남자를 노려보았
고 남자는 멀쩡히 말을 이었다.

"위험을 감당할 만큼 강한 사람이 아닙니다. 엄한 사람 또 죽
음으로 내몰 거예요? 제가 원망스럽다는 거 압니다. 하지만 이
모든 게 선애 씨를 위해서입니다. 제가 감당할게요. 저랑 떠나
시죠. 저만큼 선애 씨를 잘 알고, 오랫동안 지켜본 사람이 없다
는 거 잘 아시잖아요."

선애는 진저리치며 도망치려 했지만 팔다리를 모두 깁스한
이 남자는 집요하게 매달렸다.

"제가 지켜드릴게요. 이런 말 이상하게 들리겠지만, 선애 씨
를 정말로 애정합니다. 오래전부터 그랬어요. 도저히 눈을 뗄
수 없고 눈을 감아도 자꾸만 생각나 미치겠습니다."

남자의 애원은 거의 집착에 가까웠다. 선애는 질렸다는 듯
뒷걸음질 쳤다. 주위가 소란해졌고 지나던 춘희도 이 광경을
목격했다. 다가가 댁은 누구냐며 보험조사관을 막아섰다.

그 틈에 선애는 얼른 자리를 피했다. 선애는 두리번거리다
무작정 병원 건물 밖으로 뛰어나갔다.

남자는 막아선 춘희를 밀쳐내고 불편한 몸을 질질 끌다시피
해 그녀를 쫓았다.

뒤이어 엄마를 마중 나오던 웅수도 둘을 발견하고 서둘러 그들을 쫓았다.

팔다리를 깁스한 채 뒤뚱거리는 남자는 오직 그녀의 뒷모습만 보고 있었다. 그것 말고는 세상에 의미 있는 것은 아무것도 없기라도 한 것처럼. 그러나 그건 오산이었다.

쾅, 부딪치는 둔탁한 소리에 선애가 놀라 돌아섰다. 때마침 응급센터로 들어오던 응급차량이 빗길에 미끄러지면서 남자를 정면으로 들이받았다. 남자는 바닥에 엎어진 채 쓰러져 있었다.

둘의 뒤를 쫓다 느닷없는 상황을 목격한 웅수도 너무 놀라 그 자리에 멈춰 섰다.

다행히 남자는 크게 다치지 않은 것 같았다. 차에 받히긴 했지만 느리게 진입하던 터라 충격이 크지 않았던 모양이었다.

선애는 다시 돌아서 달아나지 못했다. 그녀의 시선이 쓰러진 남자 너머를 보고 있었다. 눈을 동그랗게 뜬 채 돌처럼 굳은 웅수가 거기 서 있었다. 선애와 그의 눈이 마주쳤다.

두 사람은 한참을 망연자실 바라보았지만 누구도 먼저 다가서지 못했다. 웅수도 두려움에 묶여 그녀를 향해 발을 떼지 못했다. 두려움에 떠는 남자의 속내를 알아버린 선애는 가슴이 시려왔다. 이내 마음의 정리를 한 것인지 서글프게 웃어 보이곤 퍼붓는 빗속으로 사라졌다.

선애는 그렇게 떠났다. 창밖엔 쉼 없이 비가 내렸다.

그녀를 붙잡아야 했지만 끝내 망설인 스스로가 너무 원망스러웠다.

응수는 흥일에게서 부적에 관한 이야기를 들었다. 흥일은 무당에게서 들은 걸 하나도 빼놓지 않고 그대로 전해주었다. 응수는 텅 비어버린 눈을 한 채로 미동도 없이 흥일의 이야기를 듣고 있었다.

춘희도 자초지종을 다 듣고 이러지도 저러지도 못한 채 괴로워만 할 뿐이었다.

점점 커져가는 후회를 견디지 못한 나머지 응수는 뒤늦게 그녀를 찾아 나섰다. 아무리 전화를 해도 받질 않자 불길함이 엄습했다.

그는 절뚝거리며 병원을 빠져나가 빗속을 뚫고 미친 듯이 달렸다. 책방까지 가봤지만 문은 굳게 걸어 잠긴 채였다. 문에 붙어 들여다본 실내도 텅 비어 있었다.

집으로 달려갔지만 거기에도 보이질 않았다. 선애는 아무런 쪽지도 남기지 않고 흔적도 없이 사라져버렸다. 그녀는 느닷없이 나타났고, 느닷없이 떠났다.

그 후로도 응수는 정신이 나간 사람처럼 백방을 떠돌며 그녀를 찾아다녔다.

혼인신고부터 서둘렀더라면 법적인 부부관계라 쉽게 찾을 수 있었겠지만, 이런저런 핑계로 그러지 못했다. 두려움에 의심이 쌓여 혼인신고조차 미루었던 것이다. 어리석고 나약한 자신이 원망스러울 뿐이었다.

몇날 며칠 밤낮으로 찾아 헤매던 웅수는 오늘도 괴로움을 잊으려 술에 잔뜩 취해 집에 들어왔다. 그런 아들을 안타깝게 바라보던 춘희가 한마디 했다.

"그만 싹 잊어. 장가 안 갔다 생각하면 돼. 동네에 혼자 사는 놈들 천지인데 너도 혼자 살아."

웅수는 웃음이 새어 나와 키득대며 말했다.

"언제는 맨날 장가가라고 성화더니……. 왜, 아들 혼자 늙어가는 꼴은 못 봐주겠다며?"

"혼자라도 살아있는 꼴이 낫지. 다시는 장가가란 말 안 할 테니까 그냥 살아."

실없이 낄낄거리며 웃던 웅수는 느닷없이 울음을 터트렸다.

"어떻게 그래? 선애 씨 없으면 이제는 하루도 못 살겠는데……."

"왜 못 살아, 이놈아! 그동안 걔 없이도 잘 살았으면서. 같이 있으면 죽는다잖아."

"같이 없어도 죽을 것 같으니까 이러지……. 나 선애 씨랑 그냥 살면 안 될까?"

"넨장맞을……. 복 없는 년은 나자빠져도 고자 옆에 눕는다더니 이년의 팔자도 참 지랄맞네. 겨우 며느리 하나 얻었나 싶었더니 어쩜 그런 재수 없는 것이 들어와서는……."

"그렇게 말하지 마. 선애 씨에 대해 그런 식으로 말하지 마.

나 괴로워 죽는 꼴 보고 싶어!"

엎드려 오열하는 웅수를 서글피 바라보던 춘희가 서랍에서 편지 봉투를 꺼내며 말했다.

"선애가 나한테는 편지를 보냈다. 어머니 죄송하다고. 그래도 전혀 예의 없는 년은 아니네."

편지 봉투 겉면에 적힌 주소지를 확인한 웅수는 금세 얼굴이 환해졌다. 선애를 찾을 수 있을 거란 확신이 들었다.

"이래죽으나 저래죽으나 어차피 죽을 거 같으면 네 맘대로 해. 대신 자식새끼 죽는 꼴은 내 못 보겠으니 어디 멀리 가서 소식도 전할 생각 말고 조용히 살다 죽던가."

애달픈 춘희의 말에 웅수는 머뭇거렸다.

"내, 내가 왜 죽어? 선애 씨가 옆에 있는데 죽기는 왜!"

웅수는 두려웠다. 그토록 찾아 헤매며 원하던 그녀가 어디 있는지 알게 되었지만 막상 찾아가려니 또다시 복잡한 감정이 밀려들어 망설여졌다.

처음엔 그저 그리움이 사무쳐 그녀를 찾아 나섰지만 아직은 용기도, 마음의 준비도 덜 되어 있었고 무엇보다 죽음과 맞설 자신이 부족했다. 춘희도 그런 아들의 성격과 나약함을 모를 리 없었기에 이런 말을 해주었다.

"열여섯에 시집와 서른하나에 너를 낳았어. 그날까지 시어머니가 애 못 낳는다고 시집살이를 끔찍하게 시켰다. 너 낳고 젖도 안 뗐을 때 네 아버지 술 먹고 길바닥에서 얼어 죽었지. 그 후로 시어머니가 서방 잡아먹은 년이라고 지독히 구박을 해도 이 악물고 버텼다. 너 하나 잘 키우려고. 그렇게 키운 자식새낀데 어미보다 앞세워서 내가 어떻게 살 수 있겠냐!"

웅수는 툇마루에 걸터앉아 바람 빠진 풍선처럼 널브러졌다.

계절이 지나 어느새 겨울에 접어들었다.

꽃집 앞에 펼쳐 놓았던 화분의 꽃들은 그대로 방치된 채 얼어 죽었다. 그나마 실내에 들여놓은 꽃 얼마가 간신히 살아남았지만 그것들마저 시들시들 생기를 잃어가고 있었다. 꽃들처럼 석유난로 앞에 불을 쬐며 무기력하게 앉은 웅수도 시들어가고 있었다.

테이블 위엔 전날 배달시켜 먹고 남은 동태찌개가 그대로 있었고 여기저기 소주병이 흩어져 있었다. 숙취에 관자놀이를 꾹꾹 누르며 괴로워하던 웅수는 소파에 누워 잠시 눈을 감았다. 슬픔은 좀처럼 익숙해지질 않았다.

다시 일어나 컵라면에 물을 붓고는 라면이 익기를 기다리며 맥주잔에 소주를 따라 마셨다. 문밖은 온통 흰 눈에 뒤덮여 텅 빈 것처럼 보였다. 웅수는 얕은 숨을 몰아쉬며 문 앞에 기대어 서서 담뱃갑을 손바닥으로 탁탁 내리쳤다. 그리고 무채색 거리에 연기를 내뿜었다. 희뿌연 담배 연기가 허공에 흩어졌다.

웅수는 여전히 결정을 내리지 못했다. 매일같이 각오를 다지고 용기를 내었다가도 금세 겁을 먹고 움츠러들었다. 웅수는 그러기를 반복하는 답답한 인간이었다.

　허름한 단란주점에 철웅이와 홍일이 앉아 술을 마시고 있었다. 갑자기 쾅, 문이 열리며 귀기가 서린 듯한 몰골을 한 웅수가 들어섰다. 이미 만취한 상태로 나타난 웅수는 앉자마자 연거푸 또 술을 들이부었다.

　철웅이와 홍일이는 서로 눈짓으로 쟤 어쩌냐, 하며 말을 주고받았다. 웅수는 멀쩡한 척 입술을 실그러지게 웃더니 제 풀에 흥겨워했다. 처음엔 어색했지만 점차 분위기가 무르익으니다 취한 상태가 되어 그냥 평범한 술자리나 다름없었다. 술김에 철웅이 떠들어댔다.

　"차라리 잘됐어. 살 떨려서 같이 살겠냐? 나도 괜히 옆에 있다 뱀에 물려 죽을 뻔했잖아."

　옆에 있던 홍일이도 웅수의 반응을 살피며 한마디 거들었다.

　"그 여자도 그래. 너무 이기적이잖아. 옆에 있으면 남자들이 죽어나가는데 어떻게 결혼할 생각을 하지? 그것도 네 번씩이나? 남편을 액막이 부적으로 쓰다니 어이가 없어서……."

　건들건들 취한 것 같던 웅수가 친구들의 말이 거슬렸는지 갑자기 얼굴이 무섭게 돌변해서는 고함을 질러댔다.

　"선애 씨가 왜 그런 것까지 신경 써! 뭐가 이기적이야? 그게 선애 씨 잘못은 아니잖아!"

　웅수는 테이블을 쾅, 치고는 벌떡 일어났다. 비틀거리며 단란주점을 나와 함박눈이 퍼붓는 거리를 홀로 나섰다.

어둑어둑한 새벽녘의 읍내는 인적 하나 없이 온통 흰 눈으로 뒤덮였다. 살을 에는 추위에 뼛속까지 시렸다. 웅수는 옷깃을 세우고 몸을 웅크린 채 적막한 도로를 갈 지 자로 걸었다. 읍내를 벗어나니 도로 양옆으로 새하얀 들판이 펼쳐졌다. 하얗게 텅 빈 풍경이 몹시 쓸쓸해 보였다.

당장이라도 쓰러질 듯 위태롭게 걷고 또 걷기만 하던 그가 거친 숨을 토해냈다. 세상의 마지막에 다다른 것처럼 지쳐버린 얼굴로 도로 한가운데 쓰러지듯 누웠다.

하늘을 올려다보았다. 무섭게 달려드는 눈송이와 밤하늘의 뭇별이 시야를 가득 채웠다. 지친 얼굴에 쌓이는 눈송이들이 따뜻한 손길처럼 어루만지며 위로해주는 것만 같았다. 웅수는 선애가 몹시 그리워 견딜 수 없었다. 눈물이 하염없이 볼을 타고 흘러내렸다.

도로 위에 누인 몸 위로 눈이 쌓여갔고, 눈 쌓인 하얀 도로와 하나가 되듯 웅수도 사라져갔다. 취기와 노곤한 피로에 눈이 감겨왔다. 온기가 사라지면서 몸도 차갑게 식었다.

이튿날, 병원 응급실에서 눈을 뜬 웅수는 주변을 휘 둘러보곤 여기가 어딘지 알았다. 이런 일이 처음은 아닌 듯 고개를 떨구고는 다시 눈을 감았다.

어젯밤 길바닥에 쓰러진 채 잠이 들었는데 내버려 두었다면 그대로 얼어 죽었을 것이다. 다행히 뒤늦게 쫓아온 친구들 덕에 참담한 사고는 면했다.

오후가 되어서야 웅수는 퇴원수속을 마친 춘희의 뒤를 따라 병원을 나섰다.

춘희는 아무 말도 하지 않았고 웅수도 마찬가지였다. 터벅터벅 길을 걸어 정류장 앞에 두 사람이 나란히 섰다. 춘희가 덤덤히 말문을 열었다.

"나는 이 길로 고흥에 사는 네 이모집으로 갈 거다. 이제 거기서 살 거니까 그렇게 알아."

말귀를 바로 못 알아들어 웅수는 어리둥절해했다. 한동안 머뭇거리던 웅수는 그제야 생각이 정리되고 확신이 선 듯 서둘러 택시를 잡아 세웠다.

좀 전까지 다 죽어가던 웅수는 철딱서니 없게도 헤벌쭉 웃으며 엄마를 보았다. 슬퍼하는 춘희의 마음도 모른 채 허둥지둥 택시에 올랐다. 그리고 뒷좌석 창을 열고 야멸차게 소리쳤다.

"엄마, 혼자 갈 수 있지? 배웅 못 해서 미안해. 이모한테 안부 전해줘."

엄마를 길바닥에 내버려둔 채 그는 휑하니 떠나버렸고, 춘희는 야속한 마음에 중얼중얼 욕지거리를 한차례 내뱉으며 쓴웃음을 지었다. 그리고 며칠 전 일을 떠올렸다.

불과 일주일 전 춘희와 선애의 만남이 있었다. 나약하기 이를 데 없는 아들이어도 시간이 지나면 점차 괜찮아질 거라 믿었다. 사람은 안 보면 또 서서히 잊혀지기도 하는 법이니까. 허나 기대와 달리 끝없이 무너지는 아들을 지켜보면서 참담한 심정을 가누기가 힘들었다. 그러다 춘희는 덜컥 겁이 났다. 저러다가 무슨 일이라도 낼까 싶어 잠이 안 올 지경이었다. 이럴 바엔 차라리 두 사람을 붙여놓는 게 더 낫지 않을까. 그런 마음이 들다가도 자식을 사지로 몰아넣는 걸지도 몰라 내내 망설였다. 그래서 춘희는 선애와 직접 얘기를 나눠보기로 했다. 확신이 필요했다. 지푸라기라도 잡는 심정으로 그녀를 불러내 어느 조용한 카페에 마주 앉았다.

선애는 그사이 많이 수척해져 있었다. 춘희와 만나는 것도 몹시 불편하게 느끼는 것 같았다. 고개도 들지 못하고 시선은 바닥의 한 점에서 떨어질 줄 몰랐다. 딱 죄지은 사람처럼 굴었다. 죄지은 것도 없이 이렇게 움츠러든 선애를 보니 춘희는 여간 딱한 마음이 드는 게 아니었다. 춘희는 겁먹은 얼굴을 한 그녀를 부드러운 눈길로 보며 말문을 열었다.

"얘기 전부 들었다. 그렇게 미안해할 필요는 없어. 그게 어디 네 잘못이니. 얄궂은 네 팔자 탓이지. 남편 셋이 전부 사고로 죽었다고?"

선애는 대답 대신 푹 숙인 고개만 까닥였다.

"청년회 것들은 네가 보험금을 노리고 남편들을 죽였을지도 모른다고 헛소리를 했다더라. 오살할 놈들……. 근데 처음엔 나도 그래서 내 아들한테 온 건 아닌가 잠깐 의심했다. 미안하구나. 그게 아니라면 됐다. 서로 좋으면 그만이지 여자 팔자 센 게 뭐가 대수야."

청년회를 향해 욕을 한차례 구시렁대던 춘희는 계속해서 말을 이었다.

"웅수 바지 속에 액막이부적을 넣어뒀다며? 얘기 들어보니까 웅수가 번개 맞은 그날 하필 그 부적을 홍일이 고놈이 갖고 있었다더라. 액만 막아내면 무사할 수는 있는 거니? 그 무당이 하는 말을 들어보니까 웅수가 옆에 딱 붙어 있으면 네 도화살의 기운을 누를 수 있다던데. 내가 크리스천이라 그쪽은 잘 모르지만 그래도 여기저기 알아봤어. 계룡산에 어떤 용한 무당하나가 액막이 부적을 잘 쓰는데 그게 그렇게 신묘하단다. 그래서 말인데, 액막이란 액막이는 죄다 긁어모아 웅수 녀석 바지며 빤스며 여기저기 넣어놓고 막아내면…… 네 그 얄궂은 기운도 금세 사라지지 않겠니? 필요하다면 굿판도 벌이고 뭐라도 해보면 괜찮지 않겠어?"

대답을 망설이며 한참 동안 뜸을 들이던 선애가 떨리는 목소리로 입을 열었다.

"잘못 알고 계신 거예요. 도화살이니, 남자가 죽는다느니 하는 그런 말…… 전부 아니에요."

"아니라고? 도화살이 아니야?"

"제가 도화살이 있는 건 맞는데, 그래서 자꾸 이상한 남자들이 꼬이는 것도 사실인데, 그렇다고 옆에만 있어도 남자가 죽는다는 그런 말도 안 되는 소리는 전부 사실이 아니에요."

"그럼 아무 문제 없다는 거니? 근데 왜 떠난 거야? 그런 것도 아니라면서."

"보험금 때문에 접근한 건 사실이니까요."

"……뭐? 보험금 때문이라니 그게 무슨 말이야? 옆에 있어서 죽는 건 아니라며?"

"맞아요, 제 옆에 있단 이유로 죽는 일은 없어요. 제가 무슨 짓을 저지르는 것도 아니고요."

"근데 왜?"

"저는 죽음이 보여요."

예상치 못한 대답에 춘희는 현기증이 일어 휘청했다.

선애는 이제라도 모든 얘기를 털어놓겠다 작심한 듯 떨리는 입술을 한 번 꼭 깨물었다. 그리고 그동안 숨겨왔던 속내를 입 밖으로 끄집어냈다.

"드물지만 간혹 죽음이 보이는 사람들이 있어요. 그 죽음이 느껴지면 길게는 3년, 짧게는 한 달 만에 사고를 당해요. 첫 번째 남편도, 두 번째 남편도 죽음의 그림자가 보였는데 설마 정말 사고가 날 줄은 몰랐어요. 그런데 생각지도 못했던 보험금을 받고 욕심이 생겼나 봐요. 어느 날 죽음이 보이는 사람을 또다시 알게 되었고, 사망보험도 가입되어 있단 사실을 알고 결혼을 했죠. 그게 세 번째 남편이었고 막대한 보험금을 받았어요. 당연히 경찰에서도 의심했지만 예정되어 있는 죽음에 나는 그저 끼어든 것뿐이니 혐의를 찾지 못했죠."

참고 있던 울음을 터트리며 선애는 고개를 조아렸다. 진심을 다해 사죄했다.

"어머니, 잘못했어요. 꽃집에서 처음 만난 그날, 응수 씨한테도 보였어요. 그래서 일부러 다가갔습니다. 그렇지만 이번엔 도저히 마음이 편치 않아 견딜 수 없었고…… 그래서 떠났어요."

반쯤 넋이 나간 춘희는 얼굴이 하얗게 질려버렸다. 머릿속이 소용돌이치는 것처럼 복잡하고 어지러웠다. 말도 안 되는 소리였다. 믿기지도 않는 황당한 얘기였다. 그런데도 심장이 떨리고 두려워져 숨조차 쉬기 어려웠다. 춘희는 축 처진 채 꼼짝도 할 수 없었다. 온몸에서 기력이 다 빠져나가 그대로 땅으로 꺼져버릴 것만 같았다. 그러다 중얼거리듯 물었다.

"근데…… 왜 견딜 수가 없었어? 너도 우리 응수 좋아하는 감정은 진심이었니?"

선애는 그 마음조차 차마 죄스러워 입 밖으로 내뱉지 못했다. 가만히 침묵으로 대신했다.

춘희는 일주일 동안 숱하게 고민했고, 그만큼 괴로운 시간을 견뎌야 했다. 더 이상 버틸 수 없다고 판단한 춘희는 어쩔 수 없이 결정을 내리기로 했다. 춘희는 서글펐다. 그리고 아무것도 모르는 응수를 태우고 멀어져 가는 택시를 바라보며 생각했다. 저러다 또다시 마음이 바뀌어서 돌아올 수도 있겠지만 사

라져가는 아들의 뒷모습을 바라보며 당장은 멀쩡해 보여 다행
이라는 생각이 들었다.

네 번째

조작된 기억

근거 없이도 확신이 드는 기억이 있다.

경험은 의식 속에 각인이 되고 깊게 새겨져 틀림없다는 걸 의심치 않지만, 어떤 머릿속 기억들은 파편처럼 짜깁기하듯 뒤엉켜 혼란스러울 때가 있다. 나는 마르고 공허해진 눈을 문질러 비비고 바지춤에서 담배를 꺼내 물었다.

오른손을 흠뻑 적신 불그죽죽한 피가 희고 긴 담배 필터에 옮겨 묻었다. 그리고 발치엔 서슬 퍼런 칼날에 난자당해 쓰러져 있는 싸늘한 시신. 나의 오랜 벗이자 동업자인 오태수다.

3년 전 나의 별장인 이곳에서 내 아내를 죽이고 심지어 내 딸마저 살해한 불구대천의 원수.

그의 죽음을 완성했으니 당연히 기뻐할 일인데, 개운치가 않았다. 믿었던 기억들이 현실인지 허상인지 구분이 어려웠고, 이상하게도 기억의 일부는 지워져 있었다.

찜찜한 기분을 뒤로하고 나는 오랫동안 찾지 않았던 별장의 거실을 둘러보며 아내와 딸을 떠올렸다.

테이블 위에 아내의 물품이 담긴 상자가 눈에 들어왔다. 아내가 죽던 날, 경찰에서 조사를 한다며 수거한 뒤 되돌려준 물품들이었다. 그중엔 아내 핸드폰도 있었다.

핸드폰 충전기를 연결해 전화기를 켜서 내장된 앨범 속 사진들을 보았다. 환하게 웃는 아내와 딸을 보니 감정이 북받쳐 견딜 수 없었다.

앨범엔 대부분 둘이 별장에서 찍은 사진들로 채워져 있었다. 일에만 몰두해 가족에게 소홀했던 나는 거의 보이지 않았다. 오랜만에 아내의 모습이 반가우면서도 서글픈데, 사진 한 장이 눈길을 끌었다. 아니, 그 안에 배경처럼 붙은 낯익은 그림 하나를 발견했다는 게 더 정확한 표현이다. 사진을 유심히 들여다보았다. 아내가 거실에서 찍은 사진 속 소파 뒤에 라구나의 바다가 그려진 에드가 페인의 그림이 걸려 있었다.

내가 잘 아는 그림이었다. 하지만 아내가 이 그림을 소장하고 있었다는 건 전혀 몰랐다. 아마도 그녀가 날 위해 깜짝 선물로 그 그림을 준비했을지도 몰랐다. 우리의 행복했던 추억이 담긴 그림이기에.

그런데 지금은 그 자리에 그림이 보이지 않았다. 벽을 모두 둘러봤지만 그림은 없었다. 그렇다면 그날 사라진 건 바로 이 그림이었단 말인가?

—1시간 전

인적이 드문 주택가로 들어서자 익숙한 두 사람이 나와 있는 게 보였다. 나의 친구 오태수와 그의 아내 강여울.

두 사람이 그들 집 앞에서 심각한 얼굴을 하고 있었다. 무슨 일로 다투고 있는 것 같기도 했다.

나는 천천히 차를 몰아 그들 옆으로 세웠다. 내가 나타난 걸 예상치 못했는지 둘은 당혹스러운 표정을 감추지 못했다. 내가 태수를 재촉했다.

"태수야, 어서 타. 나랑 갈 곳이 있어. 여울 씨, 남편 좀 잠시 빌릴게요."

건성으로 인사를 건네곤 태수를 옆자리에 태워 곧바로 동네를 빠져나왔다.

한적한 길을 달리는 동안 우린 서로 아무 말도 하지 않았다. 마치 아무 소리도 내면 안 되는 것처럼 침묵을 지켰다. 나는 한편으로 습관처럼 밀려드는 두통에 시달리고 있었다. 운전하는 내내 띄엄띄엄 끊어진 기억들을 떠올리려 애썼고, 그럴수록 증상은 더 심해지는 것 같았다.

차체가 조금씩 비틀거리는 느낌을 받았는지 긴 침묵을 깨고 태수가 '괜찮아?' 하고 물었다.

나는 잠시 더 생각하느라 뜸을 들인 다음 말문을 열었다.

"라구나 비치에 있는 집으로 갈까 해. 우리 딸 은빈이 장례 치르고 나면 거기서 조용히 살고 싶다. 회사 대표는 네가 맡아.

쿤스트 사와 진행하던 계약 건도 네가 마무리하고."

고작 열여덟밖에 안 된 딸마저 잃고 나자 나는 완전히 무너졌다. 모든 의욕이 상실된 상태였다. 이제 무엇으로도 자신을 회복시킬 수 없었다. 이런 내 사정을 가장 잘 아는 사람이 태수였다. 그는 숨을 깊이 들이쉬며 대답했다.

"그건 나중에 얘기하자. 장례 준비는 사람 시켰으니 걱정 말고. 근데 지금 어디 가는 거야?"

"앞으로 회사를 이끌어가려면 기초 연구자료가 필요할 거야. 가평 별장에 전부 있어."

"기초 연구 자료를 넘겨주겠다고? 내게?"

"왜? 너도 원하는 거였잖아. 기초 연구자료는 우리 회사의 뼈대고 근간이야."

"그렇긴 하지만 그것까지 전부 승계할 거라고는 예상 못 했는데……."

가평 시내를 지나 한참 동안 어스레한 산길을 달렸다. 태수가 조심스레 물었다.

"3년 전 사고 났던 그 별장이지? 그 후로는 한 번도 가보지 않았던 거야?"

"너도 알잖아. 난 가족보다 항상 일이 우선이었어. 늘 가족들을 외롭게 했다고. 아내와 딸에게 내 빈자리를 채워주는 대신이 집을 구해줬어. 언제든 놀러 와서 즐기라고. 나도 무심했지, 정작 이 집을 구입한 후로 딱 한 번 와본 게 전부였으니. 그것도 사건이 난 후에 그날…….”

“경찰에선 뭐래? 수사는 여전히 진전이 없대? 범인에 대한 증거도 전혀?”

“범인이 별장에 숨어든 건 아내가 자고 있던 새벽이라고 했어. 아내를 살해하고 난 뒤에 뭔가 찾으려고 여기저기 뒤진 흔적이 있었대. 근데 특별히 뭐가 없어진 것 같진 않았어. 분명 찾는 물건이 있었을 텐데…….”

굽은 길을 계속 돌아 산언저리에 다다르자 살풍경한 별장 건물이 지붕부터 천천히 모습을 드러냈다. 우리는 차에서 내려 좁다랗고 길게 뻗은 자갈길을 지나 현관으로 다가갔다. 나는 계속해서 말을 이었다.

“여긴 보안시설이 잘 되어 있어서 현관을 통하지 않으면 절대 들어갈 수가 없어. 그런데 강제로 침입한 흔적이 전혀 없었어. 놈은 현관 비밀번호를 정확히 알고 있었던 거지. 비록 원하는 걸 찾지 못하고 사라졌지만, 언젠간 다시 나타날지 모른다는 생각에 비밀번호를 바꾸지 않고 그대로 뒀어.”

현관 앞에 멈춰선 나는 갑자기 돌변해 살기 어린 눈으로 태수를 노려보았다. 그리고 명령조로 다그쳤다.

“뭐 해? 어서 문 안 열고.”

“어? 무슨 소리야? 내가 어떻게 열어? 번호를 모르는데.”

나는 해가 저물어 핏빛으로 물들어가는 서녁 하늘을 바라보며 말했다.

"아내를 살해한 그놈이 훗날 다시 나타날 거라 확신했어. 그래서 또다시 비밀번호를 누르고 집 안으로 침입하면 곧바로 놈의 낯짝이 사진에 찍혀 내 핸드폰에 전송이 되도록 해뒀지."

나는 핸드폰을 내밀며 보여주었다. 거기엔 별장 현관을 열고 들어선 태수의 모습이 적나라하게 찍혀 있었다.

그제야 얼굴이 사색이 된 태수가 주춤거리며 뒷걸음질 쳤다. 나는 낚아채듯 그의 멱살을 움켜잡고 준비한 칼을 꺼내 눈앞에 들이밀며 위협했다.

"어서 열고 들어가. 번호 알잖아."

"그, 그게……. 내 말 좀 들어봐. 너 지금 오해하는 거야…… 오해라고…….."

"그 혓바닥부터 뽑아버리기 전에 닥치고 들어가."

하얗게 질려버린 태수는 어쩌지 못하고 도어록 번호판만 빤히 쳐다보았다. 눈알을 굴리는 걸 보면 어떻게 이 상황을 모면할지 애를 쓰는 것 같기도 했다. 그러다 더 이상 소용없다는 걸 깨달았는지 현관 비밀번호인 1729를 누르고 안으로 들어섰다.

문이 열리는 소리와 함께 내 가슴도 철렁 내려앉았다. 나는 최대한 감정을 억누르려 노력했다. 그동안 현관 번호를 알고 있었다면 범인이 면식범일 가능성이 크다고 추정해왔다. 그러한 가정을 붙들고 줄곧 매달려온 것이다.

나와 아내 그리고 태수, 이렇게 셋은 고교 동창이다. 고등학교 때부터 내가 아내와 태수에게 수학 공부를 도와주었다. 함께 공부했던 그때부터 우리는 서로 친구처럼 가깝게 지냈다. 그렇게 친했던 사이였으니 아내는 경계하지 않았을 테고, 태수는 이 집을 방문했을 때 번호를 훔쳐볼 수 있었을 것이다.

내가 칼로 위협하며 그를 앞세워 거실로 거칠게 떠밀었다. 그는 횡설수설 변명만 늘어놓았다.

"내가 다 설명할게. 사실 비밀번호도 네가 알려줬어."

"개소리 집어치워! 오늘 낮에 여기 온 이유도 연구자료 훔치러 왔을 거야, 그렇지!"

"그건 맞지만, 네가 생각하는 그런 건 아니야. 그리고 가져가지 않았어. 찾지 못했거든."

"넌 3년 전에도 내 연구자료를 훔치려고 몰래 숨어들었겠지. 그런데 새벽에 깬 아내에게 발각되었고, 그래서 살해한 거야. 하지만 그때도 원하던 자료는 찾지 못했어. 왜냐고? 그 자료는 세상 어디에도 없거든. 그건 모두 내 머릿속에 저장되어 있으니까!"

"오해야, 난 아니라고. 그래! 네가 개발한 연구가 뭔지 잘 알잖아. 기억변환장치. 너는 기억을 바꾸길 원했고, 그래서 바꾼 건데 뭐가 잘못된 거야. 왜 이렇게 된 건지 잘 모르겠어."

그의 말은 사실이었다. 우리가 연구하고 개발한 기술은 기억을 바꾸고 수정할 수 있는 장치였다. 그러니 머릿속에 얽히고 설킨 단편적인 기억들이 불확실할 수 있다는 것도 인정해야 했다. 그의 말에 다소 흔들릴 수밖에 없었다. 하지만 내가 기억하는 태수는 결코 믿을 수 있는 인간이 아니었다.

"묻는 말에 또 한 번 개소리를 늘어놓으면 진짜 죽여버릴 거야. 내 딸은 왜 죽었어?"

기습적인 추궁에 그의 눈동자가 요동치듯 흔들렸다. 그것만으로도 확신할 수 있었다. 그가 내 딸까지 죽인 것이다. 나는 감정을 주체하지 못해 발작적으로 몸을 떨며 고함을 질렀다. 겁에 질린 그가 뒷걸음질 치며 말했다.

"그건 사고였어. 네 기억이 잘못된 거야. 우리가 네 기억을 바꾸긴 했지만 이렇게는 아닌데……."

"개소리 집어치우라고 했잖아, 이 새끼야!"

나는 억제할 수 없는 분노에 완전히 사로잡혔고, 그다음은 본능이 이끄는 대로 일을 저질렀다. 놈의 배를 칼로 수차례 찔러댔다. 영혼에 악마가 깃든 것처럼, 흡사 능숙한 살인자인 것처럼 주저함 없이 그런 짓을 벌였다.

—12시간 전

사방이 벽으로 가로막혀 압박감이 절로 드는 경찰서 조사실.

한쪽에 난 문에 달린 작은 창을 통해서만 빛이 스며들었다. 내 어리석음의 대가로 사랑하는 딸을 잃었지만, 나는 뻔뻔하게도 멀쩡히 살아남았다. 지난밤 만취 상태로 운전을 하다 차가 가드레일을 들이박으며 저수지에 처박혔다. 뒷좌석에 있던 딸은 미처 빠져나오지 못해 참변을 당하고 말았다.

분명 사고였지만 경찰에선 여러 가설을 세워두고 수사를 벌였다. 무엇보다 그들은 딸아이의 머리 뒤쪽에 난 상처에 주목했다. 만약 사망의 원인이 사고로 인한 익사가 아니라 다른 이유라면 이는 명백하게 살인일 가능성이 높았다.

　나는 지난밤 기억이 전혀 떠오르지 않았다. 더구나 내가 아무것도 기억 못 할 정도로 술에 취해 있었다는 사실도 믿기 어려웠다. 용의선상에서 자유로울 수 없었기에 밤새 나는 여기 붙들려 있었다. 여러 직급의 수사관들이 수시로 드나들며 조사했고, 똑같은 질문에 나는 앵무새처럼 같은 대답을 반복했다. 잠을 못 자 정신을 흐릿하게 만들어 실수를 유발시키고 자백을 이끌어내는 게 이들의 조사 방식인 것 같았다.

　나는 식어버린 믹스커피를 빤히 응시하며 멍하고 어지러운 기분을 느꼈다. 엉긴 머리칼을 긁적이던 마주 앉은 수사관도 피로에 지쳐 보였다. 얼마 지나지 않아 말쑥한 차림의 사내들이 조사실로 들이닥쳤다. 자신들을 쿤스트 사에서 온 고문변호사라 소개하며 지긋지긋한 조사실에서 나를 빼내주었다.

　"오태수 상무님께서 저희 쪽에 도움을 요청하셨습니다. 저희도 두 회사 간의 큰 계약을 앞둔 마당에 대표님이 곤란에 처해 있는 걸 두고 볼 수 없어 이렇게 찾아온 겁니다."

　거대 글로벌 기업인 쿤스트 사와 우리 회사 연구소가 기술협약을 맺기로 최종 결정한 건 맞다. 헌데 기분 탓인지 몰라도 어딘지 낯설고 내키지 않은 기업이었다. 그런 기업과의 계약을 내가 스스로 결정했다는 사실이 새삼 놀라웠다.

"제가 어떻게 혐의를 벗은 겁니까? 경찰에선 사고가 아닐 수도 있다 여기는 것 같았는데……."

"따님의 부검 결과 폐에서 플랑크톤이 검출되어 직접적 사인이 익사로 밝혀졌습니다."

"그럼 우리 애 머리에 난 상처는요?"

"가드레일 충돌 과정에서 충격이 가해졌을 수도 있는데, 다만 머리에 박힌 파편이 걸립니다."

"파편이요?"

"유리 파편이 박혀 있었는데, 차량 유리가 아닌 특수처리된 금색 빛깔의 유리 조각이었습니다."

나는 딸의 머리에 금색 빛깔의 유리 파편이 박혀 있었다는 걸 도저히 납득할 수 없었다. 그래서 어떻게든 알아내고 싶어 재차 물었다.

"이 사고와 관련해 조사를 더 하고 싶은데 어떻게 하죠? 제가 술에 취해 전혀 기억을 못 하는 것도 이상합니다."

"그건, 대표님의 혈액검사로 검출된 GHB가 이유일 수 있습니다. 속칭 물뽕이라고 부르죠."

"물뽕이요? 말도 안 돼……."

난 어이가 없어 헛웃음이 흘러나왔다. 이해하지 못할 의문들이 연달아 들어 다그치듯 물었다.

"물뽕이면 의식을 잃었다는 거잖아요? 근데 제가 어떻게 운전을 했다는 겁니까?"

"흔히들 GHB는 마취 효과만 생각하시는데, 사용 방법에 따라 환각제로도 사용됩니다."

변호사도 은근히 내가 마약을 했다고 믿는 것 같았다.

"하지만 걱정 마세요. 경찰에 미리 손을 써둬 불리한 증거들은 모두 폐기했습니다. 정황상 의혹이 있는 건 사실이지만 아마 검찰에서도 기소하지 않을 겁니다. 오태수 상무께서 애를 많이 쓰셨습니다. 경찰 내부에 선이 닿는 분들을 많이 알고 계시더군요. 그래도 어쨌든 음주로 사고를 내셨으니 처벌을 완전히 피하기는 어려울 겁니다."

술을 아무리 많이 마셨다고 해도 머릿속 기억들이 표백제로 닦아낸 듯 깨끗하게 지워졌다고? 도저히 곧이곧대로 믿기는 어려웠다. 다만 약물 탓이라면 가능성이 있었다. 어쨌든 정확한 원인은 확신할 수 없으나, 그날 무슨 일이 있었는지 아무런 기억도 남아 있지 않았다. 나는 무례한 줄 알면서도 '차 좀 빌립시다' 요구하며 손을 내밀었다. 변호사는 곤란한 표정을 지으면서도 내게 적극 협조하라는 회사 지침이 있었는지 순순히 차 키를 내주었다.

내리쬐는 아침 햇살이 벌써 따가웠다. 퀭한 두 눈을 가늘게 치켜뜨고 하늘을 올려다봤다. 순간 어지럼증에 발목이 휘청거렸다. 뭐라도 먹었으면 좋겠다는 생각이 들었지만, 이 와중에도 허기를 느끼는 나 자신이 한심스러웠다. 그길로 차를 몰아 한참을 달려 어느 한적한 동네 어귀에 이르렀다.

남의 집 담벼락에 차를 세워두고 동네를 비트적거리며 올라갔다.

어느새 태수의 집 앞에 도착했지만 일단 멈춰 서서 주변을 살폈다. 주위에 아무도 없다는 걸 확인하고서야 골목으로 꺾어 안으로 들어갔다.

좁은 길을 따라 난 뒷문을 통해 실내로 들어서자 언제부터 기다리고 있었는지 태수의 아내 강여울이 나를 맞아주었다. 나는 수면 부족으로 정신이 흐리멍덩한 상태였다. 금방이라도 쓰러질 것 같았지만 그녀를 보자 이상하게도 욕정이 치밀었다. 강렬한 주술에라도 걸린 듯 그녀와 몸을 섞으며 격정적인 쾌락에 빠져들었다.

기절하듯 까무룩 잠이 들었다가 기척에 눈이 떠졌다. 얼마나 시간이 흘렀는지 짐작조차 할 수 없을 만큼 깊이 잠이 들었던 모양이었다. 까칠까칠한 이불이 맨살에 닿는 기분이 상쾌했지만 기력을 모두 탕진해버린 몸은 기진맥진이었다.

침대 옆에 누워 있던 여울이 내 품으로 파고들었다. 여울은 내가 캘리포니아에서 대학을 다닐 때부터 알던 사이였다. 지금도 그녀는 우리 회사 연구소가 개발한 연구의 핵심 브레인 역할을 맡고 있다. 가난한 유학생이던 당시에 주말이면 라구나 비치에서 햄버거 하나에 데킬라를 나눠 마시며 그 시절을 함께

했다. 비록 서로의 운명은 엇갈렸지만, 지난 과거의 사랑은 육체적 욕망을 나누는 것으로 지속되어왔다.

"우리 전부 잊고 미국 가요. 그럼 예전처럼 다시 시작할 수 있어요."

그녀의 말은 나를 더욱 서글프게 했다. 아내에 이어 딸마저 잃어버린 내 삶은 무가치해져 버렸고 스스로에 대한 혐오와 분노, 슬픔이 한꺼번에 얽혀들어 한시도 견디기 힘들었다. 내가 눈을 내리깔고 아무 말이 없자 그녀는 매달리듯 재차 물었다.

이제 어떻게 할까? 그러자고 할까? 어쩌면 그녀는 나를 구원할 유일한 통로일지도 모른다. 하지만 대답은 목구멍 안에서만 맴돌 뿐이었다. 우리 관계는 대체 어떤 의미가 있는 걸까? 아무리 떠올려봐도 명확하지 않았다. 그저 고갈되어버린 감정이 갈피를 못 잡고 방황하는 것에 지나지 않을지도 몰랐다. 대답을 피하려고 화제를 돌렸다.

"태수는? 아무래도 신경이 쓰여……. 언젠간 알게 될 텐데."

"욕심 많은 사람이에요. 회사 맡기면 거기에 만족할 거예요. 어차피 우리도 곧 이혼할 거고."

"태수는 절대 이혼해주지 않을 거야."

"할 수밖에 없을걸요. 그이가 클럽에서 어린 여자애 하나를 성추행해서 고발당했는데 조만간 수사가 진행될 거예요. 어떻게든 처벌은 피할 수 있겠지만 나와 이혼하는 건 피할 수 없어요."

"그런 일이 있었어? 나한테는 아무 말 없었는데."

"오래전부터 여자 문제가 많았어요. 둘이 친구니까 잘 알잖아요. 불결해……."

여울이와 태수는 나로 인해 처음 알게 된 사이였고, 결혼까지 이어졌다. 그리고 여울은 이혼을 결심한 상태였다. 이렇게 된 데는 내게도 어느 정도 책임이 있다는 걸 부인할 수 없었다.

여울은 치를 떨며 말을 이었다.

"그이는 12월 31일이면 클럽에 룸을 잡고 놀아요. 그날은 미성년 애들이 클럽 앞에 모여서 밤 12시를 기다리다가 스무 살 성인이 되는 순간 클럽에 출입하거든요. 그렇게 아무것도 모르는 순진한 애들을 먹잇감으로 노리는 거죠. 그것도 마약까지 먹여서."

마약이라는 말에 머리를 얻어맞은 것 같았다. 우연일 수도 있지만 내 몸에서 검출되었다는 GHB 약물이 거슬렸다.

생각을 정리할 겸 슬리퍼를 끌고 무작정 거실로 나갔다. 여울은 이상하게 행동하는 나의 뒷모습을 의아한 눈초리로 좇았다.

아무리 생각을 거듭해봐도 태수와의 연관성을 찾을 수 없었다. 머릿속이 뒤죽박죽 혼란스러운 가운데 문득 시선을 사로잡는 게 있었다. 와인 셀러에서 번쩍거리는 뭔가에 홀린 듯 멈춰 섰다. 거실 귀퉁이를 차지한 와인 셀러 안엔 금빛으로 도색 처리한 샴페인, '아르망 드 브리냑 브뤼 골드'가 가득 채워져 있었다. 그건 태수가 즐기는 술이었다.

불현듯 딸의 뒤통수에 박혀 있다던 금빛 유리 파편이 떠올랐고 심장이 저릿해졌다. 설마……. 나는 머리를 세차게 흔들었다. 태수에겐 그럴듯한 이유도 없고, 그럴 만한 어떤 징후도 찾을 수 없었다. 섣불리 판단하기 어려웠다. 무엇보다 아니길 바랐다. 하지만 나의 바람은 때마침 날아든 한 장의 사진에 의해 산산이 부서졌다. 태수가 아내와 딸을 살해했다는 걸 비로소 확신했다.

가평 별장에 침입한 태수가 카메라에 찍힌 것이다. 오래전에 심어둔 덫에 걸려든 오태수의 얼굴이 핸드폰 화면에 가득 들어차 있었다.

—22시간 전

어둠이 무겁게 내려앉은 도로.

도로 곳곳에서 경광봉을 흔들며 차량을 통제하는 경찰들이 보였다.

저수지에 처박혀 있던 내 차는 크레인에 대롱대롱 매달려 물을 토해내고 있었다. 그 광경은 마치 꿈을 꾸는 것처럼 비현실적이었다. 빈속은 매슥거리고 입안에 찝찌름한 맛이 불쾌하게 감돌았다. 흠뻑 젖은 나는 커다란 담요를 머리까지 덮어쓰고 가로수에 기대어 앉아 혼돈과 현실 자각 사이에서 생각을 정리했다.

내가 겪은 기억들을 의심했고 각인된 기억들은 불완전하게 나열되어 실제인지 꿈이었는지 분간이 어려웠다. 경찰들은 현장을 서성이며 나를 수상쩍다는 듯 흘끔거렸다.

태수가 뒤늦게 도착해 나를 위로했다.

"괜찮아? 어디 다친 곳은 없어?"

"태수야, 내가 기억이 나지 않아서 그런데…… 나 왜 여기에 있는 거니?"

어떤 상황인지도 파악이 안 돼 태수에게 물었지만 그는 대답보다 한숨을 먼저 내뱉었다.

"술을 많이 마신 것 같아 말렸는데도 넌 막무가내로 차를 몰고 나갔어. 기억 안 나?"

"내가? 설마 그럴 리가……."

"어쨌든 지금은 경찰이 물어도 너무 많은 얘기는 하지 마. 혹시라도 나중에 문제가 됐을 때 너한테 불리하게 적용될 수도 있어. 나도 여기저기 알아볼 테니까 넌 나만 믿어."

태수는 어떤 일이든 원만하게 해결해내는 능력이 탁월했다. 회사에서도 궂은일을 도맡아 하며 문제가 생길 적마다 그동안 닦아둔 인맥을 활용해 깔끔하게 처리하곤 했다. 그 능력은 인정할 만하지만 그렇다고 내게 믿음을 주는 친구는 아니다.

돌연 주위가 소란스러워지더니 경찰들이 한쪽으로 몰려갔다. 나도 무엇에 홀린 듯 벌떡 일어나 그들이 모인 물가로 달려갔다.

잠수부를 동원해 저수지 밑바닥을 수색하던 경찰들이 물 밖으로 나오고 있었다. 그들 손에 들려 수면 위로 떠오른 나의 사랑하는 딸, 은빈이의 모습은 너무나도 참담했다.

보고도 믿기 힘든 광경에 나는 머리를 세차게 흔들었다. 입가에 침이 주르륵 흘러나왔다. 차갑게 식어버린 내 아이의 창백한 모습을 보며 이성의 끈을 붙들고 있기 어려웠다. 절망의 늪에 빠져 점점 의식을 잃어갔다. 도저히 받아들일 수 없는 현실 앞에서 허우적거려봤지만 아무 소용없었다. 그저 짐승처럼 절규할 뿐이었다.

─30시간 전

오랫동안 나를 괴롭히는 고통을 어깨에 짊어지고도 지금까지 간신히 버틸 수 있었던 건 딱 하나였다. 지난 과거를 완전히 망각할 수 있을 거란 열망에 오롯이 몰두할 수 있었기 때문이다.

나를 갉아먹는 기억들을 매몰시켜야 들끓는 고통에서 자유로울 수 있다!

오늘은 드디어 그것이 가능하다는 걸 증명하는 날이다.

나는 대기실에 남아 생각을 정리하며 기다렸다. 다들 기다린다, 가자! 태수가 부르는 소리에 옷매무새를 가다듬고 의자에서 일어났다. 자신감 넘치게 걸음을 내디뎠다. 투자자들이 모여 있는 회의실에 들어설 때는 일부러 가슴을 활짝 펴며 인사했다.

"반갑습니다. 다들 바쁘실 텐데 용케 한 분도 빠짐없이 모두 출석하셨군요."

우리의 기술은 이미 어느 정도 증명이 되어 있고 검증을 거친 단계라 투자자들로부터 많은 주목과 기대를 받고 있었다. 오늘은 그 성과의 일부를 보여주는 자리였다. 그래서인지 사뭇 분위기가 들떠 있었다.

"여러분께서는 몇 살 때까지의 기억이 남아 있나요? 세 살? 일곱 살? 에너지보존의 법칙에 의하면 한정된 질량과 부피를 가진 우리 뇌는 기억을 무한히 담을 수 없기에 시간이 흐를수록 의미 없는 정보들은 삭제해나갑니다. 붕어는 기억력이 3초라고 알려져 있지만 사실 붕어도 최소 12일, 길게는 3개월 이상을 기억할 수 있습니다. 기억은 한 개인의 역사이며 걸어온 발자취입니다. 그리고 그 기억엔 기쁨도 자부심도 옛 첫사랑의 추억도 있겠지만, 지나간 아픔과 고통, 상처도 분명히 남아 있습니다. 트라우마로 인해 평생을 온전한 정신에 살지 못하는 사람도 있고, 외상 후 스트레스로 고통받으며 극단적인 선택을 하는 이들도 있습니다. 또한 인간의 기억은 시간이 지날수록 생각보다 많이 부정확하게 변합니다. 왜곡된 기억이 엉뚱한 사람을 범죄자로 지목하기도 하죠. 우리의 연구는 인간의 뇌에 새겨진 발자취를 바꿀 수 있습니다. 기억을 저장하는 해마를 적절히 자극하고 특정 정보를 주입해 기억을 왜곡하는 거죠."

내가 손짓으로 신호하자 모니터에 초췌한 모습의 남자가 등장했고, 나는 설명을 이어나갔다.

"피실험자 A씨의 사례입니다. 20대 때 마약에 중독된 이후로 온갖 치료센터를 전전했지만 소용없었다고 합니다. A씨가 중독에서 벗어나지 못하는 원인은 바로 기억력 때문이죠. 우리 뇌에는 보상회로라는 게 있는데 성취감이나 행복을 느끼면 그곳에 도파민이 증가하면서 기분이 좋아집니다. 마약은 바로 도파민을 강제로 배출시켜 쾌감을 얻는 겁니다. 예를 들어 맛있는 음식을 먹을 때 나오는 도파민 수가 50이라면 마약은 그 18배인 900이 배출됩니다. 문제는 마약이 도파민을 만드는 공장도 파괴하기 때문에 마약에 빠져들수록 보상회로는 점점 더 망가져서 도파민 수가 줄어들게 되고, 기분이 떨어지니까 양을 늘리게 되고 그러다 보면 내성이 생기게 되는 겁니다. 나중엔 더 이상 나올 도파민이 없어 약을 해도 재미가 없습니다. 그럼에도 불구하고 약을 끊지 못하는 이유는 도파민이 수백 개씩 나오던 과거의 강렬한 기억을 잊을 수 없기 때문입니다. 강렬했던 마약의 기억은 뇌 속의 기억장치인 해마 깊은 곳에 저장되어 평생을 못 잊게 되죠. 그게 바로 중독입니다. 하지만 해결은 간단합니다. 우린 그 강렬한 기억을 삭제했고, A씨는 더 이상 마약 중독자가 아닌 건실한 사회인으로 새롭게 다시 태어날 수 있었습니다."

모니터에 장면이 바뀌면서 한눈에 봐도 매우 건강해진 A씨의 모습이 등장했다.

"다음은 피실험자 B씨의 사례입니다. 여성인 B씨는 스토킹 범죄자로부터 오랫동안 고통받아왔습니다. 스토커는 스토킹에 그치지 않고 가택에 침입해 B씨를 살해하려다 붙잡히기까지 했습니다. 수감까지 됐지만 얼마 지나지 않아 출소했고, 그 뒤로도 B씨를 괴롭혔습니다. 그래서 우리는 이 스토커의 기억을 바꿔놓았습니다. 여성에 대한 기억에 혐오와 공포를 심어놓은 것입니다. 그래서 B씨를 떠올리기만 해도 진저리치도록 했습니다. 더 나아가 오히려 B씨가 자신을 지독하게 스토킹한다는 두려움에 빠지도록 해 스스로 숨어 살게 만들었습니다."

나는 계속해서 실험자들의 다양한 사례들을 나열했다.

사이비종교에 빠져 헛된 믿음에서 벗어나지 못하는 실험자의 기억에 교주의 추악한 민낯을 고스란히 심어놓았고, 자신의 잘못으로 인한 사고로 가족을 잃은 죄책감에 고통받는 실험자의 기억을 지우는 등 다양한 케이스들을 소개했다.

사례가 다양하게 형성되어 있다는 건 폭넓게 연구를 활용할 수 있다는 증명이기도 했다. 나는 감탄이 이어지는 설명회를 마무리 지으며 이렇게 말했다.

"미래에 우리는 기억의 범위와 저장방식이 달라진 시대에 살게 될 겁니다. 잊고 싶은 기억은 지우거나 원하는 방식으로 바꾸고, 간직하고픈 추억들은 깊게 새기어 모두가 행복한 기억만 지니고 사는 정신의 승리. 그런 세상이 열리는 겁니다."

투자자들이 일제히 일어나 기립박수를 이어나갔고, 환호 속에서 설명회를 성공적으로 마칠 수 있었다.

행사는 성황리에 끝이 났다. 나와 태수는 모두가 퇴근한 연구소에 남아 단출하게 서로를 자축했다. 함께 고생해 이뤄낸 성공에서 오는 달콤함은 그 어떤 것과도 비교할 수 없었다. 초창기 막막했던 시절의 고생담도 이젠 그리운 추억에 지나지 않았다. 그날들을 되짚어보며 웃던 태수가 갑자기 말을 끊고 허공을 쳐다보았다. 뭔가를 망설이는 것 같더니 할 말이 있는 듯 운을 띄었다.

"그래서 어디하고 파트너가 될지 결정은 했어?"

"글쎄, 고민은 되지만 염두에 둔 회사는 있지."

"쿤스트는 어때? 내 생각엔 계약조건도 가장 좋아서 회사에 큰 이익이 될 것 같은데."

"그 얘긴 나중에 하자. 오늘은 골치 아픈 생각은 하고 싶지 않아."

태수가 쿤스트와 계약을 바라는 이유를 알지만 지금 그 얘기로 기분을 망치고 싶지 않았다.

"그래, 그러자. 그래서 내가 샴페인 좋은 걸로 하나 준비해 왔어."

태수가 더 이상 언급하지 않겠다며 손사래를 치더니 황금색 빛깔이 화려한 '아르망 드 브리냑 브뤼 골드' 샴페인을 한 병 들고 왔다. 우린 웃고 떠들며 샴페인을 나눠마셨다.

오늘날 이 자리에 오기까지 태수의 역할이 지대했다. 그가 없었다면 긴 항해의 끝인 이곳까지 제대로 도달하지 못했을지도 모른다. 내가 가장 믿고 신뢰하는 나의 둘도 없는 친구 태수가 언제나 함께여서 든든했다. 긴장감이 풀린 탓인지, 기분에 취해 나른해진 탓인지 점차 의식이 흐릿해지는 걸 느꼈다.

눈을 떴을 때는 온몸을 꼼짝도 할 수 없었다. 둘러보니 연구소 가장자리에 배치된 기억변환장치에 내 몸이 고정되어 있었다. 머리에 장치가 착용되었고, 팔다리는 옴짝달싹할 수 없게 단단히 결박된 상태였다. 그리고 이 안엔 태수 말고 한 사람이 더 있었다. 태수의 아내이자 연구소의 수석연구원이기도 한 강여울. 그녀도 함께였다. 둘 사이의 대화가 그 어느 때보다 심각했다.

"몇 가지만이야, 조작할 수 있게 도와줘. 크게 어려운 일도 아니야."

"왜 이래? 이건 아니잖아. 어쩌려고 그래?"

태수는 여울을 강력하게 밀어붙이며 설득하는 중이었다. 여울은 그럴수록 난처해했다. 나는 머리가 지끈거려왔다.

"태수야……. 나 왜 여기에 누워 있는 거냐? 내가 왜 묶여 있어? 장난치지 마."

내가 깨어난 걸 보고 태수가 가까이 다가왔다. 여울을 협박하다시피 하던 태수의 태도가 부드럽게 바뀌었다.

"일어났구나. 다치게 할 생각은 없으니까 걱정하지 마."

"지금 뭐 하는 건데? 일단 이거나 풀어, 재미없으니까. 나, 팔아프다고."

"풀어줄 거야. 근데 그전에 뇌수술을 좀 해야겠어. 회사의 미래를 위해."

"무슨 미래?"

"파트너는 쿤스트랑 맺어야 회사가 살아. 그런데도 네가 고집만 피우니까 아예 머릿속을 좀 바꿔놔야겠어. 이를테면 다른 투자자들은 모두 협잡꾼에 믿을 수 없는 인간들이라고 생각한다거나."

그의 계획에 헛웃음이 흘러나왔다. 나는 적어도 태수에 대해서만큼은 속속들이 안다고 믿었다. 회사를 운영하다 보면 편법도 필요하고 지저분한 일을 처리해야 할 경우도 더러 있었다. 연구밖에 할 줄 몰랐던 나를 대신해 줄곧 곁에서 궂은일을 도맡아 해왔던 건 태수였다. 당연히 가장 믿고 신뢰하던 친구였는데…… 그동안 자신을 속여왔다는 배신감에 치가 떨렸다.

"고작 그거 하나 바꾸자고 이 짓을 벌인 거야? 감당할 수 있겠어? 여울아, 이것 좀 풀어줘."

여울에게 도와달라고 했지만 그녀는 이러지도 저러지도 못하는 눈치였다.

태수도 물러서지 않았다. 이렇게 된 마당에 이제 와 돌이킬 수 없다고 판단한 것 같았다. 태수는 연구 인력이 아니었으므로 기계를 다룰 수 없었다. 절대적으로 여울의 도움이 있어야만 제 뜻대로 상황을 움직이는 게 가능했다.

"여보, 한 번만 도와줘. 그럼 내가 당신이 원하는 대로 이혼해줄게. 그걸 원하잖아."

태수는 이혼해준다는 말에 그녀가 흔들린다는 걸 눈치채고 더 거세게 밀어붙였다.

"내가 도장 찍어준다니까. 두 가지만 바꿔줘. 계약은 쿤스트사와 하기로 마음먹었고. 회사대표는 나 오태수한테 넘기고 자기는 그냥 편히 즐기며 살겠다고. 이건 우리 모두가 행복해지는 일이야."

태수는 가까이 다가와 내 셔츠에 구겨진 깃을 여미며 진지한 태도로 말을 이었다.

"너도 제수씨 그렇게 되고부터 힘들어했잖아. 이제 그만 털어버려. 새로 여자 만나 재혼도 하고. 너 좋다는 여자 많잖아. 별로 내키지 않으면 이젠 그러고 싶다는 생각을 심어줄게."

이마를 짚은 채 고민하던 여울은 태수의 뒷모습을 경멸의 눈길로 노려보았다. 그녀의 표정은 갈수록 복잡해졌다. 나는 그녀가 지금 무슨 생각인지, 어떤 판단을 하고 있는지 몰라 초조해졌다. 그때였다.

"뭐 하는 거야!"

느닷없는 소리에 고개를 돌리자 그곳에 나의 딸 은빈이가 서 있었다. 은빈이 연구소에 찾아올 줄 전혀 생각지 못했던 태수는 예기치 못한 은빈이의 출현에 무척이나 당혹스러워 보였다.

은빈이는 지금 상황을 금세 간파한 것 같았다. 한눈에 보기에도 아빠가 위험에 처했다는 걸 알아차린 것이다. 은빈이는 뭔가에 홀린 듯 소리를 지르며 태수에게 달려들었다.

태수가 흥분한 은빈이의 양팔을 붙잡고 달래보려 했지만 힘으로 제압하는 게 쉽지 않아 보였다. 이미 제정신이 아닌 아이를 몸으로만 압박하는 데 한계가 있었다.

은빈이는 엄마가 세상을 떠났다는 사실을 받아들이는 데 오랜 시간이 걸렸다. 저토록 극도의 흥분 상태에 빠진 이유를 나는 알고 있었다. 엄마를 잃고 고통 속에 살아온 시간이 깊은 상처로 남아 있어서일 것이다.

나는 은빈이의 감정이 격해질수록 불길함을 느껴 도리어 은빈이에게 진정하라고 소리쳤다. 은빈이는 내 말이 들리지 않는 것 같았다.

안 되겠던지 여울이도 합세해 아이를 말리려 했다. 어찌된 영문인지 은빈이의 공격성이 뜬금없이 여울에게 향했다. 여울을 향해 화풀이하듯 마구 주먹을 휘두르기 시작했다.

은빈이는 그야말로 광분해 있었다. 한 번도 본 적 없던 딸의 광기 어린 모습에 나도 당혹스러울 정도였다. 얻어맞던 여울이 방어적으로 은빈이를 힘껏 밀쳐냈다. 은빈이는 뒤로 넘어졌고 철제탁자 모서리에 머리를 세게 부딪쳤다.

쓰러진 아이를 보자 두려움이 나를 집어삼킬 것만 같았다. 일어나, 은빈아! 묶인 몸을 뒤흔들며 몇 번이고 소리를 질렀고, 다행히 은빈이는 비틀거리며 다시 일어났다. 그러나 달려드는 것은 멈추지 않았다. 괴성을 내지르며 다시 여울을 향해 몸을 던지는 순간 퍽, 하는 둔탁한 소리가 먼저 들렸다. 태수가 휘두른 샴페인 병이 은빈이의 머리에 부딪혀 산산이 부서지고 있었다. 은빈이는 그대로 바닥에 고꾸라지고 말았다.

나는 공포에 사로잡혀 말도 나오지 않았다. 더 이상 일어나라는 말을 할 수가 없었다. 직감한 것이다. 은빈이가 더 이상 깨어나지 못할 거라는 걸.

침묵이 찾아왔다. 이미 나는 완전히 얼이 빠진 상태였고, 두 사람도 쓰러진 은빈이를 지켜보기만 했다. 먼저 정신을 차린 건 여울이었다. 쓰러진 은빈이에게 다가간 여울이 얼굴이 사색이 되며 자리에 주저앉아 말했다.

"주, 죽었어……."

그 말을 듣는 순간 나는 사지가 찢기는 것처럼 온몸으로 더할 수 없는 고통을 느껴야 했다. 태수는 그저 미안하다는 한마디만 내뱉었을 뿐이다. 그는 작정하고 은빈이를 죽인 것이다. 나는 딸의 이름을 울부짖었다. 입술이 터져 나가고 이빨이 깨졌지만 아무것도 하지 못하는 나 자신이 원망스러웠다. 몸을 뒤흔들며 욕설을 퍼붓는 게 고작이었다.

태수는 작심하듯 분노에 일그러진 내 눈을 마주 보며 말문을 열었다.

"이렇게 하자. 쿤스트와 계약 결정을 자축한 후 만취 상태로 네가 차를 몰고 집에 가다 저수지에 빠졌어. 넌 무사히 나왔지만 은빈이는 안타깝게도 그대로 물속에 수장된 걸로."

"이 새끼야! 죽고 싶어? 널 친구로 믿었는데 어떻게 네가 나한테 이럴 수 있어!"

"여전히 우린 친구야. 앞으로도 우리 관계는 지속될 거고. 은빈이 일은 정말 미안하게 됐다. 하지만 내가 반드시 좋은 변호사 구해서 너한테는 피해 없도록 도와줄게. 그리고 당장은 힘들겠지만 훗날 은빈이에 대한 기억도 원하는 대로 바꾸거나 지우면 고통도 사라지게 될 거야."

"죽여버릴 거야!"

내가 쏟아내는 욕지거리에도 태수는 아랑곳하지 않은 채 여울을 돌아보며 말했다. 그의 음성은 사람을 죽인 것치고 믿을 수 없을 정도로 차분했다.

"이렇게 된 이상 당신도 이제 공범이고, 이 사태에 책임이 있어. 도와줘."

여울은 한참이나 망설였지만, 결국 고개를 떨구었다. 어쩔 수 없다고 판단한 것 같았다. 이 사태를 수습해야겠다고 마음먹었는지 기억변환장치가 있는 기기로 움직였다.

"나를 가장 신뢰하고 있다는 설정도 꼭 넣어. 날 가장 믿을 수 있는 친구로."

태수의 요구에 맞춰 여울은 설정을 입력했지만, 나를 똑바로 보고 있는 그녀의 눈은 다른 말을 하는 것 같았다. 마치 그 눈빛은 태수가 원하는 대로만 하진 않겠다는 뜻이 담겨 있는 것 같았다. 나는 분명 그녀의 눈빛에서 그런 걸 읽었다.

태수가 문득 떠오른 듯 다급한 어조로 내게 물었다.

"기초 연구자료는 어디에 있어? 쿤스트 쪽에 그걸 넘겨주는 조건으로 큰돈을 약속받았거든."

나는 실성한 듯 웃음을 터트리며 그를 힐난했다.

"결국 하찮은 돈 욕심 때문이면서 회사의 미래를 위한다고? 그따위 위선은 왜 떠는 거야!"

"그래 맞아, 이제 와 뭘 숨기겠어. 내가 쿤스트에 계약을 약속하고 돈을 좀 받았어. 넌 미국으로 가. 거기에 집 있잖아. 여기 일은 모두 잊고 애인 만들어서 단둘이 행복하게 살아. 연구자료 넘기면 내가 거기까지는 해주겠지만 그러지 않으면 끔찍한 기억을 심어 넣을 거야."

나는 기가 차서 웃음밖에 나오지 않았다. 분노가 차오르는 것을 느끼는 동시에 절대 잊어선 안 된다고 다짐하며 냉정해지려 했다. 증오의 감정을 억지로 감추고 차분히 말을 내뱉었다.

"가평 별장에 있어."

"가평? 거긴 보안 장치가 되어 있잖아. 현관 비밀번호도 알려줘야지."

나는 태수를 뚫어지게 쏘아보며 말을 이었다.

"숫자 두 개를 세제곱해서 더한 값으로 나타내는 방법이 두 가지인 수 중에서 최소의 수."

"그, 그게…… 뭔데?"

"그게 비밀번호다, 이 멍청한 새끼야! 넌 대가리가 나빠서 절대 못 풀 거야."

"이 자식이 끝까지 잘난 척이네. 그래, 고등학교 때부터 네가 내 수학 선생이었지. 좋아, 그럼 그건 내가 반드시 풀어서 당당하게 들어간다."

시간이 걸리더라도 1729란 해답을 풀어낼 것이다. 나는 시간을 벌어야 했고 태수는 반드시 내 앞에 민낯을 드러낼 것이다.

잠시 뒤, 내 머릿속을 헤집어놓을 기계가 작동을 시작했고 나는 마지막으로 차가운 바닥에 쓰러져 있는 은빈이를 바라보았다. 눈시울이 젖어 딸이 점점 흐릿하게 보였다. 그런데 그때였다. 은빈이가 꿈틀거리며 희미하게 움직이는 것 같았다. 눈을 크게 뜨고 다시 확인해봐도 분명 움직임이 있다. 다행히 은빈이는 죽지 않았다. 아직 살아있었다. 난 목청을 다해 소리쳤다. 살아있어! 살아있다고! 하지만 의식이 흐려지며 까마득한 어둠 속으로 빨려 들어가고 말았다.

─48시간 전

내일 투자자들 앞에서 성과를 발표하기 앞서 그동안 함께 고생한 회사 식구들을 집으로 초대해 조촐한 파티를 벌였다. 중요한 프로세스가 남긴 했지만 이미 확정된 거나 다름없는 성공이었다. 승패의 결과가 나온 것이나 마찬가지여서 우린 아무런 긴장 없이 오늘을 즐기기로 했다.

다만 한 가지 업무가 남아 있었다. 중대한 보고를 할 게 있다며 한 시간 전부터 감사실장이 나를 보채었다. 그의 성화에 못 이겨 한적한 곳으로 자리를 옮겨와 물었다.

"무슨 일이신데 오늘 같은 날까지 회사 일을 가져오셨어요, 실장님."

"지난번에 지시하신 오태수 상무님에 관한 감사 결과서입니다."

감사실장이 조심스럽게 내민 보고서엔 감찰을 통한 세부적인 내용들이 낱낱이 기록되어 있었다.

"그동안 쿤스트 쪽과 따로 만남이 잦았습니다. 그러면서 향응도 받고 상당액의 뒷돈을 받은 내역도 확인했습니다. 무엇보다 연구소 핵심기술을 사적으로 이용한 정황이 있습니다."

"사적으로요?"

"쿤스트 회장의 배다른 아들인 박 상무에게 제공한 것 같습니다. 아흔이 넘은 회장을 대신할 후계를 정해야 하는 시점인데, 적장자였던 장남은 능력도 없고 이런저런 사고를 많이 친데다 모 연예인과 불륜 스캔들까지 터져 여론이 시끄러워지면서 후계 구도에서도 밀려났습니다. 지금은 둘째 부인의 아들인 박 상무가 업무능력도 뛰어나고 회장으로부터 두터운 신임을 얻어 후계 순위에서도 우위를 점한 상태입니다. 그런 박 상무도 사생활이 깨끗하진 않습니다. 숨겨둔 애인이 있는데, 이미 만삭의 임신 상태였습니다. 여자 쪽에서 막무가내로 나와 입막

음하는 데 애를 먹었던 것 같습니다. 그래서 여자의 기억을 조작했습니다. 애초부터 아이의 아빠가 누군지 모르게요. 숱한 남자들과 문란한 관계로 얻게 된 사생아라는 기억을 심어 넣었습니다. 그뿐만이 아닙니다. 여당의 정치인 김모 의원이 사업가에게 불법 정치자금을 받아오다 관계가 틀어지면서 협박을 받고 있었는데, 여기에도 오태수 상무가 관여했습니다. 확실한 입막음을 목적으로 사업가의 기억을 바꿔놓은 겁니다. 더 나아가 정치자금을 건넨 의원을 같은 지역구 상대측 유력 정치인으로 돌려놔 궁지에 몰아넣기까지 했습니다. 그런 식으로 정치인, 검찰, 경찰 등에 기억변환을 무상으로 제공했고, 그 덕분에 오태수 상무가 많은 실권자들의 비호를 받으며 힘을 얻게 된 것 같습니다."

"오상무 혼자서 장치를 작동시키진 못했을 텐데요?"

"상무님의 아내분인 강여울 수석연구원이 함께해왔던 것 같습니다. 쿤스트 사와의 계약에 집착하는 이유도 공익적인 목적보단 물불 가리지 않고 이윤을 추구하는 데 그만한 회사가 없어서입니다. 저대로 조치를 취하지 않고 묵인한다면 분명 문제가 될 겁니다."

태수의 그간의 행적을 우려스럽게 지켜본 감사실장은 내게 경고도 했다.

태수가 그렇게까지 한 이유는 회사를 위해 온갖 부정한 일들을 마다하지 않아 벌어진 일이었겠지만 분명 선을 넘은 건 사실이었다. 하지만 그럼에도 불구하고 내가 가장 믿고 의지할 사람은 태수뿐이다. 무엇보다 이번 계약이 마무리되는 대로 대표 자리를 태수에게 넘겨주고 떠날 생각이었다.

3년 전 가혹한 일들을 겪어야 했던 그날 이후, 나는 집착에 가까울 만큼 강박적으로 연구에 몰두해왔다. 오랜 연구 끝에 막상 괄목할 만한 결과를 이뤄내자 들끓었던 열망은 언제 그랬냐는 듯 시들해져버렸다. 이젠 모든 것을 내려놓고 미국으로 건너가 조용히 살고 싶어졌기 때문에 태수의 허물도 묻어야 할 것처럼 느껴졌다.

마침 외출하는 은빈이를 보자 아이의 등 뒤에 소리쳤다.

"어디 가니?"

"친구 만나러."

감사실장은 자리를 피해주며 떠났다.

지난날 난데없이 닥친 불행은 우리 가족의 삶을 송두리째 파괴했다. 상실의 고통은 이전의 평온한 삶으로 되돌아갈 수 없게 했고, 하루하루가 의미 없는 나날의 연속이었다. 은빈이도 내색은 않지만 줄곧 숨겨왔을 것이다. 슬픔과 절망과 외로움. 어린 나이에 그런 고통스러운 감정들을 감내해야 하는 심정이 오죽할까. 그런 딸이 한없이 안타깝고 불쌍했다. 절망의 바다에 딸과 함께 허우적대면서도 내가 간신히 버틸 수 있었던 건 우리가 개발한 연구로 상실의 기억을 지워 회복을 꿈꿔왔기 때문이다. 그리고 그날이 가까워졌다.

"은빈아, 내일 저녁에 연구소로 와줄래. 내가 너한테 보여줄게 있어."

"내일 약속 있어."

"그건 다음으로 미루고 내일은 꼭 아빠한테 와. 너도 좋아할 거야."

"싫어, 중요한 약속이란 말이야."

"그래도 잠깐만, 잠깐이면 되니까 꼭 와. 알았지? 네가 와줄 거라 믿고 있을게."

"싫다니까 왜 자꾸 오래, 짜증 나게. 약속 있다고 하잖아."

현관을 나가려던 은빈이 우뚝 멈춰 섰다. 막 여울이 들어서고 있었기 때문이다.

여울이 '어머, 은빈이 많이 예뻐졌다' 하며 일부러 친밀감을 드러냈다. 그러나 은빈이는 오히려 낯빛이 굳어지며 피하듯 밖으로 나가버렸다.

나는 한 번 더 은빈이의 등 뒤에다 내일 꼭 와달라 소리쳤다.

내가 서둘러 파티 장소로 돌아가려 하자 여울이 내 소매를 잡아끌며 물었다.

"어제는 왜 전화 안 받았어요?"

나는 그저 여울을 빤히 바라보다 차분한 어조로 말했다.

"여울아, 정말 미안한데 그날은 내가 실수했어. 내가 너무 지쳐서 잠깐 미쳤었나 봐."

"실수 아니에요. 내가 옛날부터 선배 좋아한 거 알잖아요. 난 그 마음 변한 적 없어요."

"그만하자, 못 들은 걸로 할게. 네 남편은 태수야. 태수는 내 친구이기도 하고."

"어차피 우리 부부 별거한 지도 오래됐고, 이혼 소송 중인 것도 알잖아요."

여울이는 미국 유학 시절부터 나를 좋아했고, 내가 성가셔할 정도로 집요하게 따라다녔다. 그녀의 집착은 너무도 지나쳐 둘만 있는 상황을 피해 다닐 만큼 당시에도 부담스러운 사이였다. 그런데 어쩌다 보니 태수와 부부가 되면서 지금껏 가까이 지내게 된 것이다. 태수만 아니었다면 애시당초 곁에 두지도 않았을 불편한 후배였다. 다만 며칠 전 내가 술이 너무 과한 나머지 실수로 키스를 했고, 이를 오해한 여울이 또다시 내게 집착을 드러내 곤란한 참이었다.

"선배가 이 연구에 몰두한 이유를 알아요. 기억변환장치로 선배 머릿속에서 언니 기억 모두 지우고 새로 시작하려는 거잖아요. 그래서 저도 최선을 다해 연구에 매달렸어요. 도울게요. 그리고 함께 가요, 미국. 옛날처럼 라구나 비치에서 햄버거에 데킬라도 마시고 그렇게 다시 시작해요."

"네가 이러는 거 너무 불편하다. 우린 아무 사이도 아니잖아. 그리고 해변에서 햄버거에 데킬라를 즐긴 건 나와 아내와의 추억이지 너와는 한 번도 그런 적이 없어."

"무슨 소리예요? 나랑도 자주 먹었잖아요."

여울이는 없던 일을 마치 자신이 겪었던 것처럼 자주 착각하곤 했다. 어떨 때는 나와 아내의 추억이 자신의 경험이었다고 믿는 것 같았다. 그게 내가 여울이를 불편해하는 이유이기도 했다.

"주말마다 온종일 해변에서 놀다가 저녁이면 꼭 들렀던 갤러리 기억나요?"

여울이 자신의 핸드폰을 내밀며 그림 한 점을 들고 환하게 웃고 있는 사진을 보여주었다. 사진 속 그림은 내가 너무나 잘 알던 에드가 페인이 라구나의 바다를 그린 그림이었다.

유학생 시절 아내와 나는 유난히도 이 그림을 좋아했다. 하지만 그림을 살 형편이 못 되었던 탓에 아내와 해변에 머물다가 해가 저물면 그림이 걸려 있던 갤러리에 들러 이 그림을 보는 게 우리의 주말 여가를 마무리하는 수순이었다.

언젠가는 이 그림을 거실에 걸어놓자며 아내에게 늘 말하곤 했었는데, 삶이 고달프다는 핑계로 까마득하게 잊고 살았던 기억이었다.

"이 그림 좋아했잖아요. 새집으로 이사 가면 거실에 걸어놓으려고 어렵게 구했어요."

여울이 나를 좋아하던 과거의 기억에 머물러 아직까지 내게 집착하는 까닭을 이해하기 어려웠다. 한편으론 그래서 더욱 안타까워 연민을 불러일으켰다. 때마침 태수의 손짓에 발걸음을 옮겼다.

"뭐 해? 사람들이 기다리잖아."

태수의 재촉에 이끌려 직원들 앞에 섰다. 다들 모여앉아 나의 건배사를 기다리고 있었다.

"내일 투자자들 앞에서 쫄지 않고 말 잘할게요. 그래서 쩐주들 주머니 탈탈 털어 영혼까지 벗겨 먹읍시다. 그래야 그동안 고생한 우리 임직원 여러분 부자 만들어드리죠. 그리고 가장 고생한 내 친구 오태수 상무. 너는 내가 특별히 성전환 수술까지 시켜줄게."

좌중은 한바탕 웃음으로 가득 찼다. 내일 모든 것을 마무리하고 나면 더는 이 일에 얽매이지 않고 딸과 단둘이 호젓한 시간을 살아갈 것이다. 우리의 상처는 치유될 것이며 언젠가는 조금씩 행복이 다시 찾아올 것이라 믿는다.

나는 술잔을 높이 치켜들고 소리쳤다.

"모두 잔을 높이 올리고, 그동안 수고들 많으셨습니다. 자, 다 같이 건배!"

우리 별엔
왜 왔니?

여행을 미뤄가며 돈을 아낀다고 어차피 형편이 나아지는 건 아니다. 여행은 도전, 탐험 같은 거창한 목적이 아니더라도 내 삶이 존중받고 있음을 확인하는 기회인 것이다. 여행사에 근무한 지도 어느새 3년 차에 접어들었다.

우리는 여행객을 밖으로 내보내는 게 아니라 밖에서 여행객을 받아 국내에 투어를 진행하는 인바운드 여행사다. 오늘도 25인승 버스를 직접 몰고 여행객들을 맞이하러 가는 길이다.

버스엔 렌트 회사에서 보낸 근로자 스무 명을 함께 태워 가는 중인데, 조수석엔 언제나 청아한 은하투어 여직원 제시카도 함께였다.

"한 달 동안 잘 쉬었어요? 한 달 만에 봐서 그런가? 유달리 반갑네요."

나도 모르게 허연 이를 드러내며 멍청하기 그지없는 얼굴로 물었다.

수줍음 많은 그녀는 고개만 끄덕일 뿐이었다. 워낙 말수가 적다는 건 익히 알았지만, 그래도 반응이 너무 시큰둥했다. 괜히 내가 집적거린다고 오해하지 않기만 바랐다. 허나 그것도 너무 늦은 듯했다. 이미 그녀의 미간은 잔뜩 찌푸려져 있었다.

어색한 침묵과 함께 도심 고속도로를 달리던 버스는 점차 울퉁불퉁한 흙길로 접어들어 더 이상 운영되지 않는 폐채석장에 도착했다. 벌써 다른 여행사 버스들이 줄지어 대기 중이었다.

제시카가 먼저 차에서 내려 사무실 쪽으로 달려갔고, 나도 담배 한 대를 입에 물고 운전석에서 내렸다. 은하투어 피켓을 손에 들고 이리저리 서성였다. 시간이 지나 담배꽁초가 다 타 들어갔을 즈음 그녀가 돌아왔다.

그녀는 오늘도 다르지 않았다. 사무실만 들어갔다 나오면 완전 다른 사람이 되어 돌아오는 것이다. 다리는 넓게 벌린 팔자 걸음에 허리는 구부정하고, 목은 자라목처럼 길게 늘어트린 채 성큼 다가와 목청껏 소리쳤다.

"어이, 10군아! 잘 있었어? 오늘 스무 개 전부 가져왔지?"

내 이름은 이일영이다. 그래서 다들 나를 210호 또는 10군, 10언니라고 부른다. 제시카의 돌변하는 모습이 처음도 아니라서 이젠 적응할 법도 한데 어색하고 불편한 건 여전했다.

"남자 열셋에 여자 일곱이요. 여행객 명단부터 주세요."

제시카에게 명단을 넘겨받아 훑어 내려가며 명단을 살폈다.

그러다 전달받은 것과 내용이 달라 따져 물었다.

"오징어 아홉에 새우 일곱……. 어! 꼼등이가 왜 넷이에요? 꼼등이는 없다고 했잖아요?"

"새우에서 예약 취소가 있어서 꼼등이로 머릿수를 채웠어. 새우나 꼼등이나 비슷하잖아."

"뭐가 비슷해요? 꼼등이가 얼마나 매너가 지랄인데. 밤새 술만 처먹고."

"걔네가 금주 국가라 그래. 자자, 손님들 기다리신다. 서둘러, 어서."

그녀는 내 등을 떠밀어대며 상황을 대충 무마하려 했다. 매번 이런 식이었다. 하지만 불만을 드러낸다 해도 어차피 나는 힘없는 일개 하청업체 직원일 뿐이다. 투정도 여기까지다. 하는 수 없이 나는 버스에 태워 온 사람들을 이끌고 폐채석장 사무실로 들어갔다.

사무실에서 대기하는 동안 사람들이 상의를 벗도록 지시했다. 그다음 척추 중간쯤에 주먹만 한 기계장치들을 부착했다. 순서가 되어 그들을 지정된 좌석에 착석시키면, 신호와 동시에 게이트가 열린다. 그리고 이어서 파다다닥 소리 내며 달려드는 작은 짐승들처럼 외계인들이 사람들 등짝에 하나씩 달라붙어 기계장치에 접속을 시도했다. 그리하면 별다른 저항 없이 인간의 신체를 강탈할 수 있게 된다.

우리는 외계 생명체들이 인간의 몸을 빌려 지구 관광이 원활

하도록 돕는 여행 가이드 회사다. 담당하는 업무는 구체적이며 세분화되어 있다.

먼저 은하투어와 같은, 은하계에 본사를 둔 모객사에서 외계인 관광객을 모객해 지구로 보낸다. 관광객이 많으면 본사에서 직접 관리하지만 이곳은 사정이 그렇지 않다. 우리 같은 랜드사가 은하투어가 보내든, 안드로메다투어가 보내든 모두 관리한다. 그리고 렌트 회사에서 신체를 빌려줄 사람을 고용해 보내주면 우린 그들과 외계인을 접속시키면 된다.

신체 대여는 보통 일주일 정도 빌려주고 나면 거의 한 달은 누워 지내야 할 정도로 고된 일이지만, 신체 대여 아르바이트는 상당한 고수익을 보장한다. 눈치챘겠지만 생판 달라진 제시카도 외계인에게 신체를 강탈당한 상태다.

그녀는 본사 소속이기 때문에 관광객이 아닌 모객사 직원에게만 신체를 빌려준다. 좀 전에 오징어, 새우, 꼽등이 그렇게 부른 이유는 저들이 오징어별 새우별에서 온 외계인이란 뜻이다. 물론 진짜 별 이름은 따로 있지만 발음하기 어려워 편의상 부르는 약칭이다.

우주의 여러 행성과 지구와는 비공식적인 무역도 활발하다고 들었다. 저들에겐 희토류가 풍부한 인산염 광물을 받고 우린 저들에게 부족한 창의적인 문화자원을 수출한다. 은하계에는 생각보다 지구에 관심이 많은 외계 생명체가 널려 있다. 영화, 음악, 문화 예술 그 밖에도 스포츠까지 다양한 지구의 문화를 소비하려는 외계인은 지속적으로 늘고 있는 형국이다.

그런 지구가 훼손되는 것을 막고자 우주녹색연합도 적극적으로 나섰다. 그 덕분에 지구는 철저한 보호구역으로 지정되어 있다. 최근엔 한국의 문화도 우주에 널리 알려지고 이곳을 찾는 관광 외계인들도 많아졌다. 하지만 은하투어에서 지나치게 저렴한 상품으로 관광객을 모아 보낸 탓에 우린 옵션 상품으로 수익을 충당해야 했다. 처음부터 우리한테 손해 보는 상품을 던져주고 손실은 알아서 상품을 팔든 뭘 하든 구워삶아 메우라는 식이다.

나는 하루 종일 이들을 데리고 서울의 명소들을 관광시켜주며 마음을 들뜨게 한 후 우리와 계약된 지정매장에 데려와 쇼핑을 독려한다. 이곳에서는 판매 물건에 따라 40%에서 최대 60%까지 랜드사가 수입을 떼어가고, 거기서 회사와 가이드가 6대4로 나눠 갖는다.

일부 지독한 가이드들은 외계인들이 물건을 많이 안 사면 일부러 뺑뺑이를 돌리거나 심지어 면전에다 대놓고 면박을 줘서 종종 다툼이 발생하기도 한다.

일정을 마치고 숙소로 돌아와 각 외계인들의 방을 배정한 후 뒤늦게 퇴근을 하려는데, 오징어별 외계인 하나가 은근히 나를 불러내 말했다.

"가이드, 나 바디 좀 바꿔줘. 저녁에 홍대 클럽 갈 건데 이런 몸으론 입장도 못 해."

50대 아저씨의 몸을 빌려 쓰고 있는 외계인인데, 너무 무리한 요구라 난 단호하게 거절했다.

"안 됩니다. 지정된 일련번호의 바디만 이용할 수 있어요."

그는 그럴 줄 알았다는 표정을 짓더니 주변부터 힐끔힐끔 살폈다. 그러고는 주머니에서 뭔가를 꺼내 들고 속삭였다.

"내가 우리 집 뒷마당에서 이걸 주워 왔는데, 우리한테는 흔해도 여기선 가치가 있다며?"

그가 내민 손톱만 한 조약돌은 분명 디 에니그마였다. 나는 흥분한 표정을 감추지 못하고 물었다.

"아저씨, 이거 들고 입국심사 어떻게 통과했어요? 과세 품목일 텐데?"

"잘 숨겨왔지. 그래서 바꿔 줄 거야, 말 거야?"

디 에니그마는 우주에서 온 블랙다이아몬드라는 이름의 우주 광물로, 지구에선 가치가 굉장하다. 정상적인 루트는 추적당할 수 있어 암시장을 통해야겠지만 그래도 큰돈을 받고 팔수 있다. 하지만 해선 안 될 짓이다. 그럼 안 되는 건데…… 뿌리치기엔 블랙다이아몬드의 영롱한 빛이 무척 탐이 났다.

"오늘 밤만이에요. 아침까지 반드시 반납하셔야 합니다."

확실한 다짐을 받아내고서야 나는 그길로 버스를 몰고 밤거리를 헤매며 목표물을 찾아 나섰다.

이 늦은 시간에 등록된 바디를, 그것도 젊은 사람을 데려오는 건 불가능에 가깝다. 때문에 등록되지 않은 알바생을 구해야 했지만 그것도 생각처럼 쉬운 일은 아니었다. 벌써 두 시간째 유흥가 주변을 지겹도록 돌고 있지만 별다른 소득 없이 초조하게 시간만 흘렀다.

아직 밤의 세계가 무르익기엔 이른 시간인 탓도 있지만, 눈에 불을 켜고 찾아도 눈에 띄지 않는 걸 어쩌랴. 결국 지쳐 포기하려던 차에 인적이 드문 길가에서 시커먼 물체를 발견했다. 눈이 번쩍 뜨였다.

차를 돌려 세운 다음 자세히 보았다. 버스정류장 앞에 20대 젊은 청년 하나가 술에 취해 인사불성이 되어 널브러져 있었다. 마침 주변엔 CCTV도, 블랙박스가 달린 차량도 보이지 않았다. 절호의 기회였다.

나는 버스를 적당한 곳에 세워놓고 청년을 도와주려는 것처럼 다가가 상태를 살피며 물었다.

"이봐요, 정신 차려봐요. 여기서 잠들면 큰일 나. 집이 어디예요?"

얼마나 마셔댔는지 땀구멍에서조차 알콜 냄새를 내뿜었다. 이대로 그냥 뒀다가는 사고가 나도 이상하지 않을 거란 괜한 걱정마저 들었다. 어쩔 수 없이 도와줘야 할 것 같았다.

"여기서 위험하게 이러고 있지 말고 차라리 안전한 곳에서 알바나 할래요? 금방 끝나는데."

의식이 들락날락하는 청년이 대충 고개를 끄덕이는 것을 확인한 나는, 곧장 버스에 태워 숙소로 돌아왔다. 그리고 순조롭게 외계인과 청년을 연결시키고 나서야 퇴근을 할 수 있었다.

밤 늦은 시간에 집에 돌아와 보니, 엄마가 거실에서 TV를 보며 혼자 소주를 마시고 있었다. 방으로 들어가다 엄마와 눈이 마주쳤다. 나는 자연스레 잔을 들고 옆에 앉아 술을 나눠 마셨다.

엄마는 보험 일을 하며 홀로 나와 여동생, 남매를 이제껏 키워왔다. 근래 들어 부쩍 나이 든 티를 내는 엄마는 혼자 술을 마시는 날이 잦아졌다. TV에선 최근 외계인에게 납치되어 생체실험을 당했다는 사람들이 늘고 있다는 기사가 나오고 있었다. 별다른 감흥 없이 소주를 홀짝이던 엄마가 조용히 입을 열었다.

"TV에도 외계인 얘기가 자주 나와. 세탁소 김씨가 갑자기 미쳐버린 것도 납치돼서 뇌수술 당해 그런 거래."

"김씨 아저씨 미쳤대? 낮에 봤을 땐 멀쩡하던데?"

"밤마다 술 처먹고 바지에 오줌 흘리고 다니면 미친 거지. 너도 보험 하나 들어. 요즘 저것 때문에 시끌시끌해서 회사가 외계인 납치보험을 만들었어. 매달 19,900원씩 20년 납이고 그냥 적금이야. 원금 보장되고 만기 되면 크루즈 여행 보내주거든. 혹시나 납치되면 30억 준다."

"30억? 와, 괜찮네."

"우리 식구 모두 가입해서 만기 때 크루즈 여행 갈 거야. 너도 내일 회사 가면 홍보 좀 해."

나는 가이드나 되는 주제에 국내 밖으로 여행을 떠나본 적이 없다. 삶이 쉴 틈 없이 고단하다는 핑계로 지금껏 해외여행을 미뤄왔다. 무엇보다 마음의 여유가 생기지 않았다. 그런데 어쩐지 지금은 해외여행을 떠올리는 것만으로도 설레었다.

기다리다 보면 언젠가 갈 수 있다는 기대에 흔쾌히 외계인 납치보험에 가입하고, 엄마의 명함이 붙은 보험 브로셔도 몇 장 챙겼다.

이른 아침부터 요란하게 울리는 전화 벨소리에 눈이 떠졌다. 빨리 오라는 제시카의 목소리가 수화기 너머로 다급하게 들렸다. 뭔가 심상치 않은 일이 벌어졌다는 걸 직감했다.

나는 대충 씻은 후 서둘러 숙소로 달려갔고, 로비를 서성이던 제시카는 나를 발견하자마자 내 팔을 잡아끌었다. 조용한 곳으로 데려가더니 들리지도 않을 작은 소리로 말했다.

"10군아, 난리 났다. 어제 온 손님들 전부 사라졌어."

"사라져요? 어디 잠깐 산책이라도 간 거겠죠."

"아니야, 새벽에 짐까지 다 빼갔어. 애초에 작정하고 왔을 거야. 어째 느낌이 쎄하더라고."

"애초에 작정하다니…….. 왜요?"

"왜겠어! 관광이 아니라 불법 취업이 목적이었던 거지."

"에? 그럼 본사든 이민국이든 빨리 알려야죠."

"그건 안 돼! 실은 최근 불법 이민자들 때문에 골치라 출국 전부터 여행허가서 발급이 까다로웠었는데, 내가 좀 미흡한 서류를 가짜로 채워 넣었거든. 회사에서 알면 난 바로 잘린다. 그래서 말인데…… 렌트 회사에 친한 사람 있지? 가서 바디에 일련번호 좀 알아봐줄래. 일련번호에 GPS가 심어져 있어서 번호만 알면 어디 있는지 알 수 있거든."

나는 문득 어젯밤 등록되지 않은 청년의 신체를 불법으로 빌려준 사실이 떠올라 바로 전화를 걸어보았다. 전화기가 꺼져 있는 걸 확인하자, 심장이 철렁 내려앉는 것만 같았다.

황망한 심정이 얼굴 표정에 그대로 드러났을 것이다. 눈치 빠른 제시카가 모를 리 없었다. 나는 차라리 이실직고하고 도움을 바랐다. 그녀는 나도 함께 곤경에 처한 게 차라리 잘됐다고 판단했는지 표정을 가다듬고 말했다.

"곤란하네. 그건 심각한 문제가 될 수도 있어. 하지만 형만 믿어라. 이거 우리 둘이서 찾는 거야. 다른 사람이 알면 절대 안 된다. 일단 등록된 바디부터 하나씩 차근차근 시작해보자."

나는 곧장 렌트 회사에 친분이 있는 직원을 찾아가 약간의 현금을 쥐여주고 손쉽게 일련번호를 얻을 수 있었다. 나오는 길에 입단속을 시키는 것도 잊지 않았다.

등록된 GPS는 지구 인류의 기술이라 세밀하지 않고 범위가 넓은 데다 30분마다 위치를 확인할 수 있는 구형 모델이었다. 이탈 첫날이라 이동이 활발할 것이므로 모두를 한꺼번에 잡을 수는 없었다. 일단 가까이 있는 외계인부터 잡을 목적으로 경기도 어딘가에 표시된 장소로 25인승 버스를 몰았다.

조수석에 앉은 제시카가 GPS 위치를 확인하며 운전 중인 내게 쉬지 않고 계속 방향을 지시했다.

"저기서 좌회전. 꼽등이들이 아침부터 한곳에 머물러 있는 걸 보면 벌써 취업한 게 맞아."

"거긴 그냥 논밭이잖아요? 꼽등이들은 술에 환장하는데 술집 같은 데 취업하지 않았을까요?"

"아니, 술만 보면 눈이 뒤집어지는 종족인데 술집에선 온전히 일에 집중할 자신이 없겠지."

"근데 외계인이 왜 이곳까지 와서 취업을 하죠? 거기가 훨씬 고등 문명에다 여기보다 살기도 좋잖아요."

"우리도 사는 거 팍팍해. 너희들이나 외계인이나 다 똑같아. 일자리 없으면 구실 못 하고 사는 거야. 여기도 벌어먹기 힘들다고 애 안 낳지? 새우별은 인구 감소가 너무 심해서 나라들이 거의 붕괴 직전이야. 타노스라도 왔다 간 건가 싶을 정도로 인구수가 반 토막이 났어. 그래서 새우별은 마흔 넘도록 결혼 안 하면 세금이 어마어마해. 그리고 결혼하면 비밀경찰이 도청한다. 주기적으로 관계 맺지 않으면 불러내서 매질하려고."

내가 고개를 절레절레 흔들며 '말도 안 돼' 소리 지르자 그녀는 입술을 샐쭉 내밀며 말했다.

"별거 아니야. 너네도 곧 그렇게 될 거야. 아무튼 새우별은 낙태도 금지, 피임도 금지라 버려지는 아이들이 넘쳐나고 당연히 제대로 된 일자리도 구할 수 없으니 여기로 오는 거지."

제시카는 심한 도로 정체에 차가 멈춰 서자 차창을 열고 바람을 맞으며 말을 이었다.

"그래도 지구가 아직까지는 살기 좋지. 공기도 깨끗하고, 하늘도 맑잖아."

"공기가 깨끗하다고요? 오늘 미세먼지 장난 아닌데. 도로에 이렇게 매연이 심한데, 뭐가?"

"미세먼지가 어때서? 기껏해야 폐에 쌓이기밖에 더해? 매연이 몸에 해로워? 꼽등이별은 기후가 최악이라 외출할 때 눈을 뜨고 다닐 수가 없어. 지팡이로 길을 찌르면서 다녀야 해."

먼 길을 달려온 끝에 드디어 목적지에 도착했다.

우린 조용히 접근해 그곳의 상황을 파악했다. 꼽등이 외계인들에게 신체를 빌려준 사람들이 고구마밭에서 고구마를 캐고, 일부는 젖소 목장에서 허드렛일을 하고 있었다. 멀찍이 몸을 숨긴 채 염탐하듯 기회를 엿보다가 말했다.

"전부 네 명인데 우리 둘이서 어떻게 제압하죠?"

막상 상황에 닥치니 이런 게 난감했다. 그렇지만 여기서 넷을 동시에 잡지 못한다면 저들은 뿔뿔이 달아나 더 깊이 숨어버릴 것이다. 어찌해야 할지 고민하고 계획만 짜다 결국 점심때가 다가왔고, 때마침 새참을 들고 나타난 아줌마를 발견했다.

나는 문득 한 가지 아이디어가 떠올라 안도감이 담긴 숨을 토해내며 말했다.

"그냥 기다리죠. 새참으로 막걸리가 오네요. 아마도 물처럼 마시다가 그대로 뻗을 겁니다."

우린 드넓은 억세 밭에 엎드린 채 땅에서 올라오는 흙냄새를 맡으며 느긋하게 기다렸다. 나의 예감은 적중했다. 꼽등이 외계인들은 새참으로 나온 막걸리를 마지막 한 방울까지 입안에 털어 넣었고, 얼마 안 가 그대로 길바닥에 널브러져버렸다. 나는 그제야 여유롭게 다가가 물었다.

"왜들 이렇게 술을 못 먹어 안달일까요? 일하러 와서까지 이렇게 취할 만큼 술이 좋은가?"

"말했잖아, 꼽등이별은 기후가 지랄 같아서 식량 생산이 쉽지가 않거든. 곡물이 부족해서 식량난이 심각한데 술 생산은 당연히 금지! 그러니 여기 와서 술 관광에 환장하는 거야."

인간과 외계인의 접속을 분리하는 것은 간단하다. 척추에 붙은 접속장치의 전원을 끄기만 하면 쉽게 외계인을 분리시킬 수 있다.

이곳에 오는 길에 애견용품점에 들러 이동식 애견 켄넬을 긁어모아 버스에 잔뜩 실어 왔다. 우리는 술에 취해 몸도 제대로 못 가누는 그들에게서 접속장치를 분리하는 것과 동시에 조그만 꼽등이별 외계인들을 애견 켄넬에 모두 가두었다. 그리고 코로 흡입하는 순간 정신이 깨어나는 약품을 가져왔다. 기절해 있는 사람들 코에 가져가자 하나둘 눈을 뜨고 깨어났다. 나는 그들에게 인건비로 묵직한 오만 원권 다발을 안겨주며 말했다.

"수고하셨고요! 한 달 동안은 푹 쉬시고, 이틀 정도는 음주도 운전도 하시면 안 됩니다."

나는 별도로 교통비까지 챙겨주며 대충 얼버무리고는, 사람들만 남겨둔 채 버스를 출발시켰다. 우리는 다음 타깃을 잡기 위해 서둘렀다.

목표물을 어떤 순서대로 잡을지, 우선시해야 하는 조건을 먼저 세 가지로 정했다. 첫 번째, 가까이 있거나. 두 번째, 둘 이상 모여 일타쌍피이거나. 세 번째, 취업을 해서 이동 없이 머물러 있거나. 이들 외계인부터 잡기로 했다.

성능이 우수하진 않아도 GPS 덕분에 손쉽게 그들의 위치를 찾아낼 수 있었다. 대부분은 일용직이나 단순 노무직으로 들어가 있었는데, 며칠 만에 뼈가 으스러지도록 노동을 착취당하고 있었다.

그래서인지 우리와 마주치면 대개는 부리나케 도망치기 급급했지만, 일부는 고된 노동에 진저리치며 고분고분 따르기도 했다. 식당에서 숯불을 피우는 일부터 목욕탕 세신사, 공사 현장 노동자, 공장 노무자 등등 다양한 직업군에 분포되어 있었지만, 지구 물정을 모르다 보니 취업 사기를 당해 섬에 팔려나갈 뻔한 걸 구해내기도 했다.

처음엔 도망치는 꽁무니를 쫓아 무턱대고 발바닥에 불이 나도록 달리며 체력을 소진했지만, 추적을 거듭할수록 나와 제시카는 요령도 생기고 호흡도 척척 맞춰갔다. 그녀가 몰이꾼이되어 도망자를 막다른 길에 몰아세우면 나는 길목을 가로막고기다리는 식이었다.

외계인의 행적을 쫓아 내려가다 보니 어느새 목포까지 닿았다. 해가 막 서쪽으로 비껴가고 있었다. 며칠 제대로 편하게 누워 잠을 못 잔 데다 씻지도 못한 탓에 몰골이 말이 아니었다. 그래서 오늘 밤은 모텔에서 자기로 했다.

내가 앞장서서 모텔로 들어가 방 두 개를 달라고 했다. 눈치없는 제시카는 하나면 되지 왜 두 개씩이나 방을 잡냐며 나를나무랐다. 나는 신경 쓰지 않고 집요하게 방을 따로 달라고 했다. 어쩐지 반대여야 할 것 같은 이상한 상황이 이어지며 실랑이가 벌어졌다. 모텔 주인이 멀뚱멀뚱 구경만 하다가 금요일이라 방이 하나뿐이라며 깔끔하게 결론을 내려주었다.

부득이하게도 제시카와 한방에 들어올 수밖에 없었다. 그녀는 방을 아주 마음에 들어 했다. 더구나 방 호수가 내 이름인이일영과 같은 210호라며 호들갑을 떨며 좋알댔다.

"우와, 침대 넓다. 이 정도면 둘이 자도 충분하지. 여기서 레슬링해도 되겠네."

야릇한 조명에다가 옆방에서 남녀가 뒹굴며 내는 신음 소리까지 다 들리는 이곳이 영 불편했다. 더군다나 제시카는 뭐가 재밌는지 옷을 훌러덩 벗으며 장난스럽게 놀려댔다.

"나 먼저 씻는다. 같이 씻을 거면 너도 얼른 빤스 벗고 들어와."

나는 그녀의 도발에 얼굴이 화끈 달아올랐다. 비록 외계인에게 몸을 빌려줘서 나중에 깨어나더라도 이날을 전혀 기억 못 하기야 하겠지만, 그렇다고 그녀와 한 침대에서 잠을 잘 수는 없었다.

"여기서 자요. 나는 차에 가서 잘게요."

결국 제시카에게 방을 양보하고 나는 버스로 돌아와 불편한 잠자리를 펴고 누웠다. 그런데 막상 그녀를 두고 온 게 아쉬운 건지, 그녀의 도발이 거슬렸던 건지 심장이 쿵쿵거리고 심란한 마음에 좀처럼 잠에 들지 못했다.

결국 더는 참을 수 없어 차에서 나와 길을 나섰다. 눈에 띄는 아무 가게나 들어가 산낙지에 소주를 마시며 잔뜩 달아오른 감정을 다스렸다.

"10언니, 이 의리 없는 자식! 내 이럴 줄 알았다. 혼자만 좋은 거 먹냐!"

느닷없이 나타난 제시카가 앞자리에 앉더니, 산낙지에 젓가락을 들이밀었다. 서투른 젓가락질에다 손까지 써가며 추잡스레 입에 욱여넣었다.

가까스로 진정시키고 있었는데 예기치 못한 그녀의 등장에 또다시 감정이 흔들렸다. 낙지를 입에 물고 그녀가 툭 내뱉듯이 말했다.

"너, 이 여자 좋아하냐? 너 가끔 요상한 눈으로 날 쳐다보잖아, 징그럽게시리."

"그, 그런 거 아니에요. 그냥 가끔 헷갈려서. 어쨌든 몸은 여자라 집중도 잘 안되고……."

난 속내를 들킨 것 같아 곤혹스러워 구차한 변명을 늘어놓았고, 그녀는 그런 나를 놀려댔다.

"뽀뽀 한번 해줘? 네가 내 취향은 아니지만 한번 참아볼게. 사실 우리 오징어별 외계인들은 자웅동체라 암수 구별이 없거든. 따지고 보면 못 할 것도 없지. 해볼 만해."

찰나에 여러 감정이 스치며 흔들렸지만 어림없는 소리에 정신을 차리고 욱해서 소리쳤다.

"이씨, 뭐가 해볼 만하다는 거야! 그만하시죠, 재미없으니까."

그녀는 능글거리며 끝까지 나를 놀려댔다. 문득 그녀의 머리가 젖어 있는 걸 보자 흉악한 외계인이 그녀의 몸을 발가벗겨 씻겼다는 사실에 새삼스레 불쾌감이 들어 따지듯이 물었다.

"목욕까지 할 필요가 있어요? 굳이 그럴 필요가 있나? 자기 몸도 아니면서."

그녀는 얄밉게 코웃음을 흘리고는 접시에 놓인 산낙지를 가리키며 대답했다.

"넌 암컷이라면 산낙지 벗은 거에도 흥분하냐? 내 눈엔 너희들도 산낙지로밖에 안 보여. 이 여자가 좋으면 솔직하게 고백해. 자신감을 갖고. 당당히. 네가 돈이 없지 가오가 없냐?"

기분도 울적한데 외계인한테까지 놀림을 당하는 게 짜증이 나 화가 치밀었다.

"주옥같은 소리 그만하시고 어서 방에 들어가 주무세요."

"형이 조언해주시는데 욕이나 처하고……. 적당히 먹어. 내 일부터는 네가 싼 똥 치워야 하니까."

이리 뛰고 저리 뛰며 고생하기도 했지만, GPS 덕분에 생각보다 빨리 모두를 찾아낼 수 있었다. 이제 마지막 하나! 등록되지 않은 청년의 몸을 차지하고 사라져버린 문제의 외계인만 남았다. GPS도 이젠 소용없고 행적을 알 수 있는 사소한 실마리조차 없어 무작정 홍대 클럽 주변을 탐문하기 시작했다. 그러나 어디서도 그는 보이지 않았다.

시간도 없고 막막했기에 어쩔 수 없이 대한민국 시스템에 의존할 수밖에 없었다. 젊은 청년이 며칠 동안 연락이 두절되고 종적을 감췄으니 분명 가족이 실종 신고를 했을 것이란 가정하에 우린 시스템에 접속을 시도했다.

인간의 척추에 부착해 신체를 강탈할 수 있는 접속장치는 외계인의 기술이 집약되어 있는 첨단 장비다. 이 기계를 골목에 설치된 방범용 CCTV에 연결하면 중앙관제시스템까지 접근할 수 있다.

우린 적당히 외진 곳에 설치된 CCTV 옆에 버스를 대고 연결 접속해 중앙관제시스템을 예의주시하며 기다렸다. 조급하고 답답해도 막연히 기다리는 것 외에는 대안이 없었다.

제시카는 시스템을 감시하고 나는 버스 뒷자리에 쌓아놓은 켄넬 안, 외계인들의 배설물을 치우고 식사를 챙겼다. 인간의 몸을 벗어난 외계인들은 젤리포와 영양갱이면 충분했다.

그러고 나면 다시 지루한 시간이 이어졌다. 나는 운전석 의자에 몸을 던지듯 기대어 앉아 시커먼 창밖을 응시하며 가려운 팔을 긁어댔다. 그러다 별안간 떠오른 게 있어 넌지시 물었다.

"인간의 몸에 완전 이주한 외계인들도 있어요? 우주연합에서 철저히 통제한다고 들었는데."

내 질문을 가만히 듣고는 뜸을 들이던 제시카가 배시시 웃으며 대답했다.

"단기 체류라면 몰라도 완전 이주는 불법이긴 하지. 하지만 돈만 있으면 안 될 것도 없어."

"그럼 소문에 들리는 말이 사실이에요? 뉴스에도 제법 기사가 나오던데."

"비밀 하나 알려줄까? 내가 전에 이주민 센터에서 일을 했었는데, 불법이지만 큰 비용을 지불하고 완전히 이주하려는 외계인들이 있었어. 그중엔 범죄자도 있고, 권력 싸움에 밀려서 망명을 시도하려는 정치 지도자도 있었는데, 오징어, 새우, 꼽등이 애들은 작아서 사람 몸에 붙어 접속할 수 있지만 그렇지 않은 애들은 아예 뇌를 이식해서 영구 강탈하는 방식을 쓴대."

대충 짐작은 하고 있었지만 막상 귀로 직접 듣게 되니 조금 충격을 받았다. 괜스레 겁도 났다. 내 반응을 눈치챈 제시카가 안심시키려는 투로 말을 이었다.

"너는 쫄 거 없어. 걔들이 큰 비용을 지불하고 여기까지 와서 정착하는데 너같이 별 볼 일 없는 바디에 들어갈 거 같아? 주로 셀럽들이 목표야. 유명한 운동선수나 예술가도 별로 인기 없어. 신체는 강탈해도 운동능력이나 개인의 재능은 강탈이 안 되거든. 내가 유명한 영화배우 몸에 들어간 외계인을 하나 아는데 이제는 연기를 못 하니까 광고 정도만 찍으면서 적당히 유명세나 누리며 살더라. 그쪽 시장에서 가장 인기 있는 몸은 일 못하고 권력만 가진 정치인이나, 능력 없는 재벌 2세들이지. 특별한 노력 없이 온전히 다 누릴 수가 있으니까."

그 말에 어느 정도 공감할 수 있어서 고개를 끄덕이다가 내 껍데기도 바꿀 수 있으면 좋겠다는 생각이 주책없이 떠올랐다. 이때 뭔가를 감지한 제시카가 소리쳤다.

"야, 떴다! 시동 걸어!"

홍대 클럽 주변에 대기하고 있던 우리는 뜻밖에도 강남에서 청년이 발견됐다는 사실을 확인하고 서둘러 버스를 달렸다.

예상대로 청년의 실종신고가 접수되었다. 서울 곳곳에 빈틈 없이 깔려 있는 CCTV에 그의 모습이 포착되어 지금 강남의 어느 지구대에 신변이 확보되었다는 소식이었다.

도로에는 추적추적 빗방울이 조금씩 떨어지기 시작했다. 홍대에서 강남까지는 길도 막히고 거리도 가까운 편이 아니라서 한참이나 지나서야 지구대에 도착할 수 있었다. 우리는 득달같이 안으로 뛰어들어 가족이라고 대충 얼버무리며 청년을 찾았다. 그러나 애석하게도 이미 그는 사라지고 없었다. 범죄자가 아닌 단순 실종자여서 신변에 이상이 없는지만 확인하고 가족과 연락 후 귀가조치 했다는 것이다. 예상치 못한 상황에 난감했다.

그나마 다행인 건 조금 전에 지구대를 빠져나갔다는 것이다. 얘기를 듣자마자 뛰쳐나가 제시카와 나는 두 방향으로 흩어져 청년을 찾아 나섰다.

빗줄기가 퍼붓기 시작해 옷이 홀딱 젖어 지쳐갈 즈음 모퉁이를 돌아서자 청년과 정면으로 마주쳤다. 너무 놀라 하마터면 악, 소리를 내지를 뻔했다.

"오징어 아저씨, 여기서 뭐 해요? 하루만 쓰기로 약속했잖아요. 클럽도 충분히 다녔겠네."

내가 살살 달래며 다가서는데, 그럴수록 청년은 슬금슬금 뒷걸음질 쳤다. 주위엔 빗소리밖에 들리지 않았다. 느닷없이 그가 뒤돌아 뛰기 시작했다. 나는 그를 뒤쫓기 시작했다. 거친 숨소리가 규칙적으로 귓가에 울렸다. 인파 속에 숨어들기 전에 반드시 따라잡아야 한다! 그 생각 하나로 죽을힘을 다해 달렸다.

손을 뻗으면 잡힐 것도 같은데, 좀처럼 거리가 좁혀지질 않아 답답하고 미칠 지경이었다. 숨이 턱까지 차오르고 다리 힘은 풀려갔다. 예상보다 그는 필사적으로 도망쳤다. 심지어 차가 달리는 도로까지 가로지르며 위험천만한 도주를 감행했다. 나도 이제 오기가 생겨 멈추지 않고 아슬아슬 도로를 가로질렀다.

여기저기 욕설들이 날아들었지만 아랑곳하지 않았다. 가로막은 차는 밟고 넘어서라도 끝까지 쫓았다. 길을 건넌 그가 모퉁이 골목으로 파고들어 단층 건물 옥상으로 올라갔다. 나도 허둥지둥 뒤따라 올라섰지만 어찌 된 영문인지 감쪽같이 사라진 것처럼 보이질 않았다.

미친 듯이 퍼붓는 빗물이 이마를 타고 눈에 들어와 시야가 아른거렸다. 허리를 굽힌 채 한 팔로 벽을 붙잡고 숨을 토해내며 호흡을 가다듬었으나 쉽게 진정이 되질 않았다. 급기야 헛구역질에 웩웩거리는데 불현듯 뒷골이 서늘해졌다. 어느 틈에 다가왔는지 그가 바로 등 뒤에 서 있었다.

방심했다고 자책했지만 이미 늦은 것 같았다. 이를 악물고 돌아서자마자 눈앞에 불꽃이 번쩍했고 나는 그대로 바닥에 주저앉았다. 둔기로 날 내려친 청년은 저도 놀란 것 같았다. 그 와중에도 걱정이 됐는지 내 상태를 확인하고는 미안해요, 미안해요, 했다. 바로 그때였다. 뒤늦게 쫓아온 제시카가 청년의 등을 덮쳐 제압하려 했다.

바둥거리며 몸싸움이 벌어졌고, 나도 도와야 한다는 생각에 정신을 차리려 했다. 연약한 제시카의 근력으로 몸싸움이 길어지면 자칫 몸이 상할 수도 있다는 걱정도 컸다. 서둘렀지만 마음처럼 움직여지질 않았다. 결국 청년의 완력에 뒤로 밀린 제시카가 옥상 난간 밖으로 떨어졌다. 나는 초인적인 힘을 발휘해 몸을 날렸고, 다행히 떨어지는 그녀의 팔을 잡을 수 있었다.

청년도 놀라 얼어붙은 듯 꼼짝 않다가 내가 붙잡고 있는 걸 확인하곤 다시 도망치기 시작했다. 당황한 제시카가 소리쳤다.

"저기 도망간다, 빨리 쫓아가! 여기 2층밖에 안 돼서 잘만 떨어지면 가벼운 찰과상 정도일 거야. 내가 잘 떨어져볼 테니까 이 손 놓고 빨리 쫓아가!"

"그럴 수 없어요, 이게 당신 몸도 아니잖아!"

지금 놓치면 다시 찾기 어렵다는 사실을 알았지만 그렇다고 그녀를 다치게 할 수는 없었다. 나는 꽉 붙든 그녀의 팔을 당겨 올렸다. 청년은 사라지고, 나와 제시카는 바닥에 드러누운 채 쏟아지는 빗물을 온몸으로 받으며 숨을 몰아쉬었다.

우린 비에 흠뻑 젖은 몰골로 다시 버스로 돌아왔다.

청년을 놓친 게 마치 내 탓인 것 같아 나는 고개를 들 수가 없었다. 비에 젖어 몸매가 적나라하게 드러난 제시카의 모습에 주책없이 얼굴도 화끈거렸다. 뭘 알아차렸는지 그녀가 짜증 내듯 소리쳤다.

"그런 시선 부담스럽다. 눈 깔아라. 마치 날 좋아하는 것 같잖아, 외계인 헷갈리게."

뜨끔한 마음에 서둘러 차창 밖으로 고개를 돌렸다.

마침 눈앞에 찜질 목욕탕이 보였다. 우린 생각도 정리할 겸 목욕탕으로 향했다. 김이 모락모락 피어오르는 온탕에 너절한 몸뚱이를 담그니 조금씩 긴장이 풀리는 것만 같았다.

탕 안은 정적 속에 가라앉아 있었다. 나는 머릿속에 시끄러운 잡념을 비우고자 한참을 가만히 있었다. 물방울 떨어지는 단조로운 소리가 자장가처럼 들렸다. 어쩐지 그대로 잠이 들 것 같아 찜질방으로 자리를 옮겼다.

나는 젖은 옷들을 불가마에 챙겨 들어가 넓게 펼쳐서 말리기 시작했고, 찜질복으로 갈아입은 제시카도 젖은 옷가지를 들고 나타났다. 우린 불가마에 나란히 누워 땀을 흘리며 시간을 보냈다. 나는 방심하다 일을 망친 스스로를 나무라며 중얼거렸다.

잠자코 듣던 제시카가 손가락 마디마디 꽁꽁 싸맨 비닐을 벗겨내더니 '짠!' 하며 가늘고 긴 손가락을 활짝 펼쳐 보였다. 손가락엔 불그스름하게 봉숭아 물이 들어 있었다.

"어떤 꼬마애가 목욕탕에서 이걸 하고 있길래 재밌어 보여서 나도 했지, 어때?"

"남의 몸에 막 그렇게 함부로 그러면 안 되죠! 그리고 지금 한가하게 그런 거 할 때예요?"

"내가 대신 꾸며줬는데 고마워해야지. 근데 얘는 뭔 여자애가 그 흔한 네일아트도 안 했대?"

나는 조바심이 나서 미치겠는데 혼자만 여유가 넘치는 그가 얄미워 타박했다.

"보채지 마라. 형이 너 씻는 동안 중요한 정보도 알아냈으니까. 확인해봤어? 첫날에 손님들 데리고 쇼핑몰 갔을 때 구매 품목 체크 안 해봤지? 홍대 클러버 아저씨 뭐 샀게?"

나는 뜸 들이지 말라며 노려보는 눈빛으로 재촉했고 그녀는 득의양양한 어조로 말을 이었다.

"반지 샀더라. 그것도 다이아 반지. 그게 무슨 뜻이겠어? 이곳에 반지 선물할 인간이 있단 뜻이지. 그래서 내가 신상을 좀 털어봤는데, 이 아저씨 30년 전에도 여기 왔었다네. 심지어 우리 회사 서베이팀에 있었대. 그래서 등록된 바디에 GPS가 심어져 있다는 사실도 안 거야."

서베이팀의 업무는 관광 상품 개발을 위해 미리 현지의 호텔 숙소부터 관광 프로그램을 조사하고 플랜을 짜는 게 주된 업무다. 그러니 우리의 방식을 알고 있었던 것이다.

"당시 여기 주재원에 있는 동안 만나는 연인이 있었다고 하더라고. 사용하던 바디도 기간 만료되고 업무도 마무리됐으니 복귀해야지 별수 있나. 근데 돌아가서도 애인을 잊지 못한 거야."

"애인 만나러 왔구나! 그래서 다이아 반지? 프러포즈하려고? 일단 여자부터 찾아야겠네요."

"빙고! 근데 벌써 찾았어."

"찾았어요? 그럼 지금 여기서 이럴 때가 아니잖아요!"

나는 자리에서 일어나 나갈 채비를 서둘렀지만 그녀는 짐짓 여유가 넘치는 얼굴로 말했다.

"천천히 가도 돼. 밤늦은 시간에 문을 열거든."

목욕탕을 나서자 어느새 비가 그친 밤하늘은 뭇별들로 가득했다. 셔츠 틈새로 파고드는 밤바람이 살갗에 닿았고, 사방이 고요한데 개 짖는 소리만 간간이 들렸다. 옷이 완전히 마르지 않아 눅눅하긴 했지만 그래도 한결 나았다.

우리는 번화가에서 조금 떨어진, 어느 외진 골목의 술집 앞에 멈춰 섰다. 미닫이문 유리창으로 들여다보니 열 평 남짓한 가게 안엔 테이블 서너 개가 고작이었다. 50대 여주인이 홀에서 주문을 받고, 중년의 남편이 주방에서 음식을 만들며, 부부가 조용히 장사를 하는 작은 가게였다.

아니나 다를까 홀 앞으로 길게 이어진 바 테이블 귀퉁이에 청년이 글라스 와인을 마시며 앉아 있었다. 나와 제시카는 조용히 들어가 양옆에 나란히 앉았다. 그는 잠깐 흠칫 놀랐다가, 모든 걸 내려놓은 듯 얌전히 그대로 있었다. 내가 먼저 은근한 목소리로 설득했다.

"이제 그만하고 집에 가시죠. 바디도 반납하시고요."

청년은 복잡한 심경인지 코로 크게 숨을 내뱉으며 억양 없는 목소리로 입을 열었다.

"저도 여기 계속 붙어 있을 생각은 없었어요. 어차피 금방 돌려줄 생각이었습니다."

나는 홀에 우두커니 서서 와인 잔을 닦는 중년의 여주인을 턱짓으로 가리키며 물었다.

"저분 때문이죠? 30년 전 첫사랑을 잊지 못해서. 근데 왜 이제 와서? 너무 늦었잖아요. 이미 결혼도 하고 장성한 아들이 있을 정도로 시간이 많이 흘러버렸는데……."

지독한 헛헛함 때문인지 청년은 침묵으로 일관했고, 보다 못한 제시카가 끼어들었다.

"왜요? 시간이 이렇게 흘렀는지 몰랐어요? 우리가 사는 별하고 지구는 시간의 속도가 달라요. 거기서 한 달은 여기서는 1년이에요. 사랑을 쟁취할 거면 서둘렀어야지. 30년 전 모습만 기억하고 20대 몸으로 다시 고백하려고 온 거예요? 근데 어쩌나, 벌써 시간이 많이 지나서 애인 분께선 이미 너무 시들어버리셨네. 서베이팀에 있었다면서 그것도 몰랐어요?"

잠자코 듣고만 있던 그가 또 한숨 쉬며 입술을 떼었다.

"알고 있었어요. 그저 그때는 괜찮을 줄 알고 헤어졌지만 돌아가고 나서도 계속 후회했고, 더는 견딜 수 없어서 이제라도 다시 만나고 싶었을 뿐이에요. 나이 들어 시들어버린 겉모습이 중요합니까? 그때 나도 남의 껍데기를 뒤집어쓴 채 사랑했었고, 지금도 껍데기로 마주할 뿐인데. 물론 그때보다 시들었지만 그때나 지금이나 향기는 같아요."

"그래서 어쩌려고요? 가정을 파탄 내서라도 빼앗게요? 저들 부부 모두 알던 사이였다면서."

내가 정곡을 찌르듯 묻자 그의 얼굴이 서글픈 감정과 추억으로 뒤섞여 복잡하게 일그러졌다. 조금 더 시간이 지나자 그가 묵묵하게 대답했다.

"아는 정도가 아닌 가족처럼 가까운 사이였죠. 당시에 우리 셋은 항상 붙어 다녔어요. 근데 내가 떠나자 기다렸다는 듯 둘이 붙어먹어 결혼까지 할 줄은 상상도 못 했습니다. 나쁜 년!"

느닷없이 표정이 돌변한 청년은 감정을 억누르듯 여주인을 무섭게 째려보며 말을 이었다.

"내 남자였는데…… 내 남자를 저 붙여시 같은 년이……."

나는 어리둥절해져서 잘못 들었나 싶어 물었다.

"잠시만요, 저기 계신 여사장님을 사랑한 게 아니었어요?"

"내가 저년을 왜 사랑해? 내가 사랑한 사람은 바로 저 남자예요."

그가 가리킨 사람은 주방 불 앞에서 땀을 비 오듯 흘리며 한창 조리 중인 중년의 남편이었다. 나는 잠시 혼란스러웠지만 제시카와 같은 출신인 오징어별 외계인들은 암수 구별 없는 자웅동체라는 얘기가 떠올라 단번에 납득이 되었다. 몸에 걸친 겉모습에 착각해 편견을 가졌을 뿐 저들은 성별 따위는 초월한 오로지 사랑만이 우선인 종족임을 간과한 것이다.

"미안해요. 암수 구별 없다는 얘기 들었어요. 나는 단순히 겉모습만 보고……."

내가 착각했음을 사과하자 그가 숨을 깊게 들이마시고는 내뱉듯이 말을 쏟아냈다.

"우리가 암수 구별은 없지만 그렇다고 이성의 감정도 구별 없는 건 아니에요. 내 취향을 굳이 인간의 기준으로 규정하자면 수컷 쪽인데 30년 전에 회사에서 제공받은 바디가 하필 남자였어요. 몸에 걸친 껍데기와 내가 이성으로 느끼는 감정은 분명 다름에도 인간들이 정해놓은 기준엔 우린 용납될 수 없는 관계였어요. 그래서 결국 헤어지게 된 겁니다. 맞아요. 여기 나쁜 마음으로 온 거 맞습니다. 매일 찾아와 기회를 노렸어요. 작은 틈이라도 생기면 저 여자의 몸을 빼앗아 내 남자를 되찾으려 했죠. 근데 며칠을 지켜봤지만 두 사람은 한시도 떨어지지 않더군요. 그리고 그가 아내를 얼마나 사랑하는지도 알았어요."

주방 문틈으로 얼핏 보이는 남자를 아릿하게 바라보던 청년은 희미하게 웃으며 말을 이었다.

"다행입니다, 그동안 잘살고 있어서……. 행복해 보여요. 그래서…… 빼앗을 수 없었어요."

청년은 글썽였고, 우린 숙연해져 아무 말도 할 수 없었다.

아쉬움을 뒤로하고 우린 다 같이 술집을 나섰다. 비가 온 뒤라 날이 제법 쌀쌀해졌다. 찬바람이 성가시게 뺨에 닿았다. 젖은 옷에 제시카가 한기를 느끼는 것 같아 나도 모르게 겉옷을 여며주다 아차, 하며 손을 뗐다. 그녀는 나를 한심하다는 눈빛으로 보다가 혀를 차며 고개를 내저었다.

우린 미련을 못 버리는 청년을 설득해 처음 장소인 버스정류장으로 돌아올 수 있었고, 결국 접속기의 연결도 끊을 수 있었다. 청년은 풍선에 바람이 빠지듯 정신을 잃고 쓰러졌다. 외계인은 스스로 켄넬 안으로 들어갔다.

나는 미안한 마음에 청년을 정류장에 곱게 기대어 앉힌 후 두둑한 돈뭉치를 안주머니 깊숙이 넣어주었다. 그리고 슬그머니 한 가지를 더 넣었다.

딴짓을 눈치챈 제시카가 뭐냐고 눈짓으로 물었지만 그냥 무시하고 버스에 올랐다. 그래도 걱정이 되었던 탓에 우린 멀찍이 차를 세워두고 그가 깨어나길 기다렸다.

얼마 지나지 않아 그가 깨어나더니 어리둥절해하는 것 같았다. 고개를 갸우뚱거리다 안주머니에 묵직한 지폐 다발 그리고 내가 따로 넣어둔 종이를 발견했다. 그건 외계인 납치보험 브로셔였다.

제시카가 내 가방에서 그것과 같은 브로셔를 꺼내어 소리 내 읽었다.

"이 보험 없이 외계인을 만나지 마세요. 외계인 아이를 낳으면 30억, 생체실험을 당해도 30억?"

"그게…… 엄마가 보험 일 하시는데 요즘 실적이 저조하다고 해서……. 그냥 적금이에요."

엄마 명함이 붙은 외계인 납치보험 브로셔를 흔들며 눈으로 욕하는 제시카의 시선을 면구스런 웃음으로 대충 외면하며 버스를 달렸다.

출국 시간에 늦지 않으려면 서둘러 움직여야 했다. 쉬지 않고 달린 덕에 무사히 폐채석장에 도착할 수 있었다. 우리는 외계인들의 수속을 도와 우주선에 모두 실어 넣었고, 그제서야 고단했던 임무를 마무리하며 안도할 수 있었다.

제시카와 며칠 함께 고생하면서 끈끈해지긴 했어도 굳이 우리 사이에 별다른 내색을 할 필요는 없었다. 어차피 일 때문에라도 계속 볼 테니까. 이러쿵저러쿵 진부하게 얘기를 섞는 게 더 어색했다. 그저 고개만 까닥하는 가벼운 인사만으로도 충분했다.

다시 원래 모습으로 돌아온 제시카는 여전히 단아하고 말이 없었다. 퇴근하고 가는 길에 그녀를 집 근처까지 태워다주는 길이었다.

쉼 없이 떠들던 수다쟁이 제시카는 온데간데없이 사라졌다. 그게 낯설었고 적응도 쉽지 않았다. 그래도 그녀가 다시 돌아와 기뻤다. 불편한 침묵은 여전했지만.

그녀는 지금 기분이 더 안 좋은 상태였다. 자신의 손가락에 알지도 못하는 봉숭아 물이 들어있다는 사실을 알아챈 것이다.

그녀는 몸을 빌려주고 나면 항상 울렁임과 두통에 견디기 힘들어했다. 그래서 나는 미리 준비해둔 숙취 음료를 내밀며 호감을 얻었다. 그녀도 한결 편안해진 얼굴로 미소 지어 화답해주었다. 별안간 가슴 한 켠에서 무모한 용기가 불씨처럼 피어올랐다.

마침 버스 안에 우리밖에 없어 내 감정을 온전히 표현할 수 있을 것만 같았다. 하지만 생각처럼 입이 떨어지지 않아 입술만 달싹거리며 주춤했다. 어느 잡지에서 '신은 우릴 채찍으로

길들이지 않고 시간으로 길들인다.'라는 글귀를 마음속에 새겨
넣은 적이 있다. 물론 거기서 말하는 의미는 다르지만 사랑도
인내하고 기다리다 보면 반드시 닫혀 있던 마음의 문도 결국
열릴 것이라 굳게 믿어왔었다. 하지만 이제 그 생각이 조금은
달라졌다. 지나간 바람이 다시 불어오지 않듯 그녀도 바람처럼
스쳐 지나면 어쩌지?

나중에라도 어리석게 조바심내지 않은 것을 후회할까 봐 불
현듯 두려운 생각이 들었다. 그래서 나는 용기 내어 간신히 입
술을 떼며 고백했다.

"저, 저…… 이번 주…… 주말에 혹시 시간……."

"저 앞에 전철역에서 세워주세요!"

그녀가 말 토막을 삭둑 잘라먹고 전철역 앞에 내려달라 소리
쳤다.

당혹감에 나도 모르게 버스를 멈춰 세웠고, 그녀는 대충 목
례하고는 그대로 사라져버렸다.

부지불식간에 벌어진 상황에 명치끝으로 알싸한 기분이 들
어 귀까지 빨개졌다. 문득 봉숭아의 꽃말이 '나를 건드리지 마
세요'라는 뜻임을 떠올렸다. 뜬금없이 드는 생각이지만 고백은
미뤘어도 여행만큼은 미루지 않겠다는 의지가 불타오르며 지
금 당장 빚을 내서라도 엄마와 동생을 데리고 크루즈 여행을
다녀와야겠다고 다짐했다.

지극히 사적인 세계

어느 날, 잠에서 깨어난 장자가 말하기를, 나비가 되어 꽃밭 위를 훨훨 나는 꿈을 꾸었지만 과연 나는 나비가 되었던 꿈을 꾼 것인지, 지금의 내 모습이 나비가 꾸는 꿈인지 모호하다……

새벽 이른 시간에 울리는 알람 소리에 놀라 화들짝 눈이 떠졌다.

머릿속은 이미 욕실을 향하고 있지만 몸뚱이는 푹신한 이불 속으로 점점 파묻혔다. 그럴 적마다 이불을 껴안고 누운 지금이 얼마나 머물고 싶은 소중한 시간인지를 새삼 깨닫게 된다.

아침 출근길에 쏟아져 나온 사람들 생김새와 나이는 제각각이어도 표정은 그들이 입은 칙칙한 양복만큼이나 닮아 있었다. 나는 회사가 너무 멀어 출퇴근에만 왕복 4시간을 길바닥에 버린다. 여가생활을 누리는 게 사치에 가까울 만큼 일도 바쁘고

야근도 잦다. 그런데 이럴 필요까지 있나 싶을 정도로 나의 업무는 하찮고 별 볼 일 없다.

내가 회사에서 하는 일은 어제 했던 일과 같고, 내일 하게 될 일은 오늘 한 일과 같을 것이다. 매달 말일이면 어김없이 발자국만 남기고 전설처럼 사라지는 월급통장을 위해 하루하루 이렇게 기를 쓰고 살아가는 게 맞는 걸까? 수시로 밀려드는 우울감도 견뎌야 했다.

점심시간이 지나고 본격적인 회사업무가 시작되자 핸드폰에 '오늘은 동창 모임에 늦지 마'라며 친구로부터 당부의 톡이 올라왔다. 오랜만에 동창들을 만날 생각에 아침부터 들떠 있던 건 사실이다. 오늘은 반드시 정시 퇴근을 하겠다는 일념으로 오전부터 집중해 업무들을 끝내놓았다. 웹사이트 운영 관리를 담당하는 게 나의 주된 업무였다. 게스트 창의 댓글을 꼼꼼히 확인하고 문제 해결 방법도 모색해 미리 제출해 두는 등 뒤늦게 잔업을 남기는 불상사가 없도록 착착 마무리해나갔다.

예정보다 일을 빨리 끝내고 뿌듯한 마음으로 퇴근 시간만 기다리고 있었다. 드디어 시계가 여섯 시를 가리키며 미션이 완성되려는 순간, 사무실로 불길한 전화벨이 울렸다. 받지 말아야 한다. 이미 퇴근 시간은 지났고, 나는 외투까지 걸치고 나서려던 참이다. 못 들은 척하면 될 일이다. 하지만 쓸데없이 바르고 올곧은 나의 성격은 거슬리는 저 소리를 야멸차게 외면할 수 없었다. 불길한 예감은 늘 적중했다. 업체에서 예정에 없던 이벤트를 진행하기로 했다며 내일까지 처리해달라는 무리한 요구를 해왔다.

무례하기 짝이 없는 요구니까 반드시 거절해야 마땅하다. 허나 나는 소심하게도 화조차 내지 못하고 결국 발목을 붙잡히고 말았다. 나뿐만 아니라 다른 직원들도 잔업에 매여 정시 퇴근을 못 한다는 게 그나마 쓸쓸한 위안이 되었다. 회사에 정시 퇴근이 가능한 유일한 직원은 김정화 씨뿐이다.

'내일 봐요' 하며 퉁명스러운 인사만 남기고 매정하게 가버린 그녀를 우린 미쓰 김이라고 부른다. 현재의 만족만을 위해 산다는 계약직 여직원 미쓰 김은 철저하게 자기 업무인 단순 사무보조에만 집중했다. 그렇게 계약 기간이 끝나면 시원하게 퇴사해 충분히 여가를 즐기다 돈이 떨어지면 다시 계약직을 전전하며 사는 게 삶의 목표라고 했다.

나는 그녀의 삶이 부럽다. 사적으로 만나 얘기를 나눠보고 싶지만, 좀처럼 기회도 용기도 생기지 않는다. 그녀와 내 자리는 서로 마주 보고 있어 간혹 눈이 마주치기도 했다. 그럴 때면 나는 외로움을 들켜버릴 것 같아 서둘러 피하기 일쑤였다.

허겁지겁 동창 모임에 도착했지만 이미 파장 분위기였다. 대부분이 내일 출근 부담에 피곤하다거나 집에 가서 육아를 도와야 한다는 저마다의 이유를 대고 가버린 뒤였다. 몇몇만 남아 자리를 지켰다.

"늦어서 미안해. 한잔씩들 마시자. 술 더 시킬까?"

나는 미안한 마음에 분위기를 띄우려 했으나 다들 이미 취하고 지친 듯 시큰둥했다.

"혼자 늦게 와 놓고선 뭘 더 마셔! 이것만 마시고 이제 일어날 거야. 많이 마셨어."

"술이 싫으면 당구장은 어때? 아니면 노래방? 옛날처럼 PC방 가서 게임 할까?"

"게임 같은 소리 하고 있네. 와이프한테 12시까지 허락받았다. 그 전에 복귀해야 해."

친구들 핀잔에 나는 시무룩해져 입맛만 다시다가, 문득 떠오른 친구가 있어 물었다.

"근데 오늘 동구 왔어?"

"오동구? 걔 모임 안 나온 지 한참 됐잖아. 애들이 몇 번 연락해봤다는데 집에 뭐 좋은 걸 숨겨놨는지 허구한 날 집에만 틀어박혀 나올 생각을 안 한대."

동구는 나보다도 말수가 적고 내성적이어서 대학 때도 존재감이 없었다. 그래도 나와는 지방에서 올라온 자취생이란 공통분모로 가까워졌고, 그의 자취방에서 자주 플레이스테이션 게임을 즐기곤 했다. 그래서인지 가끔 그 친구가 생각나고 어떻게 지내는지도 궁금했다.

동기들을 만나 딱히 한 것도 없이 너덜너덜해진 마음으로 자취방에 돌아왔다.

고시원보다 조금 나은 정도의 원룸 오피스텔은 침대 말고는 벗어날 곳이 없다. 그저 대충 씻고 그대로 누워 천장을 뚫어져라 바라보며 넋 놓고 있는 게 고작이었다. 오늘은 진탕 마셔보겠구나, 기대했는데…… 허무하게 마무리된 게 아쉬워 공연히 냉장고를 열었다. 맥주도, 먹을 만한 안주거리도 없었다.

오랜만에 미뤄두었던 영화나 볼까 싶어 OTT 플랫폼을 열었다. 줄거리 요약만 30분째 뒤적이다 결국 아무 결정도 못 하고 꺼버렸다. 나는 여전히 아쉬운 마음을 가눌 길이 없었다. 침대에 누운 채 곁눈질로 뽀얗게 먼지 쌓인 게임기만 쳐다보았다. 게임을 하고 싶은 마음은 간절했지만 피로가 엄습해왔다. 당장 내일 출근이 부담스러워 고민 끝에 늘 그렇듯 잠을 택했다.

쉬는 날엔 어딜 돌아다니는 것도 성가시고 항상 피로에 짓눌려 있다 보니, 원룸에서 온종일 배달 음식이나 시켜 먹는 게 고작이었다. 오후까지 이불 속에 누워 유튜브나 인스타그램을 훑는 게 일상이지만, 오늘은 특별히 오동구를 만나고자 그의 자취방을 찾았다.

간만에 보는 건데 빈손으로 갈 수 없어 녀석이 좋아하던 피자도 한 판 샀다. 단독주택 반지하 단칸방인 동구의 집은 예전 그대로였다. 한쪽에 시뻘겋게 녹이 슨 채 오랫동안 방치된 자전거가 그의 거라는 걸 기억해냈다.

전기계량기가 빠르게 돌아가고 있었다. 그렇다면 안에 사람이 있는 게 분명한데 여러 번 문을 두드려도 기척이 들리지 않았다. 이상했다. 불현듯 섬뜩한 생각이 들어 오동구, 오동구, 몇 번이나 소리쳐 불렀다. 그래도 전혀 반응이 없었다. 일 층에 사는 주인집 아줌마가 난데없는 소란에 고개를 내밀곤 누구시냐고 물었다.

"안녕하세요? 여기 사는 애랑 친군데 연락이 안 돼서 혹시 무슨 일 있나 싶어 와봤습니다."

"그 집 총각 월세 꼬박꼬박 잘 내는데? 그러고 보니 밖에 나오는 걸 못 본 지 한참이긴 해."

집주인도 말해놓곤 불안한 생각이 들었는지 잠시 기다리라며 스페어 키를 찾아와 내게 내밀었다. 막상 키를 받아들었지만 두려웠다. 집주인 아줌마가 등 떠밀듯이 뒤에서 지켜보고 있었다. 잠시 망설였으나 걱정되는 마음에 열쇠로 문을 열었다.

"동구야, 오동구, 안에 있니?"

실내는 어두컴컴했다. 환기도 제대로 시키지 않는 건지 음식물 냄새와 장판 썩은 곰팡내가 뒤섞여 지독한 악취가 났다. 거실 바닥은 끈적끈적해서 걸을 적마다 발바닥이 쩍쩍 들러붙었다. 열린 방문 틈 사이로 사람의 발이 보였다.

나는 용기 내어 안으로 들어섰다. 침대 위에 꼼짝 않고 누워 있는 사람이 오동구라는 걸 확인하고는 깜짝 놀라 소리쳤다. 내가 알던 동구와는 사뭇 달라 단번에 알아보진 못했지만 그는 분명 오동구였다.

문밖에서 소리를 듣고 초조해하던 집주인은 발만 동동 구르며 무슨 일이냐고 물었다. 그때 죽은 듯이 누워 있던 동구가 게슴츠레 눈을 뜨며 나를 알아보고는 어리둥절해했다.

"어……? 오랜만이다. 여긴 어쩐 일이야?"

다행히 동구는 잠을 자고 있었던 것뿐이었다. 그러니까 아무 일도 아니었다. 나는 가슴을 쓸어내리며 안도했다. 걱정하고 섰던 집주인을 안심시켜 돌려보낸 후 녀석과 어색한 인사를 나누었다.

"잘 지냈어? 어디 신문사 디지털 콘텐츠 제작부에 있다고 들었는데?"

"거긴 그만둔 지 한참 됐어. 지금은 뭐 그냥……."

동구는 일찌감치 회사를 그만두고 몇 년째 집에만 틀어박혀 있다고 했다. 나는 녀석의 달라진 행색에 적잖게 놀랐지만 애써 태연한 척하며 내색하지 않았다. 이전에도 살집이 있는 편이었지만 지금은 몸을 제대로 가누지 못할 만큼 살이 쪘다. 간이 안 좋은지 낯빛도 거무죽죽하고 얼굴은 퉁퉁 부어 있었다.

우린 서로의 근황을 물으며 잠시 어색하게 대화를 나누었다. 얘기를 나눌수록 망가질 대로 망가진 녀석의 모습에 마음이 짠했다.

"아, 맞다! 너 좋아하던 페퍼로니 피자 사 왔는데. 아직 점심 전이지?"

포장지를 뜯어 피자를 건네자 녀석은 허기가 졌는지 침대에 기대앉은 그 자세로 게걸스레 피자 조각을 입속으로 욱여넣기 시작했다.

그동안 나는 환기도 시킬 겸 창을 열고 주변에 쓰레기도 대충 정리해주었다. 한쪽에 수북한 약봉지와 주사기가 눈에 띄었다.

"어디 몸이 안 좋아? 뭔 약이 이렇게 많아? 주사기는 뭐야?"

"신장도 안 좋고, 고혈압에…… 멀쩡한 곳이 없지. 당뇨 때문에 수시로 인슐린도 맞아야 해."

녀석은 우걱우걱 입속에 음식물을 가득 넣으며 심각한 얘기를 아무렇지 않게 했다. 무엇보다 수면제라고 적혀 있는 약봉지가 눈에 거슬렸다. 나는 걱정되는 마음에 물었다.

"바깥엔 좀 나가냐? 매일 집에만 있는 거야? 집에서 주로 뭐 하는데?"

"그냥 배달시켜 먹고 하루 종일 게임이나 하면서 잘 살고는 있어."

"게임? 그럼 나랑 가끔 온라인으로 만나서 같이 하자. 어떤 거 하는데? 롤? 배그? 와우?"

동구는 망설이다가 주섬주섬 처음 보는 낯선 게임기를 꺼내 보여주며 말했다.

"그게…… 너는 잘 모를 거야. 사실 아까도 게임 하는 중이었거든."

그러고 보니 처음 봤을 때 동구는 이 게임기를 머리에 부착한 채 누워 있었다.

"이게 루시드 드림이라고, 자면서 하는 게임이야."

"자면서 게임을 할 수 있다고? 그런 게임이 있어? 그거 어디서 파는데?"

"지금은 살 수 없어. 단종 됐거든."

한 번도 본 적 없는 낯선 게임기였다. 잠을 자면서도 게임을 할 수 있다는 게 신기하고 궁금했지만 한편으로는 이상한 기분도 들었다. 그리고 집에 돌아오고 나서 문득 생각했다. 동구의 삶은 누가 봐도 절망적이었지만 희한하게 그는 몹시 행복해 보였다고.

월요일이면 일상으로 돌아와 다시 지루하게 반복되는 하루를 이어나갔다.

달라질 게 없는 뻔한 삶이 지겨워 늘 변화를 바라지만 막상 엄두는 내기 어려웠다. 어디론가 훌쩍 떠나고 싶은 마음이 생겨도 계획만 세울 뿐 현실은 언제나 그대로였다. 점심을 먹고 회사 남자 동료들과 휴게실에서 커피를 마시며 수다를 떨었다. 이삼십 대 한창 혈기 왕성한 때라 시답잖은 여자 얘기들이 대부분이었다. 주말에 여자를 만나 어쨌다느니, 전에 이런 여자를 만났다느니, 요즘 이런 여자를 만난다느니. 무용담처럼 여자와 얽힌 얘기를 경쟁적으로 풀어놓았다. 그런 경험이 없던 나는 관심 없는 척 웃으며 귀만 기울였다. 그런데 난데없는 미쓰 김의 등장으로 다들 일제히 입을 다물었다.

서먹해진 분위기를 의식했는지 미쓰 김은 눈인사를 하며 내 앞으로 성큼 다가왔다. 나는 놀라 온몸이 뻣뻣해졌지만, 나한테 용무가 있던 건 아니었다. 단지 그녀는 내가 기대어 서 있는 음료자판기에 볼일이 있을 뿐이었다.

긴장할 필요까진 없었는데 그녀 앞에선 자꾸만 주눅이 들었다. 그런데 자판기는 미쓰 김의 지폐를 계속 토해냈고 그녀도 당황하는 것 같았다. 때마침 주머니에 동전이 잔뜩 들어 있던 터라 내가 동전을 넣어주면 자연스럽게 말을 걸 수 있을 것 같았다.

나는 주머니 속 동전을 꼼지락대며 흔치 않은 이 기회를 놓치지 않아야겠다고 마음먹었다. 그러자 심장이 널뛰기 시작했다. 얼굴이 붉게 달아오르고 입은 바짝바짝 타들어가는 것 같았다. 괜한 생각이 많아지면서 우물쭈물거렸다. 그래봤자 고작 동전일 뿐인데 뭘 그렇게 복잡하게 생각하는 거야, 하며 스스로 질타도 해봤지만 그럼에도 좀처럼 용기가 나질 않았다. 망설이는 사이, 불쑥 끼어든 최 대리가 동전을 넣어주면서 허망하게 기회를 빼앗기고 말았다. 최 대리는 특유의 능글맞은 웃음으로 물었다.

"퇴근하면 맨날 어딜 그렇게 바쁘게 가는 거야? 이번 주에 퇴근하고 술 한잔할래요?"

미쓰 김은 자판기에서 캔 커피를 꺼내 고맙다는 듯 흔들었다. 그러고는 환하게 웃으며 '좋아요'라는 멘트를 남기고 사라졌다. 빌어먹을 최 대리는 신나서 허공에 주먹질을 해대며 건방을 떨었다.

"아, 우리 미쓰 김 계약직 끝나면 그때 꼬시려 했는데. 사내 연애는 불편하지만 어쩔 수 없네."

"미쓰 김 만만치 않을걸요? 인사총무실 오 대리도 까였다고 들었어요."

"소문에 남자도 많대요. 퇴근하면 사람이 완전 달라져서 클럽에서 살다시피 한다던데."

직원들의 근거 없는 쑤군거림에 최 대리는 자신 있다는 듯 어깨를 으쓱이며 말을 이었다.

"그런 장소에선 특별한 기술이 있어. 클럽처럼 시끄러운 곳에선 일부러 작게 말하면 상대방이 잘 안 들려서 답답해해. 그럼 자연스럽게 내 쪽으로 귀를 기울이겠지. 그럴 때 부드럽게 속삭이며 살짝살짝 입술로 귓불을 건드려주면 여자들이 좋아해."

직원들이 그녀를 두고 이러쿵저러쿵 떠드는 게 못마땅하지만 부끄럽게도 나 또한 문란한 모습의 그녀를 상상하며 흥분을 느꼈다. 나는 단정한 사람이지만 일탈을 꿈꾼다. 건전한 척 속내를 감추며 사는 것도 이젠 지겹다. 자유분방하고 싶을뿐더러 어떨 땐 난잡하게 살고도 싶다. 어쩌면 억눌린 욕망을 해소하지 못한 탓에 음란한 무엇이 부작용처럼 잠식한 걸지도 몰랐다. 낯선 번호로 전화가 걸려왔다. 그리고 곧바로 수화기 너머 청천벽력과도 같은 소식이 날아들었다.

당혹스러웠다. 한 달 전만 해도 멀쩡하던 오동구가 급성 심근경색으로 사망하다니. 너무도 느닷없어 믿기 어려웠다. 혹시나 하는 마음에 지난번 방문 때 집주인에게 연락처를 남겨두었는데 연락할 가족이 없어 내게 전화를 준 것이라 했다.

동구는 가족도, 가까운 친척도 없다. 아버지는 돌아가셨고, 어머니는 동구가 아홉 살 때 이혼한 뒤 연락이 끊겼다고 들었다. 그래도 어머니께는 알려야 할 것 같아 수소문을 해봤지만 연락이 닿질 않았다.

하는 수 없이 내가 상주 자리를 지키며 조촐하게 장례를 치렀는데 그렇게 외롭고 쓸쓸한 장례식은 처음이었다. 가족도, 회사 동료도 전무하다 보니 찾는 이가 거의 없었고, 그나마 집요하게 연락을 취한 덕에 겨우 동창들 몇이 다녀갔을 뿐이다. 동구의 마지막 가는 길은 너무나도 서글펐다.

장례를 치르고 주인 아줌마한테서 다시 연락이 왔다. 동구의 집 좀 치워달라고.

하도 간곡하게 부탁해 녀석의 자취방을 대신 정리해주었다. 약간의 현금이 든 통장과 보증금은 장례식장에도 나타나지 않던 먼 친척이 다녀가면서 찾아갔다. 그것 말고 돈이 될 만한 건 남아 있지 않았다. 사망하고 보름 만에 발견된 탓에 시신 부패로 인한 악취도 아직 심했다. 그나마 그래도 발견이 빨랐던 건 문 앞에 쌓인 요구르트 덕분이었다. 이럴 때를 대비해 지난번에 요구르트 정기배송 3개월 치를 신청해 뒀는데, 이렇게 빨리

도움이 될 줄은 몰랐다.

집기들은 폐기물 차를 불러 버리기로 했다. 그런데 유독 눈에 밟히는 한 가지는 도저히 버릴 수 없어 집에 가져왔다. 그건 바로 동구의 게임기였다.

동구의 죽음은 너무 허망하고, 비현실적이기까지 해서 나를 더욱 힘들게 했다. 그의 외로운 죽음이 마냥 남의 일 같지만은 않았다. 그의 죽음에 사로잡힐수록 이상하게 그의 집에서 가져온 게임기가 떠올랐다. 마치 이끌리듯 게임기를 꺼내들고는 했는데, 어느새 게임기를 연결하고 있는 나를 발견했다.

게임기를 착용하고 침대에 드러누우니 영 어색해서 처음엔 몇 차례 뒤척였다. 한참 지나니 점점 눈이 감겨 오는 걸 느꼈다.

눈을 떠보니 안락한 소파 테이블에 기대앉아 있었다. 주위를 둘러보았다. 이곳은 어느 고급 호텔의 로비였다. 내가 잠에 들었고 여기가 꿈속이라는 걸 알아차리는 데는 그리 오래 걸리지 않았다. 전에도 가끔 눈앞에 펼쳐진 모든 것이 현실이 아닌 꿈속이라는 걸 자각하는 경우가 있었는데 지금이 그랬다. 꿈을 꾸고 있다는 사실을 확신했다.

내가 있는 호텔 로비는 상상을 초월하는 어마어마한 크기였다. 동서남북으로 끝이 보이지 않을 만큼 까마득했고, 천장의 높이는 적어도 천 미터는 족히 되어 보였다. 실내가 워낙 넓은 탓에 로비 안엔 빌딩이 숲을 이룰 정도로 들어차 있었고 바다도 흐르고 있었다. 지금 내가 꿈을 꾸고 있다는 사실을 알게 된 마당에 호기심이 발동하는 건 당연했다. 우선 아무거나 해보자 싶어 눈앞에 백 층 건물 꼭대기까지 단번에 뛰어 올라섰다. 평소 극심한 고소공포증이 있었는데 이렇게 높은 곳에 올라와서 보니 꿈이어도 너무 실감이 나 오금이 저려왔다.

문득 높은 곳에서 떨어지는 꿈을 꾸면 키가 큰다는 말이 떠올라 떨리는 마음으로 발을 허공에 내디디며 밑으로 추락했다. 그리고 얼굴이 지면에 닿으려는 순간 다시 날아올랐다. 마치 롤러코스터를 탄 것처럼 심장이 터질 것만 같았다. 꿈이지만 모든 것이 생생하고 재밌어서 로비에 빼곡히 세워진 빌딩들 사이를 한동안 날아다녔다.

내친김에 이번엔 바닷속으로 뛰어들었다. 심해까지 내려가자 주위는 칠흑같이 어두워졌고 투명한 빛을 내뿜는 낯선 심해어들이 나타났다. 물고기들과 함께 바닷속을 유영하며 마치 이곳이 우주 같다는 생각을 떠올리자, 돌연 눈앞에 우주가 펼쳐졌다.

태양계 행성들 사이로 심해어들이 떠다니는 가운데 이곳이 바다인지 우주인지 혼란스러웠지만 복잡한 생각은 필요가 없었다. 오로지 무중력의 편안함을 즐기며 시간을 보냈다. 한참 뒤, 다시 물 밖으로 나와 호텔 직원이 내민 가운을 걸치고 자리로 돌아와 휴식을 취했다.

그 와중에도 황금돼지 꿈에 호랑이 꿈, 용 꿈을 연달아 꾸면 왠지 좋은 일이 생길 것 같아 주변에 그들이 돌아다니도록 풀어놨다.

로비엔 수없이 많은 소파 테이블이 깔려 있었는데 곳곳에서 음식을 먹는 사람들이 보였다. 그래서 나도 예전에 먹어봤던 음식 중 가장 기억에 남았던 돗돔을 떠올렸다. 당시에 먹었던 귀한 돗돔이 어느새 테이블 위에 고스란히 차려졌다. 심지어 그 맛이 그대로 느껴져 놀란 나머지 기왕 먹어봤던 다른 해산물들도 떠올렸다. 다금바리, 털게, 볼락구이, 후토마키 등 다양한 음식들이 펼쳐졌다.

먹음직스러운 음식들을 앉은 자리에서 마구 먹어댔고 하나같이 먹어본 그 맛 그대로였다. 무엇보다 놀라운 건 포만감이 전혀 없어 제아무리 먹어대도 배가 부르지 않아 실컷 즐길 수 있다는 것이었다. 음식 맛을 실감 나게 느낄 수 있다는 데 감탄하다, 문득 그렇다면 미각 외에 다른 감각은 어떤지 궁금했다.

주위를 둘러보았다. 그러고 보니 여기 사람들은 하나같이 젊고 아름다운 외모에 생기가 넘쳐흘렀다. 때마침 내 옆을 지나던 여자의 손목을 나도 모르게 무작정 잡아끌었다.

여자는 멈춰 서서 내려다봤고 나는 앉은 그대로 올려다보았다. 눈부신 미모의 그녀가 싱그럽다는 생각에 가슴이 설레었다. 현실에선 절대 할 수도, 해서도 안 될 무례한 짓이지만 어차피 현실이 아니니 망설일 이유가 없었다. 나는 최 대리가 말한 방법대로 작은 소리로 오물오물 중얼거렸다. 여자는 소리가 들리지 않는다며 허리 숙여 내 입술 가까이 귀를 기울였고 나는 능숙한 불한당처럼 속삭이듯 입술로 귓불을 건드렸다. 그러자 여자는 간지럽다며 웃고는 내 무릎 위에 엉덩이를 대고 걸터앉아 나를 빤히 바라봤다. 그리고 당혹스럽게도 아무런 맥락도 없이 내게 입술을 포개며 키스를 퍼부어댔다.

말도 안 되고 현실에선 있을 수 없는 일이지만 꿈에선 모든 게 간편하고, 쉽게 허용되는 행위였다. 무엇보다 실제로 키스하는 듯한 극강의 황홀감을 느꼈다는 것이다. 심지어 이 나이 먹고 자칫 몽정이라도 할까 봐 간신히 버티며 입술을 떼어내자 여자는 엄지를 치켜세우며 소리쳤다.

"오빠, 키스 잘한다. 캡이야."

캡? 무슨 뜻이지? 처음 듣는 뜻 모를 소리에 갸웃거리자 여자는 수다스럽게 말을 이었다.

"따봉이라고, 킹왕짱! 오빠는 이름이 뭐야? 어디 살아? 나이는? 몇 학년 몇 반?"

언뜻 봐도 스무 살 남짓 된 그녀는 중장년층의 어투를 사용하며 집요하게 나에 관해 물었다. 어느 틈에 나타난 말쑥한 차림의 청년이 소리도 없이 맞은편에 앉아 있다는 사실을 알았다. 나를 흥미롭다는 듯 바라보며 웃던 수려한 외모의 청년은 대뜸 여자에게 물었다.

"최 여사님, 바깥양반 아직 집에 안 들어오셨어요?"

청년이 이상한 걸 묻자 그녀는 싱겁게 웃고 자리를 떠났다.

나는 불청객처럼 나타나 훼방을 놓으며 기분 나쁘게 쳐다보는 청년이 신경 쓰여 사라지게 했지만 이상하게 말을 듣질 않았다.

"여기선 그거 나한테 안 통해. 너, 이 게임 처음 하는구나?"

청년의 말에 '맞다! 나는 게임을 하고 있었지' 하는 생각이 떠올랐고 게임기를 통해 자각몽을 꿀 수 있다는 사실을 알게 되었다. 그렇다면 대단히 훌륭한 게임이다. 절망적인 현실에서도 동구가 하루 종일 게임만 하며 행복했던 이유를 알 것 같다. 청년에게 넌지시 물었다.

"그럼 넌 뭐야? 이 게임의 NPC 같은 거야? 게임 도우미?"

"도우미냐고? 하하하! 그건 아니지만 알려는 줄게. 나도 너처럼 이 게임에 접속한 유저야."

"유저라고? 웃기시네! 여긴 내 꿈속인데 어떻게 다른 사람이 내 꿈에 들어온다는 거야?"

"이 게임은 온라인 게임이야. 게임기 설치할 때 인터넷 연결했잖아. 네가 지금 꿈을 꾸고 있는 건 맞아. 근데 여긴 너의 꿈속이 아니야. 네가 게임 속으로 들어와 꿈을 꾸는 거지."

거짓말이다. 그게 가능하단 얘기는 들어본 적도 없다. 하긴 꿈인데 무슨 말을 못 하겠는가.

"못 믿겠어? 좋아 그럼 핸드폰 번호 줘봐! 확인시켜줄게."

청년은 나의 의심을 불식시키겠다며 번호를 요구했다. 나는 어차피 눈앞의 모든 게 허상임을 확신했기에 별다른 의심 없이 번호를 알려주고 게임을 빠져나왔다.

눈을 뜨자 다시 비좁은 원룸 천장이 시야에 들어왔다. 좋았던 꿈에서 깬 아쉬움과 공허함이 무겁게 밀려들었다. 뒤이어 시간을 확인하고 의아했다. 꿈에서 분명 서너 시간은 족히 보냈던 것 같았는데, 잠이 든 지 30여 분밖에 지나지 않았단 사실이 놀라웠다. 띵동! 핸드폰으로 발신자표시가 없는 문자가 왔다.

'최 여사님도 유저야. 5학년 6반이래. 말투가 클래식 하잖아.'

온몸에 소름이 돋았다. 안절부절못하며 흥분한 상태로 좁은 방을 맴돌았다. 묻고 싶은 게 많았기에 서둘러 게임에 다시 접속하려 했다. 그런데 좀처럼 잠에 들지 못했다. 나는 아까와 똑같은 꿈으로 들어가지 못할까 봐 걱정하며 한참을 뒤척였고, 겨우겨우 잠에 들었다.

걱정과 달리 다시 그곳 호텔 로비로 다시 들어왔는데 그 청년은 아직 접속을 하지 않은 건지 보이지 않았다. 한동안 기다리며 지루한 시간을 보내다 포기하려던 순간, 뒤늦게 접속해 들어온 청년이 환하게 웃으며 다가왔다.

"미안, 내 게임기가 너무 낡고 오래돼서 연결이 잘 안돼. 너는 게임기 어디서 구했어?"

청년이 게임기에 호기심을 보이자 나는 친구한테 얻었다고 대충 둘러댔다. 그는 고개를 끄덕이며 말을 이었다.

"운 좋네. 단종 돼서 구하기 어려운 게임인데. 만든 회사는 부도났고 개발자는 자살했거든."

"그럼 그쪽도 어딘가에서 잠에 들어 접속해 있다는 거야? 그게 가능하다고?"

"입 아프게 자꾸 설명하게 하지 마. 뭘 더 설명하라는 거지? 지금 하고 있잖아. 참고로 내 아이디는 루카스야. 이 게임은 다른 게임들처럼 퀘스트를 수행한다거나 하는 그런 건 없어. 그저 꿈속에선 모든 게 가능하기 때문에 마음대로 즐기면서 접속자들끼리 어울리는 은밀한 사교클럽이라고 생각하면 돼. 이 게임의 가장 큰 장점이 뭔 줄 알아? 잠자야 할 시간을 쪼개서 피곤하게 게임을 할 필요가 없다는 거야. 낮엔 일하고 집에 와서 충분히 잠을 자는 게 게임을 즐기는 방식이지. 현실의 10분이 이곳에선 한 시간 정도니 넉넉하게 즐길 수 있어. 인간은 일생의 절반을 잠에다 쓰고 있어. 생각해보면 수십 년을 그냥 자면서 버리는 거야. 너무 아깝지 않아? 난 이 게임이 인생을 연장하는 가장 현실적이 대안이라고 생각해. 따라와봐."

루카스는 나를 데리고 다니며 여기저기 보이는 것마다 설명해주었다.

"여긴 유저들끼리 방을 만들어 게임을 설정할 수 있어. 방마다 이용자 수에 따라 순위가 정해지는데 취향대로 어울리면 돼. 몇 군데 재밌는 곳을 알려줄게. 나는 여길 주로 이용해."

여행자의 방에 나를 데리고 입장한 루카스는 슬쩍 둘러보다 아는 유저를 발견하고 손을 흔들었다. 그리고 내게 '스페인 가 봤어?' 묻고는 인사를 나눈 그에게 다가가 부탁했다.

"우릴 너의 세계로 초대해줄래?"

루카스의 요청에 살바도르라는 아이디를 가진 스페인 유저는 초대를 수락했다. 그러자 잠깐 사이에 우리는 스페인 바르셀로나로 이동했고, 어느새 카탈루냐 광장 한가운데 서 있었다.

나는 너무 놀라 입을 다물 수가 없었다. 눈앞에 펼쳐진 여행지는 흔히 VR로 접하는 것과는 비교조차 불가했다. 당연히 실제가 아닌 나의 뇌가 꾸며낸 감각일 테지만 공간에서 전해지는 감각과 뺨에 닿는 바람의 촉감, 코로 들어오는 광장의 냄새도 맡을 수 있었다.

살바도르는 자주 들르는 곳이라며 우릴 한 식당으로 안내했고, 테라스에 내려앉은 바르셀로나의 햇살을 받으며 해물 빠에야를 비롯해 다양한 음식들과 달콤한 과일 향이 가득한 상그리아를 마셨다. 덕분에 일상에서의 피로가 말끔히 씻겨나가는 쾌감을 경험했다. 나는 가슴이 벅차오르고 들뜬 나머지 내친김에 다음 행선지도 부탁했다.

"마드리드에도 데려다줄 수 있어? 산티아고 경기장에서 레알 경기 보는 게 소원이거든."

어릴 적부터 레알 마드리드 경기를 직관해보고 싶었다. 그러나 그가 고개를 저으며 말했다.

"난 카탈루냐 사람이라 마드리드에 가본 적이 없어. 그래서 널 그곳에 데려갈 수가 없다고."

나는 그 말을 처음엔 알아듣지 못했지만 초대자가 가본 적 없는 장소나 먹어보지 못한 음식은 공유할 수 없다는 루카스의 설명을 듣고 이해했다. 그리고 문득 스페인 사람인 살바도르가 한국말을 어떻게 이렇게 잘하는지 궁금했다. 루카스는 그것 역시 친절하게 설명해주었다.

"얘는 한국말 전혀 못 해. 게임기에 번역 기능이 있어서 얘가 하는 카탈루냐어가 네 귀엔 한국말로 들어오는 거야. 반대로 우리가 하는 말은 얘 귀에는 카탈루냐어로 들려."

루카스는 계속해서 개중에 인기가 있는 몇 개의 다른 방들도 소개해주었다.

"저 방은 목숨을 담보로 하는 지구상의 모든 익스트림 스포츠를 할 수 있는 곳인데, 저기도 많이들 즐겨. 그리고 저곳은 먼저 떠나보낸 가족이나 친구를 만날 수 있는 방이야. 물론 진짜는 아니지만 기억하는 모습 그대로 등장해서 완전 실감 나. 그리고 저기도 요즘 인기 많아. 하루 동안 살아보기라는 방인데 정우성 얼굴로 살아보기, 손흥민으로 살아보기, BTS로 살아보기 등등 그들은 어떤 기분으로 사는지 하루 동안 간접 체험해볼 수 있는 곳이야."

나는 당장이라도 해보고 싶어 안달이 났다. 루카스가 한 곳을 가리키며 말을 이었다.

"하지만 이 게임에서 압도적인 인기를 누리는 건 아무래도 저곳이지."

그곳은 온통 핑크색으로 도색되어 겉보기에도 에로틱하고 퇴폐적인 분위기를 물씬 풍겼다.

"유저들끼리 뒤섞여 관습에 얽매이지 않고 오로지 성애만을 목적으로 욕망을 채우는 곳. 편견 없이, 국적도 나이도 초월한 자유로운 연애와 절대적으로 안전한 섹스. 동서고금을 막론하고 성적 쾌락은 늘 인간이 추구하는 본질적 가치잖아. 하지만 저긴 너무 몰입하지 마. 감정이 황폐해지니 적당히 즐기는 정도가 좋아. 단란한 가정이 있는 사람도 많고 난잡하거든."

이때 누군가 내 어깨를 거칠게 밀치며 지나갔다. 조지포먼이란 아이디의 남자는 커다란 덩치에 팔뚝에는 독특한 문신을 하고 있었다.

루카스가 멀어지는 그의 뒷모습을 턱으로 가리키며 말했다.

"쟤는 여기서 격투기밖에 안 하는데, 쟤랑은 웬만하면 거리를 둬. 후기가 안 좋거든. 여기서조차 유저들이랑 소통 못 하는 걸 보면 밖에서도 어지간히 갑갑한 놈이지 않을까 싶다."

격투기 상대를 찾아 어깨를 부딪치며 여기저기 시비를 걸고 다닌다니. 조지포먼을 보자 격투기도 재밌을 것 같다고 생각하는데, 루카스가 당부하듯 말을 이었다.

"마지막으로 한 가지 중요한 제1원칙을 알려줄게. 게임 속에서 만난 유저들과는 절대 밖에서 따로 만나지 않을 것. 또한 자신의 개인 신상도 밝히지 말 것. 그것만 명심해."

그날 이후 나의 삶은 완전히 달라졌다. 그렇다고 현실이 달라진 건 아니다. 여전히 퇴근은 늦고 반복되는 업무에 하루하루를 허투루 사는 건 변함없었다. 그러나 게임을 통해 충분한 수면과 만족할 만한 여가를 누리는 덕택에 하찮은 회사 일조차 나름대로 감사해하며 심지어 보람마저 찾을 수 있었다.

현실에선 자존감도 낮고 매사에 주눅이 들어 있는데, 게임 속에서 난 자신감이 넘쳐났다. 눈 덮인 에베레스트 정상에서 스키를 타고, 어떨 땐 암벽 클라이밍을 하거나 급류 래프팅, 윙슈트 등 무서워서 엄두도 못 내던 익스트림 스포츠를 실컷 즐겼다. 또 어떤 날은 정우성 얼굴로 살아보기도 하고, 유명한 셀럽의 일정을 그대로 따라가보기도 했다. 체험할 수 있는 타인의 삶은 그 종류가 매우 다양해 심지어 여자로 살아보기도 가능했고, 온전하게 사랑받는 신생아의 하루도 체험이 가능했다.

또한 더없이 많은 유저들과 게임 속에서 어울리며 친구도 되고 연인도 되어 그들과 조건 없는 온전한 쾌락을 탐닉하며 성적 판타지도 공유했다. 비록 꿈속에서의 행위여도 느끼는 감정들은 너무나 생생하고 실감 나서 이게 육체적 관계인지, 정신적 관계인지 도무지 분간이 안 갔다. 그래서인지 애인이나 남편이 있는 유저와의 은밀한 밀회는 불편하고 께름칙하기도 했지만, 그럴 적마다 이건 게임일 뿐이라 되뇌며 죄책감을 덜어

내려 애썼다.

더불어 낯선 도시로의 여행도 즐겼다. 한 가지 아쉬운 건 여행을 할 적엔 초대자의 경험이 절대적이라 원하는 곳을 골라 갈 수 없다는 거였다. 한번은 프랑스에 사는 베르트모리조란 아이디의 유저에게 초대를 받아 여행을 하고 잠자리도 즐긴 적이 있었다.

나는 파리에 페르 라셰즈 묘지에 가보고 싶었다.

오스카와일드, 에디트피아프, 쇼팽, 발자크. 프랑스 예술가에 문외한이었던 나조차도 이름은 한 번쯤 들어봤을 유명인들. 이들이 모두 잠들어 있다는 묘지 길을 한 번은 걷고 싶었지만 초대자인 모리조는 부르주라는 도시에 살아서 파리에는 가본 적이 없다고 했다. 그녀 또한 남산타워에 가고 싶어 했지만 나 역시 남산타워에 가본 적이 없어 서로 아쉬워했다. 그래서 주말을 이용해 일부러 거길 찾아가 장소를 기억 속에 저장하기도 했다.

게임기는 모바일 핫스팟에 연결만 해도 휴대가 가능했기 때문에 출퇴근 버스에서 자는 동안에도 게임을 이어갈 수 있었다. 나는 대부분의 시간을 게임 속에서 살았지만 내 친구 동구처럼 되진 않겠단 다짐으로 현실의 삶도 균형 있게 유지하려 노력했다. 더구나 부족한 경험들을 채워 다른 유저들과 공유하며 관계를 넓혀나가고 싶은 열망에 오히려 이전보다 많은 곳을 돌아다녔다. 유명한 맛집들도 다 찾아다니며 기억을 저장했다.

나의 삶은 더없이 행복으로 충만해졌고, 이제야 살아 숨 쉬는 것만 같았다.

오늘은 게임 세계를 벗어나 현실 경험을 축적하고자 한우 오마카세로 유명하다는 식당을 예약하고 찾아갔다. 월급에 비해 부담스러운 가격이었지만 괜찮았다. 어차피 한 번의 경험으로도 게임 속에선 원하는 만큼 재현이 가능하니까 가성비는 흡족할 만했다.

이곳은 긴 테이블에 네 팀만 예약을 받아 식사를 진행했는데, 미리 와서 자리를 잡은 두 팀은 모두 커플이었고 나만 혼자였다. 잠시 뒤 뒤늦게 남은 한 팀이 도착했다. 놀랍게도 미쓰 김이었다. 그녀도 나를 알아보고 적잖이 당황했지만 애써 태연한 척 눈인사만 나누고 자리에 앉았다.

그녀 역시 혼자였다. 본의 아니게 옆에 나란히 앉게 되어 마치 커플 세 팀이 온 모양새가 되었다. 나는 식사 내내 심장이 터질 듯 떨려왔다. 의도치 않게 마련된 그녀와의 저녁이 믿기지 않아 마치 꿈을 꾸는 것 같았다.

식사를 마치고 버스 정류장에 미쓰 김과 나란히 섰다. 둘이 그러고 있는 게 어색해 여러 번 도로로 고개를 빼고 버스를 기다리는 척했다. 초조한 마음이 커졌다. 이런 천금 같은 기회를 놓치고 싶지 않았다. 그동안 꿈속에서 숱한 여성들을 만났다. 국적도 다양했으니 가히 글로벌 연애로 단련이 되었다고 할 수 있었다. 하지만 현실과 꿈은 달랐다. 그곳은 모든 감정이 열려 있으나 현실은 재고 따져야 할 것이 많아 쉽게 다가설 수 없었다. 복잡한 생각으로 시무룩해 있는 내게 미쓰 김이 먼저 말을 걸어왔다.

"이런 데 즐기실 줄은 몰랐어요. 저야 어차피 저축 없이 시원하게 쓰면서 살자는 게 목표지만."

"저도 정화 씨가 혼자서 이런 곳에 오실 줄은 예상 못 했습니다. 분명⋯⋯."

"분명 클럽에서 남자들이랑 있을 거라 생각했는데, 그죠?"

"그, 그런 뜻은 아니었어요."

"알아요, 사람들이 저에 대해 어떻게 생각하는지. 근데 저는 나의 행복이 중요한 거지 남자가 중요한 건 아니에요. 저는 미래를 생각 안 하거든요. 그냥 현재의 나를 위해 사는 거죠."

"행복? 어떤 것에 행복을 느끼시는데요?"

"이렇게 가끔 비싸고 맛있는 거 먹고, 친구 만나서 수다 떨고⋯⋯. 실은 늘 스키 시즌을 앞두고 계약이 종료되는 곳에서만 일을 해왔어요. 계약 종료되면 곧바로 시즌 방 잡고 겨울 내내 스키장에 살거든요. 그리고 소문처럼 클럽을 좋아하진 않아요. 차라리 집에서 게임 하는 걸 더 좋아하지."

의외였다. 그녀는 예상과 달리 게임뿐 아니라 만화방, 낚시, 그런 것들을 좋아한다고 했다. 나는 미쓰 김과 얘기를 더 나누고 싶었으나, 눈치 없이 버스가 도착했고 그녀는 그렇게 홀쩍 떠나버렸다.

짧은 시간 동안 꽤 깊은 얘기를 나눈 것 같았지만 도리어 그녀와 가까워지긴 어려울 거란 생각만 커졌다. 게임 속이라면 과감할 수 있겠는데 현실에선 대시할 자신이 없었다. 그때 떠오른 한 가지 아이디어가 머릿속을 명쾌하게 했다.

미쓰 김도 게임에 들어오도록 하면 되잖아!

퇴근하고 나면 틈나는 대로 미쓰 김에게 선물할 게임기를 구입하려고 백방으로 알아봤다. 단종이 되긴 했어도 분명 구할 수 있을 거라 믿고 인터넷 쇼핑몰부터 심지어 유통구조의 변화로 대부분 폐업을 해 이제는 매장도 거의 남아 있지 않은 전자상가까지 구석구석 찾아다녔다. 그러나 생각만큼 쉽지 않았다. 급기야 중고 마켓도 열심히 뒤져봤다. 그 어디서도 구할 수 없었다. 나처럼 게임기를 구한다는 글만 수두룩했다. 혹시나 루카스에게 도움을 얻어볼까 했지만 그는 보름째 접속을 안 하고 있었다.

금세 찾을 거란 기대는 완전히 무너졌다. 점점 인내심은 바닥을 드러냈고, 뜻대로 되지 않으니 오기마저 생겼다. 일부러 미쓰 김 곁을 서성거리며 그녀가 말을 걸어주길 기다리기도 했다. 한 번 만난 뒤로 조금은 더 친하게 다가설 수 있지 않을까 싶었지만 좀처럼 거리감은 줄어들지 않았다. 그녀의 계약 종료일도 얼마 남지 않아 조바심이 나는데, 최근 들어 최 대리와 부쩍 친밀해 보여 여간 신경에 거슬리는 게 아니었다.

확실히 최 대리는 여자를 다룰 줄 알았다. 놈의 세 치 혀에 미쓰 김의 입가엔 웃음이 떠나질 않았다. 그걸 보면 질투가 나 미칠 지경이었다. 나도 게임 속에선 유쾌하고 말도 잘해 여자 들에게 인기가 많은 편인데, 현실에선 좀처럼 입이 떨어지지 않았다. 오늘도 퇴근 후 디지털 단지를 돌며 게임기를 찾았지 만 결국 허탕만 치고 녹초가 된 채로 집에 돌아왔다.

한참 동안 현관 앞에서 우두커니 서 있었다. 온종일 굶은 탓 에 문을 열 기운도 없었다. 마침 옆집에서 치킨을 배달시켜 냄 새가 코를 자극했다. 그때였다. 그동안 한 번도 본 적 없던 옆 집 남자의 팔이 불쑥 튀어나와 배달원이 놓고 간 치킨을 집어 들고 문 안으로 들어갔다. 순식간이었지만 분명히 알아봤다. 가늘고 긴 팔에 낯익은 선명한 문신은 지난번 게임 속에서 격 투기를 즐기고 유저들에게 시비를 걸던 아이디 조지포먼의 것 과 같았다.

관리 아저씨에게 담배 한 갑을 건네며 은근슬쩍 옆집 남자에 대해 캐물었다.

예상대로 그는 오동구와 비슷한 은둔형 외톨이였다. 혼자 사 는데 집 밖에 나오는 걸 본 적이 없다고 했다. 보나 마나 옆집 남자, 조지포먼은 이미 게임에 지배당한 상태일 것이다. 그러 니 결코 게임기를 팔려고 하지 않을 것이다. 애초에 가격 협의 같은 건 가능하지 않다고 판단했다. 그렇다면 방법은 딱 하나였다. 빼앗는 수밖에 없었다.

난 남의 것을 함부로 탐내는 성격이 아니다. 그러나 이번만큼은 달랐다. 그의 게임기를 갖고 싶다는 욕망에 불타올랐고, 나한테 그런 면이 있다는 게 놀라울 지경이었다. 물론 돈이 아니더라도 무엇으로든 보상할 계획은 생각해두었다. 조지포먼은 성향상 저대로 두면 오동구처럼 결말이 좋지 않을 것이다. 어쩌면 속박으로부터 구원하는 것이 그를 위해서라도 옳은 결정일지 모른다. 게임기를 빼앗을 명분도 제멋대로 부풀려졌다. 하지만 누구도 다치지 않게 빼앗아 올 방법은 고민스러웠다. 그는 24시간 게임기에 붙어 있을 테니까.

꿈속에서 한동안 보이지 않던 루카스를 드디어 만났다. 나는 그에게 먼저 다가가 반갑게 소리쳤다.

"요즘 도통 안 보이던데 바빴어요?"

"어, 게임기가 고장 나서 AS를 맡기느라고……. 근데 왜?"

루카스에게 자초지종을 설명하고 도와줄 수 있는지 물었다. 물론 합당한 사례를 약속했지만 엄연히 절도이니 망설일 거라 생각했다. 그런데 의외로 루카스는 흔쾌히 도와주겠다며 어깨를 툭툭 쳤다.

계획은 단순했다. 내가 게임 속에서 조지포먼을 붙들고 있는 동안 루카스가 몰래 조지포먼의 집에 침입해 조지포먼을 결박하고 게임기를 훔치는 것이다. 조지포먼의 집 열쇠만 구하면 됐다. 작년 여름 아랫집에 화재가 났을 당시, 관리 아저씨가 책상 서랍에서 비상키를 꺼내 문을 여는 걸 우연히 본 적이 있다. 워낙 오래되고 저렴한 오피스텔이다 보니 보안 관리도 허술해 보였다.

며칠 지켜보면서 관리 아저씨는 새벽 세 시면 자릴 비운다는 걸 알아냈다. 보일러실로 들어가 숨겨둔 침대에서 눈을 붙이는 것이다. 그 시간 동안 CCTV 화면에 걸리지 않고 건물 안으로 들어올 수 있는 동선을 루카스에게 미리 알려주었다.

드디어 약속된 시간에 루카스는 집 앞에서 대기하고 있었고, 나는 게임 속으로 들어가 조지포먼을 찾았다.

그가 있을 만한 곳은 뻔했다. 역시나 오늘도 격투 상대를 찾아다니며 어슬렁거리고 있었다. 나는 건들거리며 접근해 물었다.

"나랑 한번 싸워볼래?"

"어? 진짜?"

뜻밖의 제안을 받고 조지포먼은 반색했다. 애써 태연한 척했지만 그의 입술이 저절로 실룩거렸다. 나는 덧붙여 물었다.

"대신 나는 초보자니까 내가 만든 격투장에서 내가 정한 룰대로 했으면 좋겠어. 그래도 할 거야?"

딱히 어울릴 사람도 없던 조지포먼이 나의 제안을 거절할 이유가 없었다.

나는 격투기의 격자도 모르는 문외한이다. 이런 약점을 극복하기 위해 나에게 유리하도록 방을 만들어 그를 초대했다. 조지포먼은 그런 건 아무래도 상관없다는 듯 자신감이 넘쳤다. 또한 이 방에 중요한 설정을 심어 놓는 것도 잊지 않았다. 그건 상대방을 쓰러트리기 전엔 게임을 끝낼 수 없다는 거였고, 현실과 이곳에서의 시간이 동일하게 흐르도록 하는 거였다.

격투기에 미쳐 있던 그는 싸움 상대가 나타난 것만으로도 흥분한 것 같았다. 요란하게 몸을 풀고 괴성도 지르며 긴장감을 고조시켰다.

잠시 서로를 탐색하다 격투가 시작됐고, 예상보다 월등한 조지포먼의 힘과 기술에 적잖게 당황했다. 분명 나에게 유리한 환경인데도 무기력하게 일방적으로 당하다 보니 이러다 계획에 차질이 생기는 건 아닐까, 걱정될 정도였다.

그는 신나 하며 나를 사정없이 때려눕혔고, 너무도 어이없는 실력 차이에 화가 날 지경이었다. 적당히 즐길 법도 한데 눈치 없는 조지포먼은 상대를 완전히 때려눕히는 데만 푹 빠져 있었다. 거기다 끊임없이 도발을 해댔다.

"크하하하! 루저! 넌 내 상대가 못 된다. 죽어라 말라깽이!"

저놈이 왜 친구가 없는지 오롯이 이해가 되었다. 그래도 조금만 더 장단을 맞추면서 시간을 끌면 곧 루카스가 그의 집에 들어가 그를 결박할 것이다. 그때까지는 이 굴욕적인 패배를 참고 버텨내야 했다.

한참 정신없이 싸우다 말고 문득 무슨 기척을 느꼈는지 조지포먼이 갑자기 동작을 멈췄다.

"어! 잠깐만. 누가 온 거 같은데? 잠깐 나갔다 올 테니 기다려줄래?"

드디어 루카스가 행동에 들어간 것 같았다.

조지포먼은 게임을 멈추고 나가려 했지만 생각대로 되질 않자 어리둥절해했다. 나는 그가 딴생각을 못 하도록 약을 올려댔다.

"가긴 어딜 가? 이제야 몸이 풀려가는데 어딜 도망가려고, 덤벼! 하도켄!"

숨겨둔 필살기인 장풍을 쐈다. 오락실 게임인 스트리트파이터를 기반으로 한 기술을 사용하자 이제는 해볼 만했다. 조지포먼은 느닷없는 장풍을 얻어맞고 황당해하며 소리쳤다.

"뭐야? 장풍을 쏴? 장풍은 반칙이지!"

"승부의 세계에 반칙이 어딨냐! 정당한 게 좋으면 윷놀이나 해라. 죽어, 쇼루켄!"

연달아 일격을 맞은 조지포먼은 화가 머리끝까지 치솟은 것 같았다. 그러나 비릿한 웃음을 지으며 섬뜩한 목소리로 말했다.

"좋아, 그렇게 나왔다 이거지. 누구나 그럴싸한 계획은 있어, 나한테 처맞기 전까진!"

이전보다 더욱 매서운 공격이 시작되었다. 덕분에 다시 관심을 돌려놓긴 했지만 버텨내기가 쉽지 않았다. 여기서는 이겨서도 패해서도 안 된다. 누구 하나라도 쓰러져 경기가 끝나면 조지포먼이 게임을 빠져나갈 수 있게 되고 그럼 모든 계획은 수포로 돌아간다. 최대한 온 신경을 집중해서 견뎌내야 했다.

시간은 더디게 흘러갔고 나의 에너지 칸은 점점 줄어들었다. 오로지 격투기 게임만 즐긴다더니 조지포먼의 공격력은 가히 가공할 만한 위력이었다. 반격은커녕 도망치기 급급했다. 루카스는 왜 이렇게 굼뜬 건지 속이 타들어갔다. 아무래도 뭔가 잘못된 게 분명했다. 그렇지 않고서야 이렇게 오래 걸릴 이유가 없었다. 마지막까지 이를 악물고 견뎠지만 결국 마무리 공격에 속수무책으로 두들겨 맞고 장렬히 전사하고 말았다. 난 아쉬움에 눈을 질끈 감았다.

그리고 다시 눈을 떴을 땐 강제로 게임 밖을 벗어나 있었다. 뭔가 이상했다. 어찌된 영문인지 내 몸이 꽁꽁 묶인 채 포박되어 있었다. 그리고 시커먼 그림자가 주섬주섬 뭔가를 담고 있다는 사실을 깨닫고는 소스라치게 놀라 악, 소리쳤다.

쉬잇! 내게 조용히 하라 손짓하며 겸연쩍은 웃음을 짓는 그는 루카스였다. 게임 속에서 그토록 수려한 외모의 루카스는 현실에선 머리 벗겨진 배불뚝이 아저씨였는데, 얼마나 씻지 않았는지 몸에서 쩐내가 진동을 했다.

"루카스? 루카스 맞지? 왜 여기로 온 거야? 여기 말고 바로 옆집이라고 했잖아."

"알아. 미안하지만 나도 게임기가 필요해. 내 거는 자꾸 고장

나서 수명이 얼마 안 남았거든."

"무슨 소리야? 내 게임기 건들지 마! 그건 내 거야!"

"너도 원래 친구 거였다며. 내가 가져갈게. 넌 직업이라도 있지만 나는 이거 없이 살 수가 없어."

"그러지 마. 그러면 안 돼, 루카스."

"내가 전에 말했잖아. 제1원칙, 절대 개인의 신상을 밝히지 말 것. 그럼 잘 있어."

"안 돼, 루카스! 루카스!"

루카스는 내 게임기를 들고 그렇게 사라져버렸고, 나는 묶인 채 옴짝달싹 못 하고 소리만 질러댔다.

모든 계획은 엉망이 되어버렸다. 예상치 못한 결말이라 절망할 수밖에 없었다. 무엇보다 게임기 없는 이전의 삶으로 다시 돌아가긴 어려웠다. 귀신에 홀린 사람처럼 텅 빈 전자상가를 휘젓고 다니며 게임기를 찾아 헤맸다.

게임에 접속할 방법이 없으니 루카스를 찾아내 따져 물을 수도 없었다. 그토록 원하던 미쓰 김도 결국 계약이 종료되어 퇴사했고, 얼마 뒤엔 최 대리와 사적으로 만난다는 소문도 들려왔다.

나는 너무 분하고 억울해 잠을 이룰 수가 없었다. 이제는 나도 더 이상 망설이지 않고 인정사정 보지도 않을 것이라 다짐했다. 오늘은 반드시 게임기를 차지할 것이다.

어둠이 깊게 내려앉은 새벽 세 시.

나는 검은 두건을 뒤집어쓰고 전자상가에서 구입한 전기 충격기를 손에 움켜쥔 채 옆집 남자의 집 앞에 섰다. 다른 방법은 없었다. 내게 신상을 드러낸 조지포먼의 게임기가 내가 구할 수 있는, 나를 구원할 유일한 대안이었다.

일곱 번째

내가 최선을
다하지 않았다고

얼마나 기다리면 꿈을 이룰 수 있을지, 그것만이라도 누가 기한을 정해주면 좋겠다!

명쾌한 확답을 듣게 된다면 10년이든 20년이든 기다릴 수 있겠는데, 아무런 기약도 없이 무작정 기다리는 건 너무 가혹한 일이다. 15살 때부터 아이돌 연습생으로 7년을 준비하다 디지털 싱글로 데뷔했지만, 공중파 방송에 3분 20초 출연하고 그룹은 해체됐다. 그 뒤로 여러 소속사를 전전하다 보니 내 나이는 어느새 27살이 되어버렸다.

나는 실패했다. 무려 12년의 시간을 헛된 꿈에 풀 배팅 한 결과는 참담했다. 남들처럼 학교를 졸업하고, 자격증을 얻고, 시기에 맞는 생활인의 과정들을 수행했다면……. 그럼 사회의 구성원으로서 사람 구실을 하며 살아갈 수 있었을까? 뭐가 되었든 이런 순서들을 역행했을 때 그 책임은 내가 고스란히 떠안

아야 한다.

그때는 몰랐다. 내가 실패할 것이라고는 조금도 생각해본 적 없으니까. 목표를 이루기 쉽지 않은 길이라는 건 알았지만 나만큼은 반드시 뭐라도 될 것이라 확신했다. 친인척들조차 내 꿈을 괜한 헛물에 시간 낭비라며 속으로 비웃더라도, 결말은 내가 원하는 대로 나올 것이라 믿었다.

내가 지나친 욕심을 부렸다고 생각하지는 않는다. 그저 싫어하는 일은 잘할 자신이 없었던 터라 좋아하는 일만 하고 싶었을 뿐이다. 그게 그렇게 잘못인 건지 모르겠다. 좁디좁은 논현동 17평 빌라에서 무려 9명이 3년을 합숙했다. 하지만 이곳도 오늘로 끝이다. 이번엔 방송 무대에 서보지도 못한 채 팀이 해체됐다. 동고동락하던 멤버들과 숙소의 짐을 정리하는 내내 누구 하나 입을 열지 않았다. 짐 싸는 소리마저 소곤거리듯 작고 희미했다.

허름한 실내포차에 모여 멤버들과 마무리하는 자리를 가졌다. 분위기는 초상집처럼 침울했고, 바보같이 눈물을 훌쩍거리는 놈도 있었다. 나는 비록 망한 팀이라도 리더로서 마지막으로 동생들을 실컷 먹이려고 안주를 잔뜩 시켰다. 그러나 끝이라는 절망감과 오랜 다이어트에 길들여진 입맛 탓에 멤버들은 쉽게 젓가락을 들지 못했다.

내가 먼저 보란 듯이 입에 소주와 안주를 욱여넣자 멤버들도

에라, 모르겠다는 심정으로 따라서 먹기 시작했다. 오늘이 지나면 우린 또다시 뿔뿔이 흩어져 제각기 다른 길을 갈 것이다. 일부는 다른 소속사와 계약을 하거나 오디션을 준비하겠지만, 나는 이제 더 이상 지긋지긋한 이 세계는 쳐다도 보지 않을 것이다.

시간이 얼마나 흘렀을까, 내 친구이자 이전 소속사의 매니저이기도 했던 지용이가 나타나 우릴 위로했다.

"여기 분위기 왜 이래? 세상 무너졌냐? 그냥 팀 깨진 것뿐이야. 다른 데 오디션 봐서 다시 시작하면 돼. 아직 어리잖아. 열정이 있는데 안 될 게 뭐야? 너네 열심히 하는 거 내가 옆에서 다 봤거든. 기운들 내! 지금처럼 계속 노력하다 보면 언젠간 다 이룰 거야."

당연하다. 노력해서 안 될 일은 없다. 다만 매달 수십 팀의 신인 아이돌들이 쏟아져 나오는데 그들 중에 열정 없고 노력 안 하는 애들이 아무도 없다는 게 문제다. 지용이 내 옆자리로 다가와 물었다.

"막 먹어도 돼? 나이 들어서 먹는 족족 살로 간다며. 왜? 이제 관리 안 하기로 한 거야?"

난 대답 대신 술만 들이켰다. 매일 아침마다 하던 인바디 체크도 이젠 없을 테니 배불리 먹을 것이다.

지용이는 내 어깨에 팔을 걸치며 '앞으로 뭐 할 거냐?' 물었고, 나는 도리어 그에게 되물었다.

"뭐 하지? 나 이제 뭐 해야 되나?"

"계획 없으면 나랑 사업할래? 우리 아버지가 제주도에서 당근 농사를 크게 하시는데, 상품 가치 떨어지는 건 그냥 캐 가도 된대. 그걸로 주말엔 당근 주스 팔고, 평일엔 해변에서 온종일 서핑 하다가 밤엔 관광 온 여자애들이랑 노는 거야. 어때? 내 계획 쩔지! 사촌 형이 이천만 원만 가져오면 푸드 트럭 넘기겠대. 너랑 나랑 천만 원씩 보태서 폼 나게 사업 한번 하자."

생각만 해도 심장이 두근거릴 만큼 혹하는 계획이지만 안타깝게도 천만 원이 없다. 이 나이 먹도록 달랑 천만 원도 없다니……. 난 이제껏 뭘 한 걸까? 단돈 천만 원에 지금까지의 삶이 송두리째 틀렸다고 부정당한 기분이었다.

멤버들과 허탈하게 헤어지고 지용의 자취방에서 단둘이 술자리를 이어나갔다.

"어디 오라는 데는 없어? 너 정도면 춤 실력도 괜찮아서 새로 소속사 찾아보면 있을 텐데?"

진심으로 걱정하는 친구의 마음이 느껴졌다. 나는 잠시 뜸을 들이고는 고개를 저으며 말했다.

"실력만으로 되는 게 아니더라, 운도 따라야지. 내 이미지가 회사가 구상하는 팀이랑 운 좋게 들어맞지 않으면 데뷔 조에도 못 들어가. 그래서 운 없는 나는 그만하련다. 충분히 했어."

그래도 아쉽지 않냐는 지용이를 보고 나는 애써 멀쩡한 척 웃어 보였다. 실은 다른 소속사에서 받은 명함이 하나 있었다.

그러나 이제는 지쳐버렸고, 더는 예전처럼 가슴이 뜨거워지질 않았다. 무력감만 커진 나는 받아둔 명함을 만지작거리며 아쉬움을 삭혔다.

당장 갈 곳이 마땅치 않아 당분간 지용이 집에 얹혀 지내기로 했다. 그래도 월세는 나눠 부담해야 했으므로 일을 해야 했다. 적성에 뭐가 맞을지 몰라 닥치는 대로 찾아 나섰다.

일이 서툴러 실수가 잦다 보니 요즘 자주 듣는 말은 '그것도 할 줄 모르냐?', '그 나이 먹도록 뭘 배운 거냐?' 같은 거였는데, 그런 심한 말을 면전에다 쏟아내는데도 희한하게 화가 나진 않았다. 틀린 말도 아니고 할 줄 아는 게 없는 것도 사실이니까.

저녁 시간엔 배달 일을 해서 돈을 벌었다. 그 시간에 배달 주문이 집중적으로 몰리기 때문에 서둘러야 건수를 많이 올릴 수 있었다. 그런데 첫 집부터 하필 엘리베이터가 고장이 나 있어서 고객에게 전화를 걸어 양해를 구했다.

"배달 기사인데요, 여기 엘리베이터가 고장이 나서 올라갈 수가 없을 것 같습니다."

"그래서요? 그럼 계단으로 오면 되잖아."

"네? 그런데 그게…… 거기가 23층이라……. 다른 배달도 밀려 있어서요."

"좀 전에 우리 아들도 걸어 올라왔는데 왜 못 온다는 거야? 빨리 갖다줘요, 나 배고파!"

제 말만 하고 매몰차게 끊어버려 난감했지만, 고민할 시간에 차라리 서두르자 싶어 일단 계단을 뛰어 올라갔다. 하지만 예상보다 훨씬 힘이 들어 금세 후회했다. 한참을 기어오르다시피 해 겨우 도착한 다음 얼른 초인종을 눌렀다.

문이 열리며 짜증 가득한 중년의 아줌마가 얼굴을 내밀었다. 늦었다고 타박하려다 내가 땀을 비 오듯 흘리는 걸 보곤 수그러져 말했다.

"젊은 사람이 뭘 그렇게 할딱거려? 수고는 했겠네. 근데 뭐 남의 돈 벌기가 어디 쉽나."

꾸벅 인사하고 계단을 다시 내려서는데 뒤에서 날아든 아줌마의 목소리가 등에 꽂혔다.

"아들, 너도 저렇게 되지 않으려면 공부 열심히 해."

마치 들으라는 듯 내지르고는 쾅, 문을 닫아버렸다.

울컥 쏟아지려는 눈물을 애써 삼키며 계단을 내려오다 결국 몇 걸음 못 가 주저앉았다. 그렇게 퍼질러 앉아 잠시 서러움을 달랬다. 지난날의 선택이 후회막심했고, 헛된 꿈에 흘려보낸 허송세월이 한탄스러워 화도 났다.

그때였다. 아버지에게 전화가 걸려 왔다. 반찬을 가져다주러 서울에 올라왔다는 것이다. 미리 연락을 주지 않은 터라 당혹스러웠다. 소속사와 계약이 해지된 사실을 아직 말씀드리지 못했는데⋯⋯.

아버지는 이전 소속사 숙소 앞에서 날 기다리고 있었다. 일단 오늘 일은 모두 접고 부리나케 달려갔다. 거리가 꽤 먼 데다 배달 오토바이는 아직 서툴러 지하철을 이용해야 했다. 한참만에 숙소 앞에 다다르자 골목을 서성이는 아버지가 보였다.

나는 심호흡을 크게 한 번 하고 애써 멀쩡한 척 다가갔다. 예고도 없이 방문을 해 이 난리를 친 상황에 짜증이 밀려들었다. 왜 말도 없이 왔냐며 괜한 신경질을 부렸고, 아버지는 달래는 말로 변명했다.

"서울에 볼일 보러 온 김에 들른 거야. 이 시간까지 연습실에 있었니? 다른 멤버들은?"

"아직 연습하고 있지. 그만 가, 나 다시 연습실 가야 해."

"알았어, 아빠도 금방 갈 거야. 근데 너 얼굴이 왜 이렇게 까칠하니? 요새 많이 힘들어?"

"힘든 게 어디 하루 이틀이야! 빨리 가. 밤 운전하면서 또 졸지 말고."

아버지는 당장 폐차시킨다 해도 이상할 게 없는 초록색 경남 번호판의 1세대 카니발을 끌고 보자기에 싸맨 반찬을 전하러 다섯 시간을 쉼 없이 달려왔을 것이다. 그리고 이렇게 잠깐 얼굴만 보고 다시 집으로 내려갈 아버지를 생각하니 이유 없이 화가 났다. 그래도 내색하지 않은 채 반찬을 들고 숙소로 향했다.

아버지가 돌아서는 나를 향해 두 주먹 불끈 쥐며 한마디 던졌다.

"아들, 파이팅!"

시큰둥한 표정을 한 채 현관 유리문을 열고 계단 3층까지 올라갔다.

3층 복도 창을 통해 슬쩍 밖을 내다보았다. 아버지는 낡은 차에 시동을 걸고 좁은 골목을 내려가고 있었다.

반찬을 한 보따리 들고 다시 지하철에 올라 집으로 향하는 기분이 서글펐다. 아버지는 언제나 나를 믿어주었다. 아이돌이 되겠다고 고집을 부린 것도 나였고, 고등학교를 자퇴한 것도 내 결정이었다. 결과적으로 내 꼴이 이렇게 된 건 결코 아버지 탓이 아닌데도 말이 곱게 나오지 않았다. 그건 내가 못났기 때문이다. 그저 왜 말리지 않았냐는 핑곗거리를 찾고 싶은 걸지도 몰랐다. 스스로가 너무 한심했다. 불현듯 지난번에 받은 명함이 떠올라 주머니를 뒤져 꺼내 들었다. '너바나 엔터테인먼트 대표 너후나'라고 새겨진 명함을 만지작거리며 고민했다.

지하철을 타고 집에 가던 길을 선회해 명함에 적힌 소속사 주소지인 가리봉동 봉봉나이트클럽 앞에 왔다. 다시는 이쪽 세계에 발을 들여놓지 않겠다며 다짐했었다. 그런데도 얘기는 한 번 들어보고 싶었다. 나에 대한 계획을.

성인 나이트클럽 내부는 무대도 컸고, 휘황찬란한 조명으로 생각보다 화려했다. 방쉬리, 이엉자 등 유명 가수와 MC를 흉내 낸 무대들로 다채롭게 채워져 있었다. 의외로 손님들의 반응과 호응이 뜨거웠지만 이런 우스꽝스러운 상황이 재미있다는 듯

끽끽거리며 비웃는 사람들도 많았다. 무대가 몇 개 지나고 나서 내게 명함을 주었던 너후나 대표가 반짝이는 무대 의상을 입고 무대에 올랐다. 그러고는 나훈아의 '잡초'를 열창했다.

대표가 공연을 마치고 무대 뒤로 사라지자 나도 움직였다. 무대 뒤 분장실로 쭈뼛거리며 들어서니 이제 막 공연을 마치고 분장을 지우던 너후나 대표가 '어서 와, 기다렸어'라며 반갑게 맞아주었다. 그리고 옆에서 의상을 정리하던 홍소영 실장이란 여자도 인사시켜주었다. 나는 꾸벅 고개를 숙인 다음 궁금한 것부터 물었다.

"근데 저는 어떻게 아시고 명함을 주신 건가요?"

"기억 안 나? 영양 고추아가씨 축제. 그때 봤잖아. 그때 너희 팀이 내 뒤에 공연했어."

정확히 기억나진 않지만 회사에서 지방 행사를 돌릴 당시에 오며 가며 만난 모양이었다.

"전 소속사랑 계약은 깔끔하게 마무리된 거지? 그럼 이제 우리랑 계약하자."

너후나 대표가 무턱대고 계약서를 들이밀었고 당혹스러웠던 나는 정색하며 물러섰다.

"일단 얘기부터 듣고 싶습니다. 장르는 뭐예요? 그룹인가요? 곡은 있어요? 데뷔는 언제?"

"데뷔는 한 달 뒤. 멤버도 준비됐어. 우린 공연 위주로 활동할 거고, 이미 스케줄도 꽉 찼어. 내가 네 춤 실력에 반했거든.

그래서 네가 센터야. 한 달 뒤에 월드투어를 떠날 거고."

"자, 잠깐만요……. 월드투어라니요?"

생각지도 못한 황당한 소리에 의심부터 들었다.

너후나 대표는 목이 타는지 생수 한 병을 급하게 마시며 턱을 타고 흐르는 물을 손등으로 훔쳤다. 꺼억, 트림까지 한 다음 목소리를 깔고 말했다.

"음……. 단도직입적으로 말할게. 너 BTX라는 그룹 알지?"

대한민국에서 BTX를 모르는 사람은 없다. 이제는 세계적인 월드스타가 되어 전 세계에 강력한 팬덤을 지닌, 설명조차 필요 없는 글로벌 스타다.

"걔들이 세계를 돌며 투어를 하는데 공연 티켓은 구하기도 어려워. 미국, 유럽, 남미, 수많은 팬들이 공연을 보고 싶어도 볼 수가 없어. 열심히 월드를 돌아도 몸은 하나뿐이니 전부 커버가 안 돼. 당연히 가난한 나라에선 걔들 초청하는 거 꿈도 못 꾸겠지. 나는 그게 너무 안타깝더라고. 가난해도 케이팝을 직접 눈으로 체험적으로다가 살짝 느껴보고 싶지 않겠냐 이 말이지."

서론을 길게 늘어놓는 게 어째 불안했다. 너 대표는 잠시 더 뜸을 들이다가 말을 이었다.

"우리는 그들의 발길이 닿지 않는 곳을 대신 찾아가서 그들의 곡으로 공연을 할 거야."

"설마 BTX를 사칭하자는 건가요? 그건 범죄예요. 잘 모르시나 본데 BTX는 잘못 건드렸다간 팬들한테 맞아 죽을 수도 있어요."

"당연히 사칭은 안 되지. 우린 진짜가 아니라고 떳떳하게 밝히고 당당하게 공연하는 거야."

"그러니까 저보고 BTX 짝퉁을 하라는 거네요?"

"짝퉁이라니, 모창 가수. 근데 노래는 안 하고 춤만 추니까 닮은꼴 가수라고 해야겠다."

"제가 어딜 봐서 닮았어요? 저는 그들이랑 조금도 닮지 않았어요."

"그건 걱정 마. 옛날에 영화배우 유해진 열애 기사 났을 때 영국에도 난리가 났었어. 맨유 박지성 연애한다고. 우리가 외국인들 구별 잘 못하듯이 걔들도 우리 생긴 거 비슷하다고 생각해. 그리고 우리 홍 실장 화장 기술은 변장에 가까워서 손대면 거의 성형수술 수준이야."

나는 어이가 없어서 할 말을 잃었고 그는 나를 어떻게든 설득하려는 듯 몹시 수다스러웠다.

"멤버로 뽑은 애들 중에 춤을 제대로 배운 애가 없어. 그래서 말인데, 조금 힘들겠지만 네가 춤 동작도 알려주고 잘 가르쳐서 팀의 리더 겸 매니저 역할까지 맡아줬으면 해."

아, 이건…… 절망적이다! 그럼 그렇지 아이돌로는 퇴물 나이인 내게 그럴싸한 제안이 들어올 리 없었다.

"싫습니다. 그딴 거 하려고 지금까지 개고생한 거 아닙니다."

내가 정중히 거절하고 돌아서려 하자 당황한 너후나 대표가

급하게 소리쳤다.

"계약금 천만 원 줄게, 6개월. 딱 6개월만 월드투어 함께 도는 걸로. 실은 이미 행사비도 다 받았는데 준비가 제대로 안 돼서 이러다 위약금 물어주게 생겼다고."

천만 원…….

다른 건 하나도 안 들렸다. 액수에만 솔깃해져 우뚝 멈춰 섰다. 그 돈이면 지용이와 제주도에서 장사를 할 수 있는 밑천이었다.

"정말…… 입니까? 계약금 천만 원 주실 거예요?"

"그럼! 지금 계약서 쓰면 곧바로 통장에 쏴줄게."

뜻밖의 제안이었다. 그렇지만 오래 고민할 것도 없었다. 어차피 다른 중요한 일이 있는 것도 아니고, 6개월 동안만 바짝 일하고 돈만 받으면 되는 거다! 그렇게 생각하니 거절할 이유를 찾기 어려웠다.

"조건이 있어요. 저는 무대에 안 오를 겁니다. 대신 동작도 춤도 알려주고 관리도 할게요."

너후나 대표는 내가 센터 자리에서 춤도 추고 멤버들에게 동작도 알려주길 원했다. 그래야 그나마 폼이 난다고 몇 번 더 밀어붙였다가 결국 손을 들었다. 무대에는 오르지 않겠다는 나의 완강한 의지를 꺾을 수 없어 마지못해 요구 조건을 수락했다.

다음 날, 이른 아침부터 새 멤버들을 만나러 다시 나이트클럽을 찾았다.

"일찍 왔네요."

어제 너후나 대표와 함께 있었던 홍 실장이 정문 앞을 서성이던 날 보고 다가와 먼저 말을 걸었다.

"대표님은 개인 스케줄로 바쁘셔서 앞으로 나랑 일하면 돼. 내가 한 살 누나니까 말 놓을게."

나는 대답은 하지 않았지만 살짝 고개를 끄덕였다. 초장부터 반말로 시작하는 게 내키진 않아도 괜히 예민하게 굴긴 싫었다. 꾹 참고 홍 실장을 따라 안으로 들어섰다.

아직 영업이 시작되기 전의 나이트클럽은 어제와는 분위기가 사뭇 달랐다. 화려한 조명과 시끄러운 음악이 빠지자 적막하고 어둡기만 해서 왠지 을씨년스러웠다. 직원 몇 사람이 전날 흥청망청했던 손님들의 흔적을 치우고 있었다. 환기가 잘 되지 않아 어디나 술이 찌든 냄새로 진동했다. 홍 실장이 무심한 투로 내게 물었다.

"근데 진짜 안 할 거야? 무대에 오르지 않는대서 대표님 실망이 이만저만이 아니던데."

나는 어깨를 으쓱하며 쓴웃음만 지었다. 오랫동안 쓸데없이 꿈만 꾸다 결국 아무것도 아닌 게 되어 지치기도 했고, 더는 헛된 희망에 에너지를 허비하지 않겠다는 다짐도 이유였다.

비록 지역축제나 나이트클럽 무대를 전전하다 해체했어도 나름 공중파 방송에도 출연해봤던 나다. 그런데 그깟 푼돈에 그렇게까지 삼류로 마감하는 건 쪽팔리고 자존심 상하는 일이었다. 나는 홍 실장의 소개를 받으며 멤버들과 만나 인사를 나누었다.

그들은 예상대로 성별 외에는 닮은 구석이 전혀 없었다. 그나마 한 친구가 BTX의 멤버 중 하나와 조금 닮은 구석이 있긴 했지만, 키가 190이 넘어 다른 친구들보다 머리가 하나 더 있었다. 무엇보다 더 심각한 건 안무를 제대로 소화하는 친구도, 춤을 정식으로 배운 친구도 없다는 거였다. 기간 안에 모든 동작들을 가르쳐야 하지만 생각보다 쉽지 않을 거라 생각하니 한숨부터 나왔다.

출국 전까지 여유가 없어 우린 첫날부터 바로 연습에 돌입했다. 나이트클럽이 영업을 하지 않는 낮 시간엔 얼마든지 무대 위에서 연습을 할 수 있었다. 그나마 다행인 건, 다들 열심히 하려는 열의들은 넘쳤다. 멤버 중에 1년 정도 연습생 경험을 한 친구가 동작을 빨리 이해하는 덕분에 센터에 세웠다. 그를 중심으로 동선을 짜 그럭저럭 구색을 갖춰나갔다.

실력들은 한참 모자라고 그저 흉내 내는 수준에도 미치지 못해 답답했지만 어차피 진짜 아이돌 그룹을 만드는 것도 아니었다. 적당히 동작을 알려주고 합이나 맞춰 무대에 올려도 무방할 것 같았다. 복잡하게 생각할 것도 없었다. 난 그저 돈만 생각하면 된다.

우린 한 달 동안 하루도 빠지지 않고 연습했고, 연습량을 단기간에 압축한 보람이 있어 어느 정도 동작들을 몸에 익힐 수

있었다. 그게 가능했던 또 하나는 어려운 동작의 디테일은 뭉
개고 단순하지만 그럴듯하고 쉽게 바꾸었기 때문이다. 물론 몇
몇 멤버는 의욕만 지나쳐서 주제도 모르고 더 어렵게 요구하기
도 했지만, 간단히 묵살했다. 어차피 알려줘도 못 할 게 뻔한데
굳이 시간을 낭비할 필요가 없었다.

홍 실장은 팀의 매니저 역할뿐만 아니라 멤버들의 메이크업
과 의상까지 도맡아 했다. 원래 방송국 분장실 경력이 있었는
데, 솜씨를 직접 보니 신비로울 정도였다. 메이크업으로 성형
이 가능하다는 걸 실제로 목격한 순간이었다. 그건 메이크업이
라기보단 얼굴을 그리는 수준이어서 전혀 다른 얼굴도 화장만
으로 BTX와 닮게 만들었다. 여기에 소품으로 가리고 조명까
지 받으면 그럴듯할 것 같아 오히려 무섭다는 생각이 들었다.

드디어 예정된 월드투어의 날이 다가왔다. 나와 홍 실장의
진두지휘 아래 이미테이션 BTX 멤버들을 데리고 VTX라는
이름으로 순회공연 길에 올랐다.

우린 이름도 생소한 중앙아시아의 타지키스탄, 키르기스스
탄, 투르크메니스탄을 시작으로 여러 나라를 거쳐 종국엔 동유
럽인 리투아니아, 라트비아, 에스토니아로 이어지는 월드투어
가 예정되어 있었다.

먼저 카자흐스탄을 경유해 타지키스탄의 수도 두샨베에 도착
했다. 우리가 공연을 할 장소는 여기서도 차를 타고 한참을 들

어가야 나오는 호로그라는 지방이었다. 그곳에서 열리는 축제에 참여하기 위해 미리 섭외해둔 미니버스로 이동을 서둘렀다.

처음엔 낯선 나라가 신기했지만 얼마 지나지 않아 심드렁해졌다. 똑같은 배경이 끝도 없이 펼쳐진 흙투성이 메마른 땅 위를 달리다 보니 금세 지쳐버렸다. 설상가상 버스의 에어컨은 고장이 나 차창을 다 열고 달릴 수밖에 없었다.

건조한 땅은 흙먼지를 일으키며 연신 솟구쳤고 그게 차 안으로 죄다 들어와 내내 누런 먼지를 뒤집어쓸 수밖에 없었다. 더위도 심해 창밖으로 손을 내밀어도 뜨거운 바람만 불었다. 목구멍은 말라 타들어가는 것만 같았다.

협곡을 지나 언덕 사이로 굽이치는 비포장 산길을 덜컹덜컹 달리는 동안 멀미 때문에 죽을 지경이었다. 판즈 강을 따라 비좁은 흙길을 내달리며 운전기사가 강 건너편은 아프가니스탄이라며 이런저런 설명을 늘어놓았지만 아무 말도 귀에 들어오지 않았다. 너무 괴로워서 견뎌내는 것만으로도 정신이 없었다.

원래도 코피를 자주 흘리는 편이었는데 이곳이 고산지대라 그런지 자꾸만 코피가 터져 나왔다. 나중엔 아예 휴지로 코를 틀어막고 있었다. 우리는 멀미와 고산병과 빈혈로 힘겹게 사투를 벌이며 무려 16시간을 달려 목적지에 도착했다.

늦은 밤, 사위가 캄캄한 도시 광장은 텅 비어 있었다. 흙먼지로 뒤덮인 초췌한 몰골들을 하고 일단 예약한 숙소에 짐을 풀었다. 허기를 채우러 다들 식당으로 이동하기로 했지만 나는 뭔가를 먹고 싶다는 생각이 전혀 들지 않았다. 혼자 숙소에 남아 대충 씻은 후 침대에 엎어진 채 그대로 곯아떨어졌다.

어젯밤 쓰러지듯 엎어진 자세 그대로 눈이 떠졌다. 그러다 옆구리 쪽에 물컹한 게 있어 놀라 상체를 일으켰다. 침대 가운데를 차지한 낯선 고양이 한 마리가 기척에 잠에서 깨어나 도리어 나를 째려보고는 어슬렁거리며 창밖으로 걸어 나갔다.

젖은 머리를 말리지도 않고 잠이 든 탓에 머리칼이 하늘로 치솟아 보기 흉했다. 퀭한 눈을 하고 계단을 내려갔다.

"일어났구나. 깨워도 꿈쩍을 안 해서 죽었나 했네."

1층 식당에서 멤버들과 늦은 아침을 먹고 있던 홍 실장이 웃으며 반겼다.

식탁은 따로 없고 바닥에 음식들이 잔뜩 펼쳐져 있었다. 양옆으로 페르시아풍의 양탄자가 길게 깔린 자리에 둘러앉아 식사가 한창이었다. 입안이 까끌까끌해 영 입맛이 없었다. 안 먹으려다가 생각을 바꾸었다. 어제부터 제대로 먹질 못했는데 더는 굶으면 안 될 것 같았다. 허기진 탓인지 한 입 먹자마자 군침이 돌았고 낯선 음식인데도 거부감 없이 양껏 먹을 수 있었다.

이슬람 국가라 돼지고기는 없고 양고기와 소고기가 대부분이었다. 고기가 채워진 파이, 감자와 소고기가 들어간 탕 요리, 기름 가득한 볶음밥이 입맛에 맞아 다행이었다. 배를 채우고 나니 그제야 내가 낯선 나라에 와 있다는 게 실감 났다.

식사를 마치고 잠깐 쉬다가 정오 무렵, 공연장을 확인할 겸 숙소를 나섰다.

문을 열고 나가자 숙소 앞을 서성이던 십 대 여자아이 몇몇이 우릴 발견하고는 몰려들었다. 타지키스탄 소녀들이 눈을 반짝이며 다가드니 다들 어리둥절했다. 아이들은 우릴 신기해하며 진짜 BTX를 보기라도 한 것처럼 함께 사진을 찍어달라고 했다.

아이들이 든 플랜카드 역시 BTX의 사진과 문구들이어서 나는 얼굴이 벌게졌다. 당혹스럽고 민망해 손사래까지 치며 말했다.

"얘들아, 우린 BTX가 아니야. 우린 VTX라고……. 이미테이션…… 그러니까 퍼포먼스팀이야."

적극적으로 솔직하게 설명했지만 아이들은 눈만 멀뚱거리고 섰다. 당연하게도 그들은 우리말을 이해하지 못하니 난감하기만 했다.

"알아요. 알지만 우리도 신나고, 공연도 기대하고 있어요."

무리에 섞인 동양인 여자아이가 어눌한 한국말로 말했다.

레기나라는 이름의 18살 여자아이는 고려인 3세라며, 이번 행사에서 통역을 돕기로 했다고 자신을 소개했다.

공연장은 생각보다 구색이 잘 갖춰져 있었다. 자세히 듣진 못했지만 제법 규모 있는 축제라고 했다. 주최 측에서 우리 음악을, 정확히는 BTX의 음악을 틀어서 준비 상태를 확인시켜주었다. 우리 팀의 리더가 음향 상태를 체크하고는 내게 물었다.

"우림이 형, 음향이 조금 갈라지는 것 같지 않아요? 이거 확인 한번 해봐야 할 것 같은데."

"뭘 그렇게까지 신경 써? 이 정도면 거슬릴 정도도 아닌데. 그냥 적당히 하자."

어차피 남의 노래로 춤만 추면 될 것을 구태여 그런 것까지 성가시게 확인하기 싫었다. 그것보단 공연장 곳곳에 나붙은 팸플릿이 신경 쓰였다. 우려했던 것과는 달리 그룹명을 VTX라고 명확히 새겨 넣어 다행이었지만 간혹 진짜 BTX의 사진을 붙인 곳이 있어 일일이 다니며 사진을 떼어달라 요청했다.

내가 예민하게 군다고 여길 테지만 그건 정체성의 문제이기도 했고, 비록 짝퉁이어도 자존심이 상하는 일이었다. 우린 짝퉁일지언정 사기꾼은 아니다.

이곳 사람들은 우릴 환대하고 친절히 대해주었다. 물론 고마운 일이지만 우리가 길을 지날 때면 주민들이 구경하고 사진도 찍자며 몰려들어 부담도 됐다. 멤버들도 싫지는 않은지 마치 한류스타라도 된 것처럼 우쭐해하는데, 그런 모습들이 내심 꼴사나웠다. 내가 적당히들 하라고 핀잔을 놓으려 하자 홍 실장이 그냥 즐기게 내버려두라며 막아섰다.

나는 홀로 외떨어져 혼자만의 시간을 가졌다. 이곳은 파미르 고원을 오르는 초입이어서 그런지 여행객이 적잖게 보였다. 혼자 있으면 나도 여행객으로 보일 것 같았다. 조용히 강섶으로 난 길을 걸으며 여유롭게 산책을 했다.

강가에 부서지는 햇살이 눈이 부셨지만 길에 늘어선 나무 그늘 덕분에 시원했다. 들어본 적 없는 새들의 지저귀는 소리가 마음속 깊은 곳에 눌러둔 상념을 달래주었다. 오랜만에 느껴보는 평온한 기분은 그리 오래가지 못했다. 여유를 깨는 전화 벨소리가 울렸다. 친구 지용이었다.

전화를 받으니 지용이 대뜸 '너 월드투어 갔다며?' 하고 물었고, 나는 얼버무리듯 대답했다.

"어? 그게 월드투어가 맞긴 한데……. 근데 넌 그 얘기를 어디서 들었어?"

"너희 아버지한테 연락 왔어. 네가 갑자기 월드투어를 간다는데 그게 뭔 일이냐고? 그리고 내가 아는 웨이터 형이 너, 가리봉동 어느 성인나이트에서 춤 연습하는 거 봤대."

"그런 거 아니야. 난 그냥 도와만 주는 거야. 너, 절대 다른 애들한테 말하지 마라."

"무대에서 공연하는 거야? 다시는 안 한다더니?"

"난 안 하지. 그래도 내가 공중파에도 나갔던 놈인데, 쪽팔리게 이런 데서 함부로 몸 굴리고 그런 짓 안 해. 나, 정우림이야! 절대 안 해. 넌 제주도 가서 같이 장사할 준비나 잘하고 있어."

전화를 끊고 헛헛한 마음에 강물만 바라보았다. 요즘 들어 부쩍 멀쩡하다가도 문득문득 무기력함에 견딜 수가 없었다. 내가 바랐던 모습은 이런 게 아니었는데 고작 이러려고 지금껏 그 고생을 했나 싶기도 하고, 때때로 롤러코스터가 낙하하는 속도로 밑바닥을 향해 떨어지는 기분이 들어 서글펐다.

이쪽 세계에서 등을 돌리고 단순노동으로 바쁠 적만 해도 괜찮았는데……. 다시 돌아와 여유가 생기니 도리어 내가 보잘것없어졌음을 되새길 시간이 많아져 공허함은 더 컸다.

초저녁이 되자 금세 어둠이 사방을 휘덮으며 캄캄해졌다. 축제를 주관하는 주최 측에서 우릴 식사 자리에 초대했다. 샤슬릭이라는, 뭉텅뭉텅 자른 양고기를 쇠꼬챙이에 꿰어 숯불에 구워 파는 꼬치구이 집이었다.

양고기에 보드카까지 마시며 한껏 분위기가 무르익었고, 멤버들은 어지간히 주위를 의식하며 기분이 들떠 보였다. 구태여 이런 자리에까지 풀 메이크업을 하고 나타나 흉내를 낼 필요까진 없는데 무슨 재미라도 들린 듯 가관이었다. 동물원 원숭이마냥 구경거리가 된 줄도 모르는 행태들이 거슬렸던 나는, 괜한 심통에 홀짝홀짝 보드카만 연거푸 입에 털어 넣었다. 낌새가 심상찮았는지 홍 실장이 눈치를 주며 만류했다.

"적당히 마셔. 내일 공연인데 취하면 안 되잖아."

"내가 무대 위에 서는 것도 아닌데, 이 정도는 괜찮아요."

홍 실장이 마뜩잖은 얼굴로 입술을 샐쭉거리며 뜬금없이 물었다.

"왜 안 하는 거야? 제일 잘하는 거면서. 네가 올라가면 좋을 것 같은데. 무대 욕심 없어?"

"욕심이요? 그거 있으면 뭐 해요? 결국 다 아무것도 아니게 될 텐데."

"그래도 무대에서 춤추는 게 좋아서 그동안 그렇게 열심히 해왔던 거 아니야?"

"쓸데없이 시간만 허비한 거죠. 후회합니다. 솔직히 쟤들도 아이돌로 성공할 것 같으세요? 저런다고 뭐가 되겠냐고! 마음 같아선 다 그만두고 자격증이나 따라 말하고 싶어요."

"너 취했다. 목소리 낮춰, 애들 듣겠어."

멤버들과는 자리도 멀찍이 떨어져 있고, 식당이 제법 크고 시끌벅적해 내 목소리가 전해지진 않을 것이다. 나는 내친김에 속에 담아두었던 생각들을 담담하게 꺼내놓았다.

"쟤들도 지금은 뭐라도 된 것 같겠지만 옆에선 보여요, 가능성 없는 거. 문제는 정작 본인들만 거울을 못 본다는 거지만. 저도 마찬가지였겠죠. 가능성 없고 인생을 허비하고 있는 모습이 남들 눈엔 보였을 거예요. 이 나이 먹고 이제 와 깨달은 건 하고 싶다고 다 할 수는 없다는 거예요. 어릴 때 괜히 어설픈 재능을 알게 돼서 꿈꾸고, 달려들고……. 차라리 몰랐더라면, 알아도 모른 척했더라면 좋았을걸……."

멤버들을 보면 과거의 내 모습이 투영되는 것 같았다. 어차피 인생을 낭비하고 있다는 걸 곧 알게 될 텐데. 그 무렵엔 나 역시도 알지 못했다. 나중에서야 어리석은 결정임을 깨달았지만 내 경험을 알려주고 싶지도 않았다. 허비한 시간으로 얻은 교훈을 쉽게 알려주면 나만 억울하지 않겠는가!

흥에 겨워하는 멤버들 테이블을 물끄러미 보다가 홍 실장이 엷게 미소 지으며 입을 열었다.

"모른 척했다고 더 잘 살았을까?"

글쎄? 나는 잠시 고민해봤지만 딱히 명확한 대답이 떠오르진 않았다.

멤버들을 숙소에 데려다주고 나서 홍 실장이 나와 함께 갈 곳이 있다고 했다. 거절하고 싶었지만 워낙 막무가내로 이끌어 어딘지도 모른 채 따라갈 수밖에 없었다.

어둠이 내려앉자 여긴 일찌감치 인적이 사라졌다. 사람이 사는 주거지가 분명한데도 거리엔 야생 짐승의 울음과 올빼미 소리만 불안하게 들렸다.

엉겁결에 끌려온 나는 취기도 조금씩 오르고 똑바로 걷기도 힘에 겨워 짜증이 났다. 어딜 그렇게 가는 거냐며 투덜거렸지만 홍 실장은 대답하지 않았다.

한참을 걷다가 도시 외곽으로 빠져 낡은 흙집 앞에 멈춰 섰다.

홍 실장이 앞장서서 정문으로 들어섰고, 나는 내키진 않았지만 마지못해 따라 들어갔다.

안으로 들어서자 내 입에서 어, 하는 소리가 먼저 나왔다. 낮에 숙소 앞을 지키고 서 있던 타지키스탄 아이들과 고려인 소녀 레기나였다. 처음 봤을 때처럼 날 열렬하게 환대해주었다.

레기나가 어설픈 한국말에다 팔 동작까지 동원해가며 적극적으로 여기가 뭐 하는 덴지 설명해주었다. 여긴 케이팝을 즐기고 좋아하는 사람들끼리 모여 함께 춤도 연습하고 정보도 나누는 곳이라 했다.

아이들이 수줍게 흘끔거리며 좋아해줬지만 그건 분명 내게 반응하는 것이 아니었기에 오히려 불편했다. 이들은 BTX를 비롯한 케이팝 스타의 팬이지 나의 팬은 아니다. 다시 정확하게 말해두어야 민망함을 덜 수 있을 것 같아 레기나에게 통역을 부탁했다.

"우리는 진짜 케이팝 아이돌은 아니야. BTX 공연을 따라 하는 일종의 퍼포머 같은 거야. 우리가 BTX라고 떠들고 다니면 그건 사기야. 그럼 우리도 떳떳하게 공연을 할 수가 없어."

내가 왠지 거북스러운 반응을 보인 이유를 어느 정도 납득한 레기나가 통역을 전달했다. 아이들은 한참을 종알대며 저희들끼리 떠들었고 잠시 후 레기나가 내게 말해주었다.

"떳떳하게 공연해도 괜찮아요. 뭐든 좋아요. 우린 케이팝이 좋고, 춤이 좋아 모인 거니까."

이 아이들은 좋아서, 그저 좋아서 한다고 했다. 낯이 뜨거웠다. 괜한 자격지심에 생각만 많아져 지나치게 반응한 건지도 몰랐다. 저도 모르게 고개를 떨구고 말았다.

레기나와 아이들은 저희끼리 연습한 걸 보여주겠다며 음악을 틀고 어설프게 안무를 따라 춤을 추기 시작했다. 물론 춤은 서툴렀지만 즐거워 보였고, 열악한 환경에 냄새나는 좁은 연습실이어도 다들 흥겨움이 넘쳐났다. 아이들을 바라보며 나는 생각이 복잡해졌다. 나도 한때 춤이 좋아 한없이 뜨거웠던 그런 시절이 있었는데, 하며 떠올렸다. 홍 실장이 옆으로 슬며시 다가와 말했다.

"진짜가 아니면 어때! 좋아하고, 춤추고, 따라 부르고, 그게 쟤들이 즐기는 방식이야."

돌아오는 내내 마음이 개운치 않았다. 독한 보드카를 지나치게 마셔서 그런지 술이 깨기는커녕 점점 정신이 혼미해져갔다.

숙소에 돌아와보니 멤버들이 자정이 다 된 시간인데도 1층 식당에 모두 모여 있었다. 그냥 모여 있는 게 아니라 땀을 흘리며 공연 연습이 한창이었다. 홍 실장이 의아해서 물었다.

"여기서 뭐 해? 왜 아직 안 자고 있어?"

멤버들은 막상 이곳에 오고 나서야 생각보다 관객들의 기대가 크다는 것을 체감했다. 공연하다 실수라도 해서 실망들을 할까 봐 부담을 느낀다고 했다. 그래서 조금이라도 더 연습하고 올라가기로 했다는 것이다.

물론 기특한 생각이지만 흐뭇해하는 홍 실장과 달리 나는 비웃음이 피식 새어 나왔다. 아무래도 내가 제대로 꼬여 있는 게 분명하다. 그녀가 자릴 떠나자 멤버들은 연습을 이어나갔고 나는 구석에서 이를 가만히 지켜보았다. 다들 내일 공연에 대한 기대가 고조되는 분위기를 느낄 수 있었다. 잠깐 쉬는 사이 멤버 하나가 다가와 말했다.

"우림이 형, 내일 공연 때 동작을 좀 더 멋있게 잡아주면 안 될까요? 팬들도 많이 온다는데."

의욕이 넘쳐 지나친 요구를 하는 게 못마땅해 나는 가벼운 웃음으로 무시했다.

시큰둥한 반응에 실망한 멤버들도 금세 포기하고 다시 연습에 몰입했다. 대충 눈치를 보아하니 자기들끼리 대표를 정해 내게 맘먹고 물어본 것 같았다. 기특한 게 아니라 저희들 수준이 어느 정도인지도 제대로 파악하지 못하는 게 너무 어리석어 보였다.

갑자기 짜증이 밀려들었다. 나도 모르게 혼잣말이 입 밖으로 새어 나왔다.

"뭐, 대단한 일을 하는 것도 아니면서 저렇게까지 할까?"

그 말을 어떻게 들었는지 팀의 리더가 불쾌한 얼굴을 하고 가까이 다가왔다.

"지금 뭐라 하셨어요?"

눈을 치뜨며 따져 물었다.

"어이쿠, 혼잣말한 건데 들었구나. 그만 들어가 자라고. 그냥 대충해도 돼."

대들 듯이 나오니 나도 당혹스러워 얼버무렸다. 리더는 거기서 멈추지 않고 가슴을 내밀며 덤벼들었다.

"그게 무슨 뜻이에요? 우린 열심히 하고 있는데 왜 그런 소릴 하세요?"

취했어도 내가 말실수했다는 건 분명하게 인지했다. 리더도 그간 나의 은근한 무시에 쌓인 게 많아 보였다. 바로 대충이라도 사과했어야 했는데 쓸데없는 자존심이 굽혀지지 않았다. 취기를 핑계 삼아 끝까지 속엣말을 퍼부었다.

"형이 틀린 말 한 것도 아니잖아. 너희가 무슨 아이돌이야? 연예인 병 걸렸어? 여기 사람들이 좋아해주니까 뭐라도 된 것 같지? 근데 사실은 그게 너희들을 좋아하는 게 아니잖아."

리더는 분을 주체하지 못하고 몸을 바들바들 떨고 있었고, 뒤늦게 나타난 홍 실장이 심상치 않은 분위기를 감지하고 소리쳤다.

"지금 뭣들 하는 거야!"

홍 실장을 방패막이 삼아 이 정도에서 물러나려 했다. 내가 지나쳤으니 더는 일을 키우고 싶지 않았다. 그러나 리더는 분이 덜 풀린 모양이었다. 이를 앙다문 채 돌아서며 이렇게 중얼거렸다.

"씨발, 자기도 좆도 아니면서……."

"뭐 이 새끼야! 너 지금 뭐라고 했어?"

"어이쿠, 혼잣말한 건데 들으셨구나?"

리더의 비아냥에 나는 순간 화가 머리끝까지 솟구치며 결국 이성을 잃고 달려들었다.

갑작스레 공연 연습이 싸움판이 된 상황에 멤버들까지 뜯어말리며 가세해 순식간에 아수라장이 되어버렸다.

동이 터오고 오늘도 어젯밤 술에 곯아떨어진 자세 그대로 엎어진 채 눈이 떠졌다.

익숙해질 법도 한데 어김없이 내 옆구리에 파묻혀 자던 고양이의 물컹함에 화들짝 놀랐다.

눈을 뜨자 곧바로 머리가 깨질 듯이 아파왔다. 문득 어제 일이 떠올라 머리를 쥐어뜯으며 후회했다. 계단을 내려서자 1층 로비에 멤버들이 모여 있었다. 역시나 심상치 않은 기류가 흘렀다.

"나, 어제 술을 너무 마셨나 봐. 기억이 하나도 없어. 오늘 아침밥은 뭐야? 라면 없나?"

나는 어제 일이 전혀 기억나지 않는 척 태연하게 굴었다. 눈치를 살펴보니 멤버들은 여전히 불편한 기색이었고, 어딘가 모르게 시무룩해져 있었다. 더구나 팀의 리더도 보이지 않아 조심스레 물었다.

"리더는 어디 갔어? 리허설 전에 준비할 게 많은데."

"아침 일찍 한국으로 돌아갔어요."

쭈뼛대던 멤버들 대답을 듣고 나는 잘못 들었나 싶어 귀를 의심했다.

아, 설마…….

어제 일 때문에 결국 일이 터진 것 같아 눈앞이 캄캄했다. 때마침 얼굴이 빨갛게 상기된 홍 실장이 뛰어 들어와 말했다.

"입영 영장 나왔대. 3일 뒤에 바로 입대라 아침 일찍 두샨베 공항으로 갔어."

말도 안 되는 황당한 상황이 벌어졌다. 먼 타국에 공연 와서 리더가 군대 가야 한다고 무대에 오르기 직전 떠났다니. 아직도 꿈속에 있는 건가 싶었다.

더 들어보니 단순한 행정착오로 영장이 뒤늦게 발송되었고, 리더는 부랴부랴 떠날 수밖에 없었다고 했다. 어쨌든 온전히 내 탓만은 아닌 것 같아 가슴을 쓸어내렸지만 그것도 잠시였다. 리더가 빠지면 오늘 공연에 막대한 차질이 생긴다! 암담한 현실을 깨닫고는 또다시 속이 갑갑해졌다.

실력 있는 팀이라면 갑작스러운 포지션 변경에도 순발력 있게 변경이 가능하지만 이들은 그렇지가 않았다. 그나마 리더가 난이도 있는 동작들을 소화해준 덕분에 그를 중심으로 나머지 멤버들을 적당히 배치할 수 있었다. 하필 리더가 빠지면서 계획이 다 꼬여버렸다.

공연까지 남은 시간이 넉넉하지 않아 걱정만 하고 있을 수는 없었다. 서둘러 동선을 바꾸고 다시 합을 맞춰보려 했지만 생각보다 심각했다. 단기 속성으로 각자 맡은 역할만 충실히 습

득시키는 것만도 버거운 일이었다. 예상치 못한 변화가 생기니 우왕좌왕 버벅대는 건 어쩌면 당연했다.

짧은 시간 동안 몇 번을 맞춰보았지만 좀처럼 나아지지 않았다. 시간이 흘러갈수록 발등에 불이 떨어진 것처럼 초조해지기 시작했다. 자신만만하던 멤버들도 웃음기가 싹 사라졌다. 유일한 장점이던 자신감마저 잃어버린 것이다. 어느새 리허설 시간이 다가왔고 우린 일단 공연장으로 향했다.

리허설 무대에 올리면 어떻게든 되겠지, 하는 안일한 기대는 여지없이 산산조각 나고 말았다. 경험이 없다 보니 사람들이 지켜보는 무대 위에 오르자마자 다들 떨기 시작했다. 그나마 연습량으로 중압감을 극복하려 했던 것인데, 그동안 연습했던 것과 달라진 동선에 혼란을 겪으면서 자신감을 잃고 주눅이 들어버렸다.

행사를 준비하는 관계자들과 먼저 온 관객들이 한껏 기대에 부푼 얼굴로 주목하는 가운데 드디어 음악 소리가 울렸다. 멤버들의 몸짓이 마치 꿈틀대는 것처럼 어색하게 시작됐다. 자신이 없다 보니 동작들은 하나같이 움츠러들었고, 동선은 숙지되지 않아 멤버들끼리 동선 충돌도 잦았다. 표정까지도 겁먹은 듯 하얗게 질려 있었다. 관계자와 관객들의 표정도 서서히 일그러지기 시작했다.

어젯밤 식사 자리까지만 해도 즐겁게 웃고 떠들며 화기애애하던 주최 측 관계자들도 당혹해하긴 마찬가지였다. 마치 속았다는 듯 화난 얼굴들이었다. 급기야 곳곳에서 비웃음이 터져 나왔다. 노골적으로 낄낄대며 우스꽝스러운 몸짓을 흉내 내기도 했다.

그런 반응이 나오는 건 눈이 있다면 누가 보더라도 당연한 결과였다. 잘할 땐 박수와 환호를 받겠지만 그렇지 않다며 곧바로 비난이 날아드는 게 이 세계의 룰이다.

리허설은 엉망이었고 멤버들의 형편없는 실력을 고스란히 확인하는 순간이었다. 공연 시간은 다가오는데 아무런 대안이 없었다. 홍 실장은 관계자들을 달래느라 쩔쩔매고 있었다. 갑작스러운 사정을 설명하더라도 허접한 공연은 변명의 여지가 없었다.

나는 애초부터 공연에 큰 기대가 없었다. 그러나 리허설에서 터져 나온 비웃음과 관객들의 실망한 얼굴들은 견디기 힘들었다. 무엇보다 공연을 기대하고 있을 레기나와 타지키스탄 아이들을 떠올리니 부끄러워 낯이 뜨거웠다. 자신감을 완전히 상실한 멤버들은 그대로 도망가고 싶은 눈치들이었고, 몇몇은 화장실을 뻔질나게 드나들며 초조해 보였다.

이대로 무대에 올라가면 제대로 사고 칠 건 불 보듯 뻔했다. 절망해 있는 멤버들이 이렇게 안타까워 보인 적이 없었다. 측은한 마음이 들었고 미안함도 커져갔다. 생각해보면 내 잘못도 컸다. 그동안 날 선 말들을 아무렇게나 뱉어대며 저들에게 상처를 준 건 내가 못난 탓도 있다. 응어리진 속을 해소할 대상이 필요했고 그래서 무시해왔다. 마음이 편치 않았다. 사과해야 했지만 알량한 자존심에 입이 떨어지지 않았다. 그래서 나는 다른 방법으로 사과해야겠다고 생각했다. 어쨌든 지금의 위기를 타개할 방법을 결정해야 했고, 그 해결책은 의외로 간단하다.

"내가 올라갈게."

내가 멤버들 앞에 서서 폭탄 선언을 하자 다들 잘못 들었나 하는 얼굴들이었다.

"내가 리더가 섰던 자리에서 출 테니까, 너희는 그동안 연습한 대로만 하면 돼."

다들 멀쩡한 척해도 지금과 같은 절망적인 상황에서 내 말은 한 줄기 빛처럼 느껴질 것이다. 말은 안 해도 그것은 모두가 바라는 것이었다. 그리고 그게 내가 이들에게 사과하는 확실한 방법이었다.

내 말을 전해 들은 홍 실장이 안도한 얼굴로 달려왔다. 멤버들도 다시 동작을 맞춰보면서 잃었던 자신감을 되찾기 시작했다. 하지만 분장하는 동안에도 결정을 후회했다.

내 분장에 공을 들이던 홍 실장이 넌지시 말했다.

"쉽지 않았다는 거 알아. 다른 애들도 어제 일, 이제는 오해하지 않을 거야."

나는 대답 대신 싱겁게 웃어 보였다. 사실 멤버들에게 미안한 것도 있겠지만 관객들 앞에서 우스워지는 꼴은 더욱 참을 수가 없었다. 리허설을 보고 실망한 관계자들의 더는 기대하지 않는다는 눈빛들이 내 속을 들끓게 했다.

무대 위엔 지역에서 유명하다는 가수가 공연을 펼치며 오프닝 무대를 달구었다. 곧이어 우리 차례가 다가왔고 묵묵히 무대 뒤로 가 대기했다. 예상보다 관객들이 많이 모여들었다.

인파 속엔 응원을 온 레기나와 아이들의 모습도 보였다. 고맙게도 플랜카드엔 VTX라고 분명하게 이름이 박혀 있었다.

조명 아래 뜨거운 함성과 관객들의 기운이 몸으로 전해오자 오랜만에 느끼는 긴장감으로 떨리기 시작했다. 그것은 두려움은 아니었다. 아드레날린의 증가로 인한 흥분과 기대였고, 약에 취한 것처럼 멍해지면서 아찔해지는 설렘이었다.

내가 원했던 모습은 분명 지금과는 달랐다. 그렇다면 나는 실패한 것일까? 나는 실패하지 않았다. 내가 아직 그만하지 않았는데 어떻게 실패인가! 어느 노랫말처럼 오늘은 걷더라도 내일은 달려갈 것이다. 결과가 실패라 할지라도 내가 죄를 지은 것은 아니므로 고개 숙일 이유는 없다. 나는 다짐했다. 오늘 밤 우리의 공연을 보러 이곳에 온 관객들을 모조리 죽여버릴 테다! 나는 호흡을 크게 가다듬은 후, 이 팀의 리더로서 멤버들에게 한마디 했다.

"오늘 이 무대 우리가 찢어버리자!"

닭살 돋는 나의 멘트에 다들 눈살을 찌푸렸지만, 자신감은 충만해지고 사기는 고무되어갔다. 전주가 흐르고, 음악의 진동에 몸이 반응하며 심장 박동도 다시 날뛰기 시작했다.

나는 다시 온몸이 뜨거워지는 걸 느꼈고 비로소 우리는, 우리의 방식대로 지금 이 무대를 즐기기 위해 뛰쳐나갔다.

내가 최선을
다하지 않았다고

1쇄 발행 2023년 10월 10일

지은이 정세진
펴낸이 배선아
편 집 박미애
디자인 이승은
펴낸곳 고즈넉이엔티

출판등록 2017년 3월 13일 제2022-000078호
주　　소 서울특별시 마포구 성지1길 35, 4층
대표전화 02-6269-8166 **팩스** 02-6166-9199
이 메 일 gozknockent@gozknock.com
홈페이지 www.gozknock.com
블 로 그 blog.naver.com/gozknock
페이스북 www.facebook.com/gozknock
인스타그램 www.instagram.com/gozknock

ⓒ 정세진, 2023
ISBN 979-11-6316-583-5　03810

표지/내지이미지 Designed by Getty Images Bank, Freepik